KB197072

지 중 해 연 안 인 문 학 기 행 보 고

지중해,
삶을 품다

헤윰

목차

프롤로그 • 5

추천의 글 1　김종찬 • 9

추천의 글 2　김영근 • 23

추천의 글 3　이아람 • 28

지중해, 삶을 품다 • 31

이탈리아

베네치아 - 베로나 - 볼로냐	54
피렌체 - 피사 - 시에나	63
아시시 - 오르비에토 - 치비타	71
로마	79
나폴리 - 폼페이 - 소렌토 - 포지타노 - 아말피 - 살레르노	94
밀라노	100

프랑스

파리   106

산티아고 순례   125

스페인

오우렌세 – 묵시아 – 마드리드 – 톨레도 – 세고비아   136

세비야 – 알헤시라스 – 지브롤터 – 모로코 탕헤르   143

론다 – 그라나다 – 바르셀로나   155

스위스

리야드(사우디) – 제네바 – 베른 – 인터라켄(융프라우요흐, 피르스트)

루체른 – 리기산 – 마테호른   164

모로코

카사블랑카 – 라바트 – 페스 – 셰프샤우엔   178

볼루빌리스 – 메크네스 – 에사우이라   189

마라케시 – 아이트벤하두 – 와르자잣 – 토드라협곡　　　　197

리자니 – 사하라 – 메르주가　　　　207

그리스

아테네 – 테베 – 리바디아 – 델피　　　　220

메테오라 – 테르모필레 – 갱그리아 – 코린토스　　　　235

튀르키예

소금호수 – 가파도키아 – 데린구유

동굴박물관 – 안탈리아 – 올림푸스　　　　248

파묵칼레 – 에페소스 – 부르사 – 이스탄불　　　　257

에필로그 • 277

기차에 오르며

멀리 흰 종이 꽃 눈물처럼 달고 가는

아침 상여를 보았다.

아직 길 떠나기에는 이른 새벽

서둘러 길을 나선 저 서러운 생애는

또 무엇이 되려고 어디로 가는 것일까?

강물처럼 출렁이는 기차

기차처럼 출렁이는 강물에

늦가을 마른 풀잎 같은 나를 싣고 예당 가는 길 (하략)

-이수인《예당 가는 길》

　이승을 떠나 또 다른 길 떠나는 한 삶이 보입니다. 쉼없이 돌고 돌아 늦가을 마른 풀잎 같이 야윈 존재로 변해 갈 내 삶의 지평에 서쪽 하늘 붉은 노을이 겹쳐 보이기도 합니다. 무엇이 그리도 바빴던지 곁 눈길 한 번 주지 않고 고속도로 위를 달려온 삶 살았습니다. 한적한 시골길의 정겨움이 불현듯 생각의 옆구리를 툭 치고 지나갑니다. 텔레비전 화면 속 한 첼리스트가 연주하는 '세월은 간다'라는 노래의 구성진 멜로디가 방을 가득 채웁니다. 지그시 눈을 감고 그 선

율에 젖어 있는 두 노인은 무슨 생각을 하고 있을까요? 먼저 떠나보낸 어린 자식을? 보릿고개의 배고픔을? 아니면 포탄 쏟아지는 마을 어귀를 내달리며 지켜본 피투성이 된 이 땅의 아픔을? 어쩌면 세상 소풍 끝내고 떠날 하늘 소망을 그리고 있는지도 모르겠습니다. 이제 먼저 가신 어머님, 아버님이 더욱 자주 그리워지는 나이를 살고 있습니다. 또 때로는 소 풀 먹이러 뒷산에 오르곤 했던 유년의 기억이 또렷이 기억나기도 합니다. 경부선을 오르는 증기기관차가 쏟아내는 검은 연기 너머로, 디젤 기관차가 뿜어내는 경유 내음 속 산 너머 세상을 향한 호기심과 동경을 삶 속에 끌어들이고 싶었습니다.

시인 김용택은 '그리운 것들은 산 뒤에 있다'라고 했지요. 바로 그 산 너머 세상을 보고 싶었습니다. 여행이란 사람을 알아가는 과정이라 생각합니다. 또한 제대로 사는 것이 어떤 것일까에 대한 답을 찾는 과정이라고 생각하며 그 길 끝에서 나 자신을 마주하고 내 속 깊은 내면을 들여다보는 일이라 생각합니다. 여전히 그 답을 온전히 찾아내지 못했지만 젊은 시절 보지 못했고 생각지 못했던 산 너머의 소리를 듣고 노을빛 잔잔한 황혼의 시간을 살아내면서 새로이 눈에 보이는 세상 이야기를 나누고 싶었습니다.

괴테는 이탈리아 여행을 통해 다음과 같이 여행기를 기록해 나갑니다.

'산기슭의 언덕들은 포도원으로 경작되고 있다. 길고 나지막한 시렁 위로 포도 넝쿨이 자라나고 청포도가 아주 멋들어지게 매달려 가까운 땅의 열을 받아 익어가고 있었다. 평소에는 풀밭뿐인 계곡 사이의 평지에도 포도가 줄지어 재배되고 있고 그 사이사이로 터키산 옥수수가 줄기를 점점 길게 뻗고 있다. 키가 열자가 되는 것도 자주 보았다. 섬유질의 수꽃은 결실 후 얼마 동안은 그렇듯이 아직 잘리지 않은 채 그대로 있다. 환한 햇살을 받으며 나는 볼차노에 도착했다. 많은 상인들의 얼굴이 나까지 덩달아 기쁘게 해 주었다. 그들의 얼굴에는 의도적으로 유쾌하게 살고 있는 모습이 생생히 드러난다. 광장에는 과일 파는 아낙네들이 둥글납작한 광주리를 앞에 놓고 앉아있었는데 그 지름이 4피트도 넘었다. 그 속에는 복숭아와 배가 가지런히 놓여있었다. 그 때 내 머릿속에는 레겐스부르크의 여관 창문에 씌여 있던 글이 떠올랐다.'(하략)

괴테는 긴 여정 속에서 사람을 보고 있었고 그들의 삶을 살피고 있었습니다. 그렇게 그는 세상과 사람을 익혀 나갔습니다.

나이 들어간다는 것은 늙어간다는 것이 아니라 가장 나다운 나로 성숙해져 가는 것이겠지요. 지중해 연안 여러 곳을 150여일 돌아보았습니다. 콜로세움 구석구석을 찾아다녔고 상제리제를 걷기도 하였습니다. 사그라다 파밀리아의 첨탑을 올랐으며 또 어떤 때는 아말피 해안의 신들의 길을 걸었고 산티아고 순례길 800km를 걸었습니다. 뜨거운 햇살 작열하는 사하라를 건너기도 하였습니다. 긴 여정 경험한 그 곳에 박제되어있는 사람들의 흔적을 돌아보았습니다. 많은 이들 지중해 연안이 공동체였다 말하지만 내 스스로 두 발로 걷고, 두 눈으로 살펴보았으며 온몸으로 경험했던 그곳에 기대어 사는 사람들의 흔적들과 삶의 현장들을 관념산수화가 아니라 진경산수화로 그려내 보고 싶었습니다. 이제 가장 나다운 나로 성숙해져가는 그 여정 속의 평범한 이야기를 나누고자 합니다. 나는 신화학자가 아니며 인류학을 공부한 사람도, 그렇다고 전문 여행가도 아닙니다. 역사학자는 더욱 아닙니다. 평범한 보통 사람의 눈으로, 때로는 크리스쳔의 시각으로 바라본 대상들에 대해 경험한 느낌을 토대로 내 생각들을 정리해 보았습니다. 그런 까닭으로 가능한 한 사실 확인에 최선을 다했습니다만 오류가 있을 수도 있습니다. 특정 상황이나 사실을 일반화하는 실수를 범하지 않기 위해 많은 애를 썼지만 부족함이 있을 수 있음을 밝히며 넓으신 아량으로 이해해 주시길 바랍니다.

(사실 확인을 위해 두피디아 두산백과, 위키피디아 위키백과, 나무위키 등 인터넷 백과사전을 참고했음을 밝혀둡니다.)

보잘 것 없는 글 끝까지 읽어주시고 격려의 글 써 주신 김종찬 전 대구문화방송 이사님과 대구 만민교회 김영근 목사님께 고개 숙여 고마운 마음을 전하며 딸아이 이아람 선생님께도 감사를 전합니다. 컴퓨터 작업을 도와준 딸아이, 사위 이스마일, 손녀 노을이, 아들 한솔이와 며느리 미선이, 늘 세상 길 함께 걸어온 아내 김영주님께 고마운 마음을 전합니다. 특별히 부족한 책을 출간해 주신 하움출판사 문현광 사장님, 북디자이너 윤혜린 담당자에게 머리 숙여 고마운 마음을 전합니다. 고맙습니다.

추천의 글 1

김종찬 | 전 대구 MBC 이사

思石 이 종호 선생님께서《순례, 그리움으로 꽃피다》에 이어 두 번째 책《지중해, 삶을 품다》를 출간하게 됨을 진심으로 축하드립니다. 대학시절 정수(5.16)장학금 수혜자인 이선생님은 뭐가 그리 바빴던지 곁눈질 한 번 주지 않고 고속도로 위를 달리는 삶을 살다 삶의 가을날에 여행을 시작합니다. 여행은 사람을 알아가는 과정으로 생각할 만큼 몸소 체험하고 부딪치는 삶을 좋아했습니다. 이선생님은 여행을 사람이 제대로 살아간다는 것이 어떤 것일까에 대한 답을 찾는 과정으로 생각합니다. 젊은 시절에는 여건이 성숙되지 못해서 좋은 답을 온전히 찾아내지는 못했지만 포기 하지 않고 인내 하면서 오늘이 있기를 기다렸습니다.

나이 들어간다는 것을 단순히 늙어 간다는 것이 아니라, 가장 나다운 나로 성숙해져 가는 과정으로 생각하며 지중해 연안을 장장 150여 일간이나 쉼 없이 그 무엇인가를 찾아 돌아다닙니다. 스페인 산티아고 순례길 800Km도 걸었지요. 여기서 선생님의 호칭을 저자(著者)로 바꿔봅니다. 저자는 자신을 신화학자는 물론 인류학을 공부한 사람도, 여행전문가도 아니며, 역사학자는 더더욱 아니라며 몸에 밴 겸손한 자세로 배움의 길로 떠납니다.

저자는 지중해를 중심으로 한 지역의 전반적인 역사와 문화를 고대로부터 르네상스 시대를 거쳐 산업혁명과 물질문명의 시대를 지나 현재까지 정리해 봅니다. 자료를 통한 정리에 스스로 부족함을 느낀 저자는 발로 뛰면서 그 지역들을 확인하고 "지중해는 하나의 공동체다"라는 결론에 도달합니다. 저자는 지중해 내의 공동체 생활을 신화(神話), 식생(植生), 인적교류(人的交流), 역사(歷史), 종교(宗敎), 생활풍습(生活風習) 등으로 나누어 정리합니다.

1. 신화

저자는 지중해 연안 신화는 역내 여러 지역을 옮겨 가면서 혼재되어 오다가 그리스, 로마 신화의 형태로 자리 잡으면서 지중해 공동체 문화의 원형이 되었음을 밝힙니다. 신의 아버지로 불리며 기상현상을 주관하는 제우스 신에 대항했다가 패배한 대가로 벌을 받았던 아틀라스 신, 올림푸스 12신 가운데 하나인 유방이 24개나 달린 풍요의 여신 아르테미스, 그리고 포도나무와 포도주를 관장하는 디오니소스신 등 수많은 지중해 연안 신들이 큰 틀 안에서 하나로 통합되어가는 과정을 이야기 합니다. 저자는 이들 신들의 이야기를 통해 지중해 연안 지역의 문화가 하나의 문화로 뿌리 내렸다는 결론에 도달합니다.

2. 식생

　지중해 연안에서 흔히 볼 수 있는 식생들 가운데 나무와 과일은 어떤 것이 있을까요? 애도의 상징이요 영생을 의미 하는 사이프러스 나무는 관을 만들거나 묘지 둘레에 심기도 합니다. 지중해 일대 주민들의 필수 푸드이기도 한 올리브는 물푸레나무과의 과수로, 열매를 생으로 혹은 절여서 먹거나 압착해서 기름으로 만들기도 합니다. BC 1500경의 역사서에 이미 올리브유가 등장하며 처음에는 식용이 아닌 의약품으로 사용되었다는 기록이 있습니다. 지중해의 젖으로 통하는 올리브나무는 평화를 상징하는 나무가 되었고, 나뭇잎은 평화를 상징하는 국제연합(U.N)의 엠블렘 테두리로 쓰이고 있지요. 다음은 지중해 동부지역이 원산지인 무화과로 가장 오래된 작물 중 하나입니다. 예수께서 시장하시어 열매를 찾았으나 구하지 못해 열매를 맺지 못하는 나무라는 꾸지람을 들은 뒤 말라 버렸다는 비운의 나무 무화과. 지금은 지중해 어느 곳에서도 쉽게 만날 수 있고 맛볼 수 있는 흔한 과일입니다. 다산의 상징인 신화 속의 과일 석류도 있지요.

　마지막으로 신이 인간에게 내린 최고의 선물 와인 이야기입니다. 예수께서 자신의 죽음을 앞두고 제자들과 함께한 최후의 만찬에서 자신의 피라고 칭한 기적의 음료이기도 합니다. 저자는 지중해 연안의 식생이 가지는 공통점을 통해 지역 전체가 하나의 공동체였음을 이해하게 됩니다.

3. 인적교류

지중해 연안의 인적 교류는 셰익스피어의 희곡 오델로 등의 문학 작품과 성경 속에서도 확인이 됩니다. AD 66~73,1차 유대-로마 전쟁은 지중해 공동체 내에서 대규모 인력 이동이라는 결과를 가져다 주었는데 예루살렘을 멸망시킨 로마 티투스 장군은 전장에서 포로로 잡은 장정 97,000여명을 로마로 압송해 와 인류의 위대한 건축물 콜로세움을 건설하는데 투입하지요. 또 다른 로마 통치자들이 유대인 노예를 코린토스 운하 건설 공사에 투입했으나 공사는 실패하고 잡혀온 많은 노예들은 디아스포라로 살아가게 됩니다. 현대에도 수많은 팔레스타인 난민들이 작은 쪽배를 타고 죽음을 담보로 유럽으로 향하고 있고 배고픔을 해결하기 위해 아프리칸들이 모로코, 이집트 등을 거처 유럽으로 몰려들며 비극의 현장을 만들어 내고 있는데 저자는 이러한 아픔의 현장에서 지중해의 공동체적 현실을 읽어내기도 합니다.

4. 역사

지중해의 역사는 그리스, 로마의 역사이며 그래서인지 다큐멘터리 작가들은 전쟁을 모르면 역사도 알 수 없다는 말을 즐겨 쓰지요. 지중해 권은 국토의 일부가 지중해를 접하고 있으면서 영향을 상호 교환하는 지역으로 이탈리아, 스페인, 그리스, 튀르키예, 모로코, 이집트, 튀니지 등이 포함됩니다.

고대 지중해 하면 사람들은 무엇을 떠올릴까? 피라미드로 상징되는 이집트문명, 그리스신화와 아테네를 위시한 그리스 폴리스들과 페르시아 제국의 대 전쟁, 그리고 지중해를 자신의 호수로 만든 끝판왕 로마가 떠오를 것입니다. 그러나 몇 세기 동안 그리스와 로마를 압도했던 사람들이 바로 페니키아인들이었지요. 그리스보다 훨씬 전부터 스페인과 시칠리아 등, 여러 식민 도시들을 건설한 사람들 또한 페니키아 인들과 그 후손인 카르타고 인들입니다. 그러나 이들은 그리스-로마세계에 패배하여 알파벳의 발명자임에도 불구하고 자신들의 역사를 거의 기록으로 남기지 못하고 역사 저편으로 사라집니다.

5. 종교

역사의 시작과 함께 인간의 정신세계를 지배해온 종교 가운데 지중해를 살찌운 두 종교가 바로 카톨릭과 개신교, 정교회로 구분되는 기독교와 이슬람이지요.

기독교는 예수 그리스도의 공생애(公生涯)가 마무리 된 후, 엄청난 박해를 견디며 팔레스타인과 그리스를 거쳐 로마로 퍼져나간 뒤, 동서 로마를 장악하게 되었으며, AD391년 로마의 국교로 선포되고 교세는 전 유럽으로 확산됩니다. 교회가 서교회와 동교회로 갈등을 겪는 와중에, 오스만 터키제국이 급성장 하면서 서아시아 및 발칸 지역은 물론 이베리아 지역까지 이슬람 세력을 확장합니다. 동로마 제국의 수도였던 이스탄불(콘스탄티노플)과 스페인 등에 남아있는 이슬람의 유적과 흔적들, 특히 로마보다 로마 유적이 더 많이 남아 있다는 튀르키예를 보면서, 저자는 지중해란 공동체에서 종교의 힘이 얼마나 강하게 영향력을 주고받았는지를 유추해 내고 있습니다.

6. 생활풍습

저자는 지중해 연안이 하나의 지역 공동체였다는 사실을 가옥 구조와 생활풍습, 지중해식 식문화의 유사성 그리고 지역 공동묘지 등의 공통점을 통해 확인합니다. 저자는 골목이 넓지 않다는 사실과 집으로 들어가는 대문이 좁다는 것, 창이 매우 작다는 사실에 주목합니다. 우리나라와 동양 가옥의 경우 창틀이 크고 안에서 바깥을 보는 풍경을 중요시 했는데 이런 환경이 풍수지리설을 만들어 낸 근원적인 이유임을 밝혀주기도 합니다.

지중해식 식사와 관련된 문화 공간과 행사는 상호 존중과 선린관계, 이질문화 간의 대화 등을 담아내는 도구였겠지요. 식문화를 예를 들면 저자는 모로코 등의 비둘기 요리의 대중화와 이탈리아 산악지대 절벽에 구멍을 내 비둘기를 집단 사육한 흔적들의 연관성을 이야기합니다. 공동묘지에서도 그 지역의 공통점을 발견 할 수 있음을 밝히지요. 우리는 사람이 죽으면 북망산으로 간다고 합니다. 영원히 돌아올 수 없는 곳으로 말입니다. 그러나 서양의 공동묘지는 부활 신앙에 뿌리를 두고 있음을 이야기하며 그런 이유로 대부분의 공동묘지가 마을 어귀나 마을 가운데 자리 잡고 있어 주민들의 휴식공간으로, 삶을 회복하는 공간으로 활용되고 있음을 확인합니다.

저자는 긴 시간 두발로 걸으면서 경험한 공간들 가운데서 보면 볼수록 '그들의 문화는 하나의 원형을 지닌 채 공동체의 의식 속에 자리하고 있다'라는 결론을 내렸습니다.

· 로마의 유산

로마, 중세시대의 자취를 고스란히 품고 있는 베네치아 구도심 초입, 산타루치아 역 옆으로 좁은 길 따라 삶의 내음이 짙게 풍기는 수산시장 이 곳 저곳을 기웃거려 봅니다. 저자는 상인들의 표정에서 이미 하나님의 부르심을 입은 자신의 어머님(朴月淑)의 지친 얼굴을 보았고 누이의 삶을 향한 간절함도 느꼈다고 적고 있습니다.

저자는 어머니 박 여사의 11남매 중 막내로 태어나 부모님과 형님, 누나들의 사랑을 듬뿍 먹고 자란 행운아이기도 합니다. 그러나 6명의 형님과 누님을 먼저 보낸 아픔도 간직하고 있지요.

2000년 전의 많은 원형 경기장들, 로마 시내에 있는 원형경기장만 콜로세움이란 이름이 주어졌고, 다른 모든 원형 경기장은 아레나로 부른다는 사실 처음 알았다네요.

저자는 기차로 현자들의 도시, 빨간 도시 볼로냐에 도착합니다. 이탈리아 북부에 있는 볼로냐에는 장중한 성당들이 많고, 유럽에서도 가장 오래된 대학이 있는데, 교육과 연구 목적의 인체 해부를 처음 시행한 곳이 볼로냐 대학입니다. 당시로는 대학에서 새로운 것에 대한 호기심으로 사람의 배 속을 들여다본다는 사실 자체가 도전이었 겠지요. 저자는 교사다운 섬세함과 교육자다운 관심이 발동합니다. 질문하기를 어렵게 만들고 상상력을 쓸데없는 짓으로 치부해 버리는 어른들이 존재하는 한 우리 교육의 미래가 걱정이라는 것이지요.

저자는 로마의 화려했던 이 거리 저 거리를 걸으면서, 지금 우리 는 신이 사라져가는 시대를 살고 있다는 생각을 하게 됩니다. 빛의 속도로 변하는 과학의 발달로 절대적 존재를 향한 믿음이 사라지면 서, 머리를 깎고 깨달음을 얻고자 하는 사람들이 사라져 승가대학이 문을 닫을 판이며 카톨릭은 사제가 되고자 하는 이들이 급감해 사 제를 수입해야 하는 지경에 이르렀고, 한국 교회도 머지않아 서구의 교회처럼 문을 닫을 거라고 걱정합니다. 개신교 장로님다운 시각입 니다. 로마는 목욕 때문에 망했다는 역사적 교훈을 잊어서는 안됩니 다. 먹고 마시고 너무 배가 부르면 게워내고, 깨면 다시 마시며 즐겼 던 로마인들의 목욕 문화는 비난받아 당연하지요. 저자가 찾아본 디 오클레티아누스 욕장은 욕실만 3000여 개에 달했으며 카라칼라 욕 장은 1600여 명을 동시에 수용했다고 합니다. 세계 문학사의 거인 으로 널리 인정되는 독일의 문호 괴테는 로마를 제2의 출생지로, 새 로운 세계와 문화를 배워 새로운 인간이 되어 돌아가겠다고 다짐한 곳이 바로 로마였다고 고백하지요. 저자 역시 로마에서 큰 문화적 충격과 도전을 받습니다. 몇 날 며칠 발품을 팔아 섭렵한 로마! 거대한 벽으로만 느껴졌던 로마를 어찌 과문(寡聞)한 자신이 몇몇 글자로 설명할 수 있을까요? 라며 로마라는 거대한 이름 앞에 보잘것없는 자신의 왜소함을 느끼며 떠난다고 했습니다. 필자가 30년 넘게 관찰해본 저자는 11남매의 막내지만, 평소 삶과 생활은 늘 포용하고 용서하는 장남 같은 삶을 살아왔습니다. 참을 인(忍)자를 동무 삼아 살아왔지요. 그런 저자의 인격과 몸에 밴 겸손함이 잘 드러나는 글을 읽으며 필자는 숙연해지는 기분을 느꼈습니다.

· 밀라노 해골 성당 이야기!

중세 부자들은 개인 소유의 교회가 있었고 자기가 죽으면 교회 안에 묻혔다지요. 그러나 병원에서 치료를 받던 가난한 수많은 환자들은 교회밖에 집단 매장되었다고 합니다. 후일 이들 유골들이 대량 발굴되어 성당 안에 모두 안치되었다고 합니다. 죽어서까지 차별받는 서러운 죽음의 공간들! 짠하네요. 배만 부르면 하늘을 우러러 부끄럼 없이 열심히 살았을 민초들! 저자는 이 땅에 유토피아는 정녕 실현되지 않을 꿈으로만 존재하는 것인지에 대한 의문을 제기합니다.

· 프랑스 국립묘지 팡테옹

루이 15세가 자신의 중병이 나은 것을 기념해, 18세기 후반 한 수도원의 성당을 높이 85m의 돔을 가진 대형 성당으로 개조했는데, 후일 국립묘지로 사용하게 됩니다. 팡테옹 성당은 프랑스 신고전주의 건축의 가장 훌륭한 사례 중 하나로, 파리에서 방문객이 가장 많이 찾는 명소 중 하나입니다.

성당 지하에는 전설 같은 이름들, 볼테르, 루소, 에밀졸라, 빅토르 위고, 마리퀴리 등 기라성 같은 거장들이 조용히 잠들어 있지요. 저자는 여기서 잠시 자신의 죽음은 어떤 모습으로 비춰질까 하는 생각에 잠겨 보기도 합니다. 저자는 또 우리도 햇볕조차 들지 않는 사당에 모셔진 불천위가 아니라 한자리에서 정다산과 이퇴계를 만나고, 세종임금 이도와 충무공 이순신도 만날 수 있는 공간을 만들어 온 세상 사람들이 찾아오게 하자는 제안을 해 봅니다. 저자는 우리의 역사 속 위대한 인물을 세계사의 반열에 올릴 수 있기를 기원합니다.

· 순례자의 길 <산티아고 순례길>

저자는 끝없이 펼쳐진 푸른 밀밭 지나고 산길 건너서 용서의 언덕을 올랐습니다. 세차게 불어오는 고갯마루 바람맞으며 용서를 생각해 봅니다. 저자의 독백이 시작됩니다. 무엇을 용서해야 하나? 누구를 용서해야 하지? 삶이 늘 그러했듯이 여전히 혼돈 속에 갇혀 있는 자신의 모습을 보면서 가야 할 길 아득함을 느낍니다. 모순투성이의 삶과 끝없는 자기 합리화 속에서 탐욕의 짐 내려놓지 못하는 저자 자신을 용서함이 우선이라는 결론을 내리고 자신의 가슴을 얌전하게 두드려 봅니다.

지구촌 이 곳 저 곳에서 온 젊은이들과 순례자가 되어 먼 진흙길을 걷다가 고갯마루에서 스페인 내전에서 희생된 전사자들의 위령 탑을 마주합니다. 더 좋은 세상을 꿈꾸었던 이념은 왜 서로에게 총부리를 겨누게 했고 서로를 죽음으로 몰고 갔을까요?

내전의 질곡 속에서도 인간의 본성을 탐구하고자 했던 수많은 예술혼이 있었다는 것이 얼마나 다행스러운 일인지요? 헤밍웨이, 조지 오웰, 피카소, 생텍쥐베리 등 많은 사람들이 전체주의자와 스탈린주의자들의 파괴적 성향을 고발하며 인류가 지향해야 할 파라다이스를 찾아 나섰지요.

저자는 걷고 또 걸어 산티아고 성당 앞 광장에 섰습니다. 순례의 길. 오직 스스로 걸어야 하는 외롭고 고독한 길이라는 걸 배웠습니다. 나를 가장 나다워지게 하는 길, 나를 성숙하게 만들어 주는 길, 깊은 행복을 누리게 해준 길. 산티아고 순례길!

· 그리스 아테네

유럽 문명의 발상지 그리스. 서구 문명의 요람이요 고대 그리스 민주주의 기초를 마련한 아테네. 기원전 2000년경 미케네 문명의 출현으로 상업 발전과 막강한 군사력으로 강력한 고대 국가들이 형성됩니다. 아테네, 스파르타, 코린토스 등 다양한 도시국가들이었지요. 기원전 5세기 아테네가 문화와 정치의 중심으로 성장한 시기입니다. 민주주의가 발전하고, 철학, 예술, 과학이 번영하지요. 그리스 여행에 나

선 저자는 아테네 시내 명소인 아크로폴리스, 파르테논신전, 국립고
고학 박물관 등 이 곳 저 곳을 찾아다니다 아크로폴리스 박물관에 도
착합니다. 박물관 자체가 유네스코 문화유산이지요. 아크로폴리스는
아크론(가장 높은)과 폴리스(도시)의 합성어로 아테네 시가지가 훤히 내
려다보이는 도시중심에 있는 파르테논 신전이 있는 언덕입니다.

　저자는 박물관에서 승리의 여신 니케(나이키)신전, 파르테논신전,
에레크테이온 신전 등에서 발굴된 유물들을 확인할 수 있었습니다.
유물들 가운데는 도편추방(陶片追放)을 위해 사용되었던 유물도 있
었는데 그것을 통해 피로 얼룩진 역사의 단면을 상상해 보았습니다.
살람미스 해전 승리의 주역으로 조국 그리스를 위기에서 구한 테미
스토클레스도 전쟁 8년 뒤 도편추방으로 권좌에서 쫓겨나지요. 그
는 8년 전 자기가 몰락시켰던 페르시아로 망명, 한 많은 생을 마감
합니다. 저자는 그들의 역사를 보며 아들 신검의 반란으로 적국인
고려로 망명해 왕건의 보호 아래 여생을 마친 후백제 견훤을 떠올리
고 우리에게 그 이야기를 전해줍니다.

· 오스만터키 <튀르키예>

　나라 전체가 박물관이자 세계 문명의 용광로인 곳. 동로마와 비
잔틴 문화, 오스만 제국의 유적까지 인류가 남긴 위대한 유산이 두
껍게 지층으로 쌓여있는 곳. 바로 튀르키예이지요. 저자는 카파토키
아 지역 괴레메 국립공원의 데린구유에 들렀습니다. 지하도시 데린

구유는 깊은 우물이라는 뜻을 가진 곳이라지요. 4천여 년 전부터 동굴을 파고 사람이 살아왔다는 곳. 초기 기독교도들이 로마의 압제를 피하고, 이슬람 제국의 통제 하에서도 신앙의 순수성을 지켜내기 위해 처절한 삶을 살았던 곳이 데린구유였다지요. 카파도키아에는 200여개에 달하는 지하도시가 있었는데 그중 하나가 바로 데린구유 지하도시지요. 지하8층까지 내려가는 깊이 85m로 2만여 명을 수용할 수 있는 규모입니다. 긴급히 피할 수 있는 터널도 만들었지요. 깊은 구멍을 파서 우물도 만들었고, 내부에는 생활에 필요한 부엌, 식량 저장소, 포도주 제조장, 심지어 동물 사육장까지 만들었다고 합니다. 열악한 여건에도 교회와 학교는 물론 묘지와 감옥 등 용도에 따라 구역도 정해져 있다고 합니다.

데린구유를 품고 있는 카파도키아는 실크로드의 중간 거점으로, 동서 문명의 융합을 도모했던 곳이기도 합니다. 초기 기독교 형성 시기에는 중요한 역할을 했던 곳으로 현재에도 지하에는 100여 곳의 교회가 남아있다고 합니다. 저자는 인류 역사가 남긴 수많은 문화재가 제대로 보존되고 다음 세대가 더욱 풍요로운 가치를 누려 볼 수 있기를 빌었습니다.

· 여행을 마치며.

思石 이종호 선생님은 100여 일 그리고 또 60여 일을 넘기며 지중해 8개 나라를 누볐습니다. 저자는 사람이 제대로 살아간다는 것

이 어떤 것인가에 대한 답을 찾아 험난한 여정을 마다하지 않고 발품을 팔았습니다. 이 곳 저 곳 다니면서 인류가 남긴 유형, 무형의 역사적 흔적을 접했습니다. 지중해 역사를 지켜온 주인들과 저자와 처지가 비슷한 수많은 여행자들을 만났습니다. 결론은요? 저자는 자신이 얼마나 왜소한지를 느낍니다. 그러나 후회라는 단어는 함부로 쓰지 않습니다. 저자는 자신이 살아갈 날이 얼마나 주어질지에 대한 확신은 없습니다. 메멘토 모리(죽음을 잊지 마라)의 정신을 기억하며 하늘을 우러러 한 점 부끄럼 없는 삶을 살아보자는 다짐도 합니다. 특별히 하늘이 준 손녀(노을)에게 이 세상의 모든 아름다움을 다 보여주면서 살아가고 싶다는 다짐도 합니다. 하늘이 부르는 순간까지 자신의 삶을 아름다운 소풍으로 만들고 싶다는 소박한 희망도 가져 봅니다. 독자들에게도 간절히 청합니다. 부족한 책이지만 여행지의 겉모습만 보고 사진만 찍고 오는 안타까움을 덜어 줄 수 있기를 간절히 소망합니다.

필자도 부탁드립니다. 지중해 여행 가시기 전에 책 가볍게 한번 보시고 떠나시면 충분한 가이드 역할을 할 것입니다. 소인의 추천사를 끝까지 살펴 주신 독자님 감사합니다. 행복하십시오.

星溪 김 종 찬

추천의 글 2

김영근 | 대구 만민교회 담임 목사

지금은 마음만 먹으면 쉽게 여행길을 나설 수 있지만, 여행이 안전과 목숨을 걸어야 할 만큼 위험한 때에도 먼 길 나섰던 이들이 있었습니다. 그들은 미지의 세계에 대한 개척자였고, 문명과 문화의 전도자들이기도 했습니다. 낯선 곳을 향해 담대하게 자신을 던진 이들 때문에, 삶의 자리는 확장되고, 문화와 문명은 서로 교류하게 되었을 겁니다. 우리는 광야의 길을 열고, 바닷길을 나서며, 하늘 길을 열고 낯선 곳을 향해서 걸어간 이들에게 큰 빚을 지고 살아갑니다. 그런 의미에서 예나 지금이나 여행은 여행자 자신뿐만 아니라 타인들에게 큰 유익을 주는 활동입니다.

그런데 여행자 중에는 그저 낯선 곳의 경험을 누리고 돌아오는 것으로 만족하지 않는 이들이 있습니다. 낯선 곳을 직접 발로 누빈 후에, 그곳의 역사와 문화, 정치와 경제, 그곳의 신앙과 삶의 속살을 깊게 살핀 후에 수고로이 기록으로 남기는 것입니다. 보고 들은 것들이라고 해서 견문록(見聞錄)이라고 하기도 하고, 또는 기행문(紀行文)이라고 부르기도 합니다. 조선 후기 실학자 박지원은 1780년 청나라의 열하(熱河)로 사신단을 따라갔다가 돌아온 후에, 《열하일기》를 기록했고, 박제가는 청나라의 문물을 경험한 후 조선의 폐쇄적이고 고립된 사회를 개혁하기 위해서 《북학의》(北學議)를 기록했습니다. 이 땅에 대한 기록을 남긴 이들도 있습니다. 미국의 외교관인 퍼시벌 로웰(Percival Lowell, 1855-1916)은 1880년대 후반 조선을 방문한 후에, 《고요한 아침의 나라》(Choson: The Land of the Morning Calm)를 출판해서, 서양 사회 속에 조선을 낭만적이고 신비로운 곳으로 소개한 이로 기억되고 있습니다.

이처럼 낯선 곳을 여행하고 돌아오는 것도 의미가 있지만, 직접 보고 들었던 곳에 대한 기록을 남기는 것은 또 다른 의미를 갖습니다. 아직 그곳을 가보지 못한 이들에게는 낯선 곳에 대한 꿈을 꾸게 하고, 낯선 곳에 대한 미지의 그리움을 주기도 합니다. 또는 어떤 세계에 대한 오해나 신입견을 가지고 있던 이들에게는 바른 정보를 통해 바른 이해를 공급하기도 합니다. 그러다 보니 기행 보고는 한 언어를 다른 언어로 옮기는 번역이나 통역의 과정과도 닮아있습니다. 기행 보고는 사실에 기반 해야 하고, 있는 그대로의 모습 위에 여행자의 경험과 느낌, 생각과 감정을 오롯하게 남기는 여정이기도 합니다.

이종호 선생님의 《지중해, 삶을 품다》는 지구촌 문명의 중심인 지중해 연안을 둘러본 후 기록한 인문학 기행 보고입니다. 《지중해, 삶을 품다》는 우리를 지중해 연안에 자리 잡고 있는 나라의 여러 도시들, 작은 마을과 골목으로 이끌어줄 길잡이와 같은 책입니다. 지중해(地中海)는 말 그대로 '땅의 중심이 되는 바다'라는 뜻이 무색하지 않을 만큼, 유럽과 아프리카, 아시아를 연결하고 있고, 고대 이집트,

그리스, 로마 제국 등 고대문명이 발생한 곳입니다. 인간 역사의 주요 철학, 예술, 과학, 정치 체제 그리고 인류의 핵심 종교들의 발상지이기도 합니다. 이종호 선생님은 지중해를 둘러싸고 있는 20여 국가 가운데 이탈리아, 프랑스, 스페인, 영국령 지브롤타, 스위스, 모로코, 그리스, 튀르키예로 우리를 안내해줍니다. 그러나 그저 눈에 보이는 풍경이나 풍광을 보여주려는 것이 아니라, 하나의 뚜렷한 관점으로 그 땅을 보면서 지중해 연안 국가와 문명에 대한 해석과 번역을 위한 지중해 읽기와 견문을 시도합니다.

우선 《지중해, 삶을 품다》는 국가와 민족, 역사와 문화를 분절적으로 보지 않습니다. 모든 것을 나누어야만 직성이 풀리는 관점을 가진 이들도 있지만, 이종호 선생님은 지중해를 하나의 공통분모로 삼고, 지중해 연안을 하나의 공동체로 묶어내는 작업을 시도합니다. 저자에게 지중해는 선과 벽으로 나뉠 수 없는 하나의 울타리 안에서 서로 충돌하고 상생하며 발전 성장한 삶을 품은 생명체로 인식되고 있습니다. 그곳에서 태어난 신화, 식생, 인적교류, 역사, 종교, 생활풍습이 그들의 다름보다는 서로의 같음과 닮음을 드러내고 있다는 것에 주목하면서, 우리네 삶을 다툼보다는 평화로, 차이와 다름보다는 닮음으로, 차디찬 기운보다는 생명 가득한 온기로 우리의 삶의 자리를 볼 수 있게 해줍니다. 이 책의 정치(精緻)하고 대범한 시선은 지금까지 우리가 놓쳤을지도 모르는 전체를 조망하게 하는 큰 시선을 우리에게 열어 보여줄 것입니다.

《지중해, 삶을 품다》는 우리를 단지 지중해 안에만 가두지 않습니다. 인문학적 해석과 상상력을 통해서 우리를 한반도 이 땅으로 이끌어주기도 하고, 동아시아 곳곳으로 안내하면서 역사와 문화의 교류를 시도합니다. 우리를 안내하는 모든 곳들이 눈에 보이듯 살아나기도 하지만, 저자가 두 발 딛고 섰던 그곳이 인간존재와 어떤 유의미한 뜻을 머금고 있는지를 밝혀내기도 합니다. 그래서 독자들은 지중해 연안을 거닐기도 하지만, 동시에 오늘 우리 삶의 자리를 반추하고 돌아보는 독특한 여행의 길에 나설 수 있습니다. 그래서 독자들은 인문학적 경험, 역사 비평적 경험, 또 우리가 발 딛고 살아가는 한반도의 역사적 현실에 대한 눈뜸이라는 복합적 여행경험을 공유하게 될 것 같습니다. 여행자들이 갖는 시선의 특징은 따스함에 있다고 저는 믿습니다. 그 땅을 비판적으로만 보지 않고, 있는 그대로의 삶의 이야기를 받아들일 수 있는 따스함과 환대의 사건이 아름답게 펼쳐지는 것입니다. 본서는 우리가 어떤 느낌의 시선으로 세상을 보며 사람을 보아야 하는지 우리에게 따스한 시선을 제공해 줄 것입니다.

이 책에는 자신의 삶을 신앙적 순례의 여정으로 인식하는 이종호 선생님의 순례 의식이 아름답게 배어 있습니다. 그러나 저자에게 순례는 그저 아름답고 낭만적이거나 호사스러운 어떤 것으로 드러나지 않습니다. 이 책이 바라보는 순례는 일상 속에 피안이 담겨 있고, 고통 속에서 진리가 배어나며, 철저히 현실에 기반 하지만, 현실로부터 자유로운 순례를 지향합니다. 신앙 여정을 관념화시키거나 추상화시키는 것을 지양하고, 분명한 현실과 역사 인식 위에서 역사 응답적 길을 재촉하는 순례를 지향합니다. 기독교 신앙을 고백하는 한 사람의 신앙인이기도 한 저자는 순례를 통해 경험하는 역사적 안목이라는 렌즈를 통해 한국 사회와 한국교회가 서 있는 터를 바라보고 진단합니다. 그런 의미에서 본서는 탈역사적 신앙을 거부하고, 역사 책임적 순례자로서의 모습을 담아내고 있습니다. 저자는 먼 길을 떠나 있을 때도, 부지런히 그 땅을 우리의 삶의 자리와 연결하여 해석하고 다시 세우는 일을 게을리 하지 않습니다.

본서 원고를 처음 받았을 때 필자는 튀르키예, 그리스, 에티오피아 여행을 떠나려던 때였기에, 이 책을 손에 들고 튀르키예, 그리스를 돌아보는 첫 영광을 누렸습니다. 지중해 연안을 거닐 때 이 책이 좋은 벗이요 가이드가 될 것이라 믿습니다. 에필로그에서 말하듯이 이종호 선생님은 인천공항에 착륙하는 순간 다음 여행지를 그려보는 기행자(紀行者)요, 지금도 여전히 떠나는 꿈을 꾸는 이입니다. 이 책이 전하는 지중해 이야기는 지중해 연안을 의미 있게 거닐어 보고 싶은 모든 독자에게 여행의 의미를 더해 줄 것이라 생각합니다. 이 책을 통해 우리네 삶이 더 깊어지고, 더 향기롭고, 더 아름다워지기를 기대합니다.

2024년 10월 김영근

추천의 글 3

이아람 | 동촌초등학교 교사

누군가를 잘 알고 싶다면 함께 여행을 가보라고 이야기들을 합니다. 일상을 벗어나 멀리 떨어진 곳에서 24시간을 함께 보내다 보면 자신의 진짜 모습을 서로에게 숨길 수 없기 때문일 겁니다. 산티아고 순례 길을 다 걷고 뜨거운 눈물을 흘리던 순간, 사하라에서 저물어 가는 붉은 태양을 바라보던 순간, 콜로세움 앞에서 경탄을 금치 못하던 순간……. 제 여행에서 눈이 부시게 아름다웠던 순간에 함께 했던 이가 있습니다. 40년 가까운 세월동안 함께 하면서 다 안다고 생각했던, 하지만 내가 제대로 알지 못했던 제 아버지입니다.

함께 여행하는 내내 아버지는 저를 놀라게 만드셨습니다. 때로는 너그러운 인품으로, 때로는 끝을 알 수 없는 지식으로, 때로는 빙그레 웃음 지어지는 유머로 말입니다. 이보다 더 좋은 동행자가 또 있을까요? 아버지 덕분에 저는 이탈리아를 새롭게 알게 되었고 산티아고를 웃으면서 걸었으며 모로코를 더 깊이 사랑하게 되었습니다. 무더운 날씨와 고된 일정을 불평 한 마디 없이 즐거움으로 바꿔주시던 그 모습, 괜한 짜증과 불평으로 툴툴거리던 저를 위로하시던 따뜻한 말 한 마디, 나는 상상도 못 했던 생각으로 방문지의 새로운 면을 발견하게 하시는 시선. 이 모든 것이 제가 아버지를 더 사랑하고 존경하게 만들었지요.

그리고 여행이 끝나고 일상으로 돌아온 지금, 아버지는 저를 또 한 번 놀라게 만들고 계십니다. 책의 초안을 읽으면서 저는 다시 한 번 여행지에 방문하는 느낌이었습니다. 그 때 내가 보지 못했던 것들, 지금 와서 돌아보니 보이는 것들이 기억들과 어우러져서 저의 여행을 새롭게 재구성하고 있습니다. 두 번 여행을 하는 셈이지요. 더 깊고 더 넓게 말입니다. 이 책은 로마에 대해 이야기 하면서 로마에만 머물지 않고 고대에 있었던 일을 이야기하면서도 그 시점에만 서 있지 않습니다. 내가 방문했던 그 곳이 지금 내가 있는 이 곳과 연결되고 너무나도 오래전의 이야기가 현재의 내 삶과 연결되는 경험을 하게 됩니다. 유명한 작가나 문학작품이 그 사이에 있기도 하고 아름다운 삶을 살았던 인물의 이야기나 저자의 깊은 사색이 그 연결고리를 담당하기도 합니다. 우리가 방문했던 모든 공간과 그 곳을 둘러싼 시간이 하나로 어우러지는 멋진 경험을 하고 있기에 이 책을 읽으면서 놀랄 뿐만 아니라 아버지께 고맙다는 생각까지 하게 됩니다.

여러분이 이 책에 나오는 나라를 방문하실 예정이시라면, 지중해 연안의 여러 나라에 대한 지식이 필요하시다면, 그리고 좀 더 넓은 세상에 대한 목마름이 있으시다면 이 책을 꼭 읽어보십시오. 여러분에게도 좋은 여행 메이트가 생길 겁니다. 그리고 사진 속에 담기지 않는 새로운 차원의 세상이 여러분 앞에 펼쳐질 것입니다.

2024년 10월 이아람

지중해, 삶을 품다

아름다운 저 바다와 그리운 그 빛난 햇빛 내 맘속에 잠시라도 떠날 수가 없도다. 향기로운 꽃 만발한 아름다운 동산에서……

황금빛 오렌지 익어가는 아름다운 소렌토 바닷가로 돌아오라고 시인은 떠나간 연인을 향해 자신의 간절한 마음을 전합니다. 하얀색의 창이 작고 벽이 두꺼운 집들, 눈이 시리도록 찬란한 햇빛, 수채화 같은 풍경 만들어 내는 옥빛 바다 지중해. 땅들 가운데 둘러싸인 바다, 호수라 여겨진 곳, 고대로부터 지금까지 성향과 지향이 다른 다양한 문명들이 갈등하며 교류해 오는 곳, 신화와 역사가 뒤섞여 꿈틀대는 세계, 세상 가장 아름다웠던 한 여인 스파르타의 왕비 헬레네를 차지하기 위해 트로이 전쟁에 뛰어들었던 영웅들의 삶과 죽음의 이야기가 인류문화의 자양분이 되었고 그 문화가 찬란한 꽃을 피웠던 곳, 중세를 지배했던 신학적 완고함이 잃어버린 인간성을 회복하자는 치열한 이성의 충돌을 일으켰고 그 소용돌이가 르네상스의 아름다운 예술을 꽃피우게 했던 곳. 대량 생산과 소비를 통한 풍요로움과 달콤함이 주는 끝간데없는 가벼움이라는 괴물을 낳게 한 산업혁명과 물질문명의 시대를 지나 이데올로기와 땅을 차지하기 위한 치열한 투쟁, 그리고 그것이 낳은 난민들의 수많은 주검들로 참혹한 혼돈의 바다가 되어가는 현대의 지중해. 그 곳 바다에 잇대어 살고 있는 여러 나라를 돌아보았습니다. 걷는 발걸음 수가 늘어날수록, 해 뜨고 지는 날이 쌓여 갈수록 가슴을 채우는 한 가지 생각이 점점 커져 갔습니다. '지중해를 끼고 살아온 모든 나라, 모든 사람들이 지중해라는 공통분모를 지닌 거대한 공동체 주민들 이었겠다'라는 생각이었습니다. 살펴보니 나와 같은 생각을 가진 사람들이 참 많았고 많은 책으로 이런 생각들을 정리해 둔 것도 읽어 보았습니다. 하지만 그 자료들은 학문적 입장에서 쓴 글들이 다수였고 큰 틀에서의 이해를 돕기는 수월하지만 삶의 현장에서 보고 느끼는 감정이나 생각을 전하기에는 버거움이 있을 거라는 생각이 들었습니다.

떠돌아다니던 사람들이 모여 살기 시작하면서 문명이 시작되었습니다. rival이라는 단어의 뿌리가 river라고 하지요. 물을 차지하기 위한 갈등과 투쟁이 적을 만들었고 네 것, 내 것이라는 소유의 개념을 만들어 내게 했겠지요. 결국 문명은 서로를 구분하는 선을 만들었을 것이며 선은 벽을 만들고 이 보이지 않는 벽은 대화와 통합을 어렵게 만들었을 겁니다. 그 결과 끼리끼리의 국가라는 정치, 문화공동체를 만들어 갔으리라 생각해 봅니다. 인간은 본질적으로 따뜻한 것, 배부른 것을 추구하는 존재이지요. 그러기에 끊임없이 낙원을 추구해 왔습니다. 토마스 모어는 《유토피아(Utopia)》라는 저서를 통해 이상향을 제시했고 그리스의 신들은 아르카디아라는 낙원을 만들어냈습니다. 페르시아 인들은 황무지라는 의미의 파라다이스라는 말 속에서 낙원을 찾아가는 깊은 지혜를 제시해 주기도 했습니다. 뿐만 아니라 인류는 낙원을 만들기 위한 새로운 제도를 끊임없이 고안해 내기도 했습니다. 아테네는 민주정을, 스파르타는 과두정을 만들었으며 중세 유럽 시대에는 기독교라는 이데올로기를 바탕으로 집단사고체제를 조직해 냄으로서 그들이 추구하는 낙원을 만들어가고자 했습니다. 달이 차면 기우는 법이지요. 지나친 집단사고는 반작용을 가져왔고 르네상스라고 하는 인간성 회복 운동을 불러왔습니다. 인간 중심의 의식 세계는 가진 자와 못 가진 자의 갈등에 불을 지폈고 결국 볼쉐비키 혁명이라는 피의 소용돌이를 만들어 내기도 했습니다. 이제 '더불어'라는 의식은 희미해져가고 그 어떤 것도 개인의 자유를 통제할 수 없다는 생각이 온 땅을 지배하게 되었으니 앞으로의 인간 세상 모습이 어떻게 변해갈지 자못 궁금해집니다. 삶의 가치를 찾아 떠난 여정 속에서 이러한 문명의 발달 과정을 지나온 지중해 연안의 여러 나라를 살폈습니다. 그런 탐색 속에서 선과 벽을 넘어 존재하는 공통분모를 확인하면서 근원적으로 이 지역은 '하나의 울타리, 즉 지중해는 공동체이다' 생각하게 되었던 것입니다. 이제 이 지중해 공동체 안에서 원형으로 존재하는, 분야별로 궤를 같이 하는 여러 가지 내용들을 정리해 보고자 합니다.

1. 신화

신화는 인류의 역사 속에서 긴 세월을 통해 신이나 영웅, 전설적인 존재들이 만들어 내었던 이야기로 특정문화나 종교의 정체성을 형성하며 사람들에게 수많은 지식과 지혜를 전해주는 도구가 되지요. 뿐만 아니라 인간의 삶과 우주의 기원, 자연현상의 원인들을 설명하는 역할을 하기도 했습니다. 지중해 연안 여러 지역에 분포하고 있는 신화는 역내 여러 지역을 옮겨가며 상호 교감하고 때로는 혼재하며 다듬어져 오다가 그리스 로마 신화의 형태로 자리를 잡아갔습니다. 이러한 신화 속에 나타나는 의식 세계는 결국 그 지역에 뿌리내리고 살았던 사람들의 의식 체계를 그대로 반영하는 결과물이었을 터이고 그러기에 신화 속 세계관, 생사관 등이 갖는 공통분모는 그 지역 사회의 원형을 이해하는데 큰 도움이 될 거라고 생각합니다. 이러한 내용을 전제로 먼저 신화 속에 나타나는 지중해 공동체 문화의 원형을 살펴보겠습니다.

인간을 만들라는 제우스의 명령에 따라 프로메테우스는 흙으로 된 직립 보행하는 인간(Homo Erectus)을 만들었습니다. 만들어 놓고 보니 털이 없는 인간은 자신을 보호할 방책도 없었고 배를 채울 사냥감을 사냥할 능력도 없었습니다. 인간에게 선물을 주고 싶었으나 에

피메테우스를 비롯한 여러 신들이 판도라에게 신이 줄 모든 것을 줘 버렸기에 그럴 수도 없었습니다. 프로메테우스는 제우스의 불을 몰래 훔쳐 자신의 피조물인 인간에게 주었습니다. 아무런 능력도 갖추지 못했던 인간에게 불은 생존에 가장 적합한 무기가 되었지요. 불을 훔쳐간 사실을 알게 된 제우스는 프로메테우스를 세상의 동쪽 끝 코카서스 산으로 쫓아 보내고 독수리들이 날마다 그의 간을 쪼아 먹게 하는 벌을 내렸습니다. 신화 속 코카서스는 흑해와 카스피해 사이의 산악지대입니다. 이 이야기를 통해 지중해에 기대어 산 그리스인들의 의식 속 동쪽의 경계는 코카서스 지방까지임을 알 수 있습니다.

또 다른 신화 속 거신 아틀라스를 살펴보겠습니다. 혼돈의 신 카오스는 대지의 신 가이어를 낳았습니다. 가이어는 하늘의 신 우라노스를 낳았지요. 다시 가이어와 우라노스는 여러 거신들인 티탄(Titan)들과 시간의 신 크로노스를 낳았습니다. 크로노스가 낳은 아들이 제우스입니다. 여러 거신들은 올림푸스를 차지하기 위한 치열한 전쟁을 치릅니다. 거신족 티탄들과의 전쟁, 티타노마키아라 이름합니다. 이 전쟁에서 거신 아틀라스는 제우스의 반대편에 서서 적으로 싸웠고 전쟁에서 승리한 제우스는 아틀라스에 대한 벌로 그를 세상의 끝이라 여겼던 모로코로 유배를 보내 버립니다. 사하라 남쪽 세상과 대서양 너머에 대한 지식이 없었기에 그리스인 그들에게 지중해를 중심으로 서쪽 끝의 경계는 모로코까지였던 것입니다. 지금도 아틀라스는 모로코를 남북으로 가르는 큰 산맥으로 그 자리를 지키고 있습니다.

또 다른 신 아데미(아르테미스)를 살펴보겠습니다. 그리스 문명의 원형이 메소포타미아 문명이라고들 합니다. 고대 로마의 속지[1] 튀르키예 셀축에 있는 에페소스는 아데미 신을 수호신으로 섬겼습니다. 아데미는 그리스의 신 아르테미스, 로마의 다이아나와 동일한 신을 일컫습니다. 머리에는 바벨로니아를 상징하는 성이 부조(돋을새김)되어 있고 몸은 니므롯을 상징하는 사자, 사슴 등이 부조되어 있어 사냥의 신임이 드러나고 있지요. 니므롯은 노아의 4대손이며 뛰어난 사냥꾼이었을 뿐 아니라 시날 땅의 바벨, 니네베 등의 도시국가를 건설한 자로 알려져 있습니다(창10:9-12). 아데미는 그리스 문화에 흡수되면서 아폴론의 남매로 나타나고 올림푸스 12신 중 하나를 구성하게 됩니다. 유방이 24개 달린 풍요의 여신이며 달과 사냥, 순결, 궁술, 다산을 상징하는 신으로 지중해 연안을 중심으로 많은 지역에 영향을 끼쳤습니다.

디오니소스를 살펴보겠습니다. 그는 포도나무와 포도주를 관장하는 신이었습니다. 로마 시대에는 바쿠스라는 이름으로 바뀌어 나타납니다. 술을 관장하는 신 디오니소스는 격정과 탈법의 신이었으며 밤과 휴식의 신이기도 하였고 놀이의 신이기도 하였습니다. 인간을 Homoludens, 즉 유희의 인간으로 특징짓는 한 가지 이유는 세상사람 모두가 이 디오니소스의 영향력 속에 산다고 생각하는 것 때

---

1) 속지: 한 나라에 속해있는 땅

문이겠지요. 니체는 문화를 디오니소스적 문화와 아폴론적 문화로 분류하였습니다. 아폴론적 문화는 낮의 문화였고 이성과 합리성을 지닌 문화인 반면 디오니소스적 문화는 술이 만들어내는 밤의 문화, 어두움의 문화, 놀이의 문화, 불합리의 문화라 판단하였기에 문화를 그렇게 이분화 했나봅니다. 포도의 원산지가 카스피해와 흑해 사이 코카서스 지방입니다. 포도주는 수 천 년 전 디오니소스라는 신과 더불어 메소포타미아로, 이집트와 그리스로 전파되었고 이후에 로마로 전해졌습니다. 이 신화의 전파과정은 디오니소스가 그리스 토착신이 아니었음을 보여주고 동방의 신이 그리스로 넘어와 토착화된 사실을 보여주고 있습니다.

하나만 더 살펴보겠습니다. 유럽이라는 지명의 유래에 나타나는 에우로페 이야기입니다. 지중해 동부 팔레스타인 해안에 자리한 티레(성경 속 두로)의 아게노르 왕에게 에우로페라는 딸이 있었습니다. 어느 날 다른 처녀들과 들판으로 꽃을 따러 나가게 되었는데 출중한 에우로페의 미모에 제우스는 첫눈에 마음을 빼앗깁니다. 헤라의 분노가 무서웠던 제우스는 황소로 변신했고 친근하게 다가오는 그녀를 태우고 멀리 떨어진 크레타 섬으로 도망칩니다. 딸을 잃은 아게노르 왕은 그녀의 오빠인 카드모스에게 여동생을 찾아오라 명하지만 제우스가 납치해 간 여동생을 찾는 것은 불가능했지요. 에우로페를 못 찾으면 돌아오지 말라는 명령이 있었기에 돌아가지 못한 카드모스는 아폴론의 신탁을 받아보고 그리스 지역에 테베라는 도시국가를 세우게 됩니다. 티레는 페니키아의 도시국가였습니다. 크레타 섬으로 넘어온 페니키아 문명이 크레타에 깊은 영향을 끼치며 유럽 문명의 토대를 만들었음을 읽어낼 수 있고 테베 건설과정의 이야기는 페니키아 문명이 그리스 본토와 상호 교류하는 상황이었음을 보여주는 것으로 지중해 연안 지역 신화들이 큰 틀에서 하나로 통합되어 가는 것을 읽어낼 수 있습니다.

지금까지 살펴 본 여러 신들의 이야기에서 지중해 연안의 여러 지역에 산재한 신들은 문화의 교류 과정을 통해 혼합되면서 생활 공동체 지중해 전 지역에 뿌리 내리게 되었음을 알 수 있습니다.

2. 식생

지중해 공동체 전 지역에서 공통적으로 볼 수 있는 식생 중 나무와 과일을 살펴보겠습니다. 유럽 출신의 여러 미술가들의 작품에 많이 등장하는 사이프러스라는 나무가 있습니다. 고흐의 《별이 빛나는 밤에》라는 그림 속의 나무이고 영화 《글래디에이터》의 주인공 막시무스가 자신의 집을 회상하는 장면에서 나타나는 평원의 나무들이 사이프러스입니다. 죽음과 영생을 의미하는 나무로 묘지 둘레에 식재하기도 하였고 관을 만드는데 쓰이는 나무이기도 하였으며 로마의 처형도구였던 십자가를 만드는데 사용되었던 나무이기도 합니다. 명계의 신 하데스(＠플루토)에게 헌정된 나무로 한번 베어지면 다시는 살아나지 않는 나무이기에 죽음을 상징하게 된 것이겠지요. 또한 이

나무는 영생을 의미하는 나무이기도 합니다. 아폴론이 아끼던 한 소년이 자신이 아끼던 사슴을 죽게 합니다. 슬픔에 빠진 소년은 아폴론에게 사슴의 죽음을 영원히 애도할 수 있도록 해 달라고 부탁했고 아폴론은 그의 청을 들어주며 그를 애도의 상징인 사이프러스 나무로 만들어 주었다고 합니다. 영생하며 애도하도록.

또 다른 나무, 식재 후 오랜 시간 지나야 수확이 가능하고 수령이 1500여 년에 이르는 나무입니다. 소아시아 지방과 그리스, 그리고 아드리아 해를 지나 이탈리아 반도, 이베리아 반도까지 들판을 풍요롭게 하고 지브롤터를 넘어 아프리카 북부지방 모로코, 알제리까지 가도 가도 끝없이 펼쳐지는 은빛 푸른 나무, 올리브입니다. 좋아한다는 말로는 표현이 불가능한 지중해 공동체 주민의 소울 푸드이기도 하지요. 지혜의 여신 아테나와 바다의 신 포세이돈이 가장 아름다운 도시를 만들 주도권 싸움을 벌였습니다. 둘은 다음과 같이 약속을 합니다. 시민들에게 줄 수 있는 선물 한 개씩을 내놓고 지지를 많이 받은 신의 이름을 따서 도시 이름을 짓자 라고. 포세이돈은 멋지고 훌륭한 준마 한 마리를, 아테나는 올리브 나무를 내놓았습니다. 시민들은 비옥과 평화의 상징인 올리브에 마음을 모았고 아테나의 이름을 딴 아테네라는 도시를 만드는 것으로 승부는 끝이 났습니다. 아테나를 모시는 신전 파르테논으로 올라가는 언덕에 올리브 숲이 조성된 이유가 바로 이 이야기에 뿌리를 둔 것입니다. 노아가 대홍수 말에 비둘기가 물고 온 올리브 잎을 보고(창8:11~12) 땅에 다시 사람이 살 수 있는 평화가 찾아왔다고 판단한 것을 근거로 평화를 상징하는 나무가 되었고 이를 바탕으로 올리브 나뭇잎이 평화를 추구하는 기구 국제연합(U.N)의 엠블렘 테두리 나뭇잎으로 쓰인 것은 당연한 결과가 아닐까 생각해 봅니다.

다음은 와인 이야기입니다. '신이 인간에게 준 최고의 선물이 와인이다.' 라고 플라톤은 말했습니다. 디오니소스 신화와 함께 번성한 음료인 와인은 예술과 문화의 발달과 함께 즐기게 된 음료로서 코카서스에서 소아시아와 그리스, 이탈리아를 거쳐 프랑스, 이베리아를 넘어 아프리카 북부까지 퍼진 역사를 갖고 있으며 수메르의 길가메시 서사시에서 등장하기도 하였을 뿐 아니라 노아 홍수 후 최초로 빚은 술로 등장하고 있는 인류역사에서 가장 오래된 음료이기도 합니다. 로마의 팽창과 궤를 같이한 기독교 문화의 영향으로 유럽에서 중요한 가치를 지닌 음료가 되기도 하였습니다. 원료인 포도를 확보하기 위해 중세의 성당과 수도원에서 포도나무가 대량으로 재배되게 되었으며 그 결과 지중해 연안 여러 지역에서 포도주는 물처럼 마시는 음료가 되어 지금까지도 여행자들은 생수보다 싼 가격에 와인을 즐길 수 있는 경험을 하게 됩니다. 와인은 그리스도께서 가나의 혼인 잔치에서 물이 변하여 포도주가 되게 한 기적의 음료였으며(요2:1-11) 자신의 죽음을 앞두고 제자들과 함께한 최후의 만찬에서 자신의 피라고 칭한 음료가 됨으로서(마26:27-28) 인류 역사 최고의 위상을 지닌 기적의 물방울로 자리매김 됩니다. 산티아고 순례길 걸으면서 만나본 끝없이 펼쳐지는 자갈밭 포도농원들, 에게 해 고대 갱그리아 항에서 코린토스 항으로 넘어가는 길에서 만난 어른 허벅지만큼이나 굵은 포도나무들, 금주국가 임에도 아프리카 와인 생산량 1,2위를 차지하고 있는 알제리와 모로코의 포도와 관련된 산업들은 포도가 지중해 공동체에 중요한 공통분모임을 보여줍니다.

이런 과일도 있었습니다. 아담과 이브가 선과 악을 알게 하는 과일을 먹은 후 눈이 밝아져 부끄러움을 알게 되었고 이를 가리기 위해 사용했다던 나뭇잎 지니고 있는 무화과입니다. 꽃이 없다하여 무화과란 이름이 붙었지만 과일 안쪽 식용 부분이 꽃잎이며 열매 껍질이 꽃받침이라는 사실을 아는 이 많지 않을 겁니다. 예수께서 다니시다 시장하시어 열매를 찾았으나 구하지 못해 열매 맺지 못하는 나무라 꾸지람 들은 뒤 잎이 말라버리기도 한 비운의 나무이기도 하지만(마21:18~19) 중동 및 소아시아 지방이 원산인 이 나무를 호머는 '모든 나무 중의 나무'라 상찬하기도 하였답니다. 농업과 다산의 그리스 여신 데메테르에게 봉헌된 과실이기도 하였고 고대 지중해 공동체의 주식이었을 뿐 아니라 다산의 상징과 사후 세계를 보장하는 매장물이기도 한 과일이었습니다. 지중해 어느 곳을 가도, 아프리카 사하라에서도 길가 수레에 놓고 팔고 있는 수많은 무화과를 맛볼 수 있었습니다.

가는 곳 마다 주스로 맛볼 수 있는 과일, 석류도 있었습니다. 온 땅에 음울한 겨울을 오게 한 신화속의 과일이 곧 석류입니다. 대지의 신이었고 계절을 관장하며 곡식과 수확의 신이었던 데메테르와 제우스 사이에서 태어난 딸 페르세포네가 꽃밭을 거니는 중 명부의 신 하데스에게 납치되었습니다. 어머니 데메테르의 강력한 요구로 다시 이 세상으로 돌아오지만 보내기 싫었던 하데스가 저승의 먹거리인 석류를 건넸을 때 그 중 1/3을 먹는 바람에 온전히 저승을 떠나지 못하고 1년 중 1/3은 저승에서 하데스의 아내로 지내게 되었습니다. 어머니와 헤어져야 하는 1년 중 1/3 기간, 이 기간이 겨울이 되었다고 합니다. 우리나라 민화에서도 다산의 상징으로 많이 그려졌던 석류는 이란이 원산지였으나 지중해 연안 전 지역에 많이 분포되어 있고 가는 곳마다 석류 즙을 즐길 수 있는 판매대가 줄지어 있는 것을 볼 수 있었습니다. 지중해 연안의 식생들이 가지는 공통점은 그 지역이 한 지역 공동체였음을 엿볼 수 있는 요인 중 하나라 할 수 있습니다.

3. 인적교류

여러 문헌과 역사적 현장에서 볼 수 있었던 지중해 공동체 내의 인적 교류를 살펴보겠습니다. 교통과 통신 수단이 오늘날 같지 않았던 수 천 년 전 상황에서 특정 소수의 인원이 아니라 다수의 인원이 이동하는 상황은 지리적 여건이 멀지 않다는 것이 전제가 되겠지요. 이는 지중해 연안지역 전부가 하나의 공동체였음을 알 수 있게 하는 근거라 할 수 있습니다. 셰익스피어의 희곡《오델로》는 베니스를 무대로 하는 작품으로 주인공 오델로 장군은 지중해 주변 아프리카 무어인 출신의 흑인이었고 부인 데스데모나는 미모가 뛰어난 이탈리아 출신의 백인 여성이었습니다. 이 작품은 아프리카 출신 흑인이 백인 사회인 이탈리아에서 장군의 신분으로 등장함으로 주류사회의 일원이 되고 있음을 보여줍니다. 이는 이 지역의 인적 교류를 확인해 볼 수 있는 근거가 됩니다. 또 다른 작품인 《베니스의 상인》에서 이탈리아를 한 번도 방문한 적 없었던 작가가 작품 속 베니스를 완벽한 모습으로 재현해 내면서 작품을 썼다는 것은 수많은 사람들이 오고 가면서 알지 못하는 세계에 대한 엄청난 정보를 제공해 주었기에 가능했다는 것을 보여주겠지요.

성경 속에서도 지중해 공동체 내의 인적 교류 현장이 자주 나타납니다. 오순절 모임의 현장에 있었던 사람들은 카스피해 주변인 바데인, 메데인들과 현재의 이란 지역인 엘람출신, 메소포타미아, 팔레스타인, 카파도키아(튀르키예), 흑해 남쪽 로마지배지 본도 출신들이었습니다. 뿐만 아니라 소아시아 지역인 부루기아와 밤빌리아 출신도 있었고 북아프리카의 이집트, 에티오피아, 리비아와 아라비아, 지중해의 그레데(크레타) 출신도 있었지요(행 2:8~11). 이는 이 지역의 수많은 사람들이 수많은 형태의 교류를 이어가고 있었음을 보여줍니다.

또 다른 성경 속 인물, 요나라는 사람의 행적도 흥미로운 사실을 보여줍니다. 하나님이 티그리스 강 유역에 자리 잡은 앗시리아의(성경 속 앗수르) 수도 니네베(성경은 니느웨라 기록합니다)에 가서 하나님의 말씀을 전하라고 명령했지만 요나는 이를 거부하고 다시스로 가는 배를 탑니다(욘1:2~3). 다시스는 고대 스페인 남부의 항구도시였다고 합니다. 이 이야기를 통해 팔레스타인 지방과 스페인까지의 영역에 그리 크지 않았던 배로 왕래가 이루어지고 있었음을 알 수 있습니다.

AD 66~73, 1차 유대-로마 전쟁은 지중해 공동체에서 대규모 인력 이동이 이루어진 사건이었습니다. 예루살렘을 공격한 티투스(성경 속 디도장군)는 수년에 걸친 공격을 통해 난공불락의 마사다 요새까지 초토화 시키고 포로로 장정 97000여명을 로마로 압송해 갑니다. 이 포로들이 건축한 건축물이 인류의 위대한 건축물 콜로세움입니다. 로마 포로로마노 입구에 서 있는 티투스 개선문은 이런 역사를 보여주며 후세에게 역사를 증언하고 있습니다.

로마의 통치자들이 펠로폰네소스 반도를 돌아가는 항로를 단축하길 원했기에 코린토스에 운하 건설을 시도했었습니다. 이 때 역시 유대인 노예들을 공사에 투입시켰는데 공사는 실패로 끝났지만 잡혀 온 이들은 귀향에 실패하고 그 지역에 남아 디아스포라²⁾로 살아가게 됩니다. 이들이 사도바울이 코린토스에서 활동할 당시 많은 문제를 일으킨 자들이지요.

현대에도 수많은 팔레스타인 난민들이 작은 쪽배를 통해 유럽으로 죽음을 담보로 한 처절한 바닷길 여행을 시도하고 있고 배고픔을

---

2) 디아스포라: 흩어져 사는 유대인

해결하기 위한 수많은 아프리칸들이 알제리나 모로코, 이집트 등을 거쳐 유럽으로 몰려드는 비극이 이어지고 있습니다. 이는 지중해 전 영역이 멀지 않은 이웃이라는 의식이 생각의 바탕을 이루고 있기에 가능한 일이겠지요.

4. 역사

이제 역사 속에 녹아든 지중해 연안의 공동체성을 살펴보겠습니다. 팔레스타인 연안, 지중해 동부지역을 근거로 모든 해상 무역을 장악하고 번성하였으나 알렉산드로스에 대항했던 전쟁에서 철저하게 무너져 내린 페니키아가 있었습니다. 그들은 아프리카 북부 지중해 연안에 카르타고라는 식민지 도시 국가를 건설하였습니다. 지금의 튀니지 지역이지요. 로마인들은 카르타고 인을 포에니(페니키아 사람)라고 불렀다고 합니다. 카르타고의 장군 하밀카르 바르카스는 지중해를 건너 이베리아 반도 카탈루니아 지방에 도시를 건설합니다. 이 도시가 바르셀로나입니다. 하밀카르 바르카스는 1차 포에니 전쟁 말기 시칠리아를 거점으로 로마를 괴롭혔으나 카르타고가 패한 후 이베리아 반도로 건너 간 것이지요. 카르타고의 식민지 시칠리아에서 태어난 그의 아들 한니발은 아버지를 따라 바르셀로나로 건너간 뒤 그 곳에서 성장한 후 군 지휘관으로 코끼리 부대를 이끌고 알프스 산맥을 넘어 로마를 침공하였고 거의 멸망에 이를 정도로 로마를 몰아부쳤다고 합니다. 그러나 로마를 완전한 패망까지 몰아가지는 못했고 이로 인해 그는 궁지에 몰리기도 했었지요. 당시 로마에서 아기들이 울 때 '한니발이 온다'라고 하면 울음을 그쳤다고 전해지고 있으니 로마인들에게 한니발이 얼마나 엄청난 공포의 존재였던가를 이해할 수 있을 것 같습니다. 그러나 천하의 한니발을 물리치고 백척 간두의 로마를 살려낸 장군이 등장했습니다. 스키피오 아프리카누스라는 인물이었습니다. 아프리카라는 대륙의 지명이 그 장군의 이름에서 유래 되었다는 설이 있고 튀니지 원주민을 지칭하는 Afri와 ~의 땅이라는 의미를 지닌 라틴어 ~ica가 결합된 말이라는 설명도 있습니다만 아프리카라는 지명이 그 지역을 관통하는 여러 전쟁의 역사 속에서 생겨난 것임을 알 수 있습니다. 아프리카누스, 그는 난세가 만들어 낸 영웅임에 틀림이 없는 것 같습니다. 이 이야기는 지중해 연안 전 지역이 쉽게 다가갈 수 없는 먼 나라가 아니라 이웃으로 함께 한 공동체였음을 알려주고 있는 것으로 여겨집니다.

지중해 연안에서 벌어진 또 다른 전쟁 이야기도 있습니다. 키루스 2세가 세운 페르시아(성경 속 바사 왕국)의 그리스 침공 이야기입니다. 키루스 2세(성경 속 고레스), 그는 징키스칸, 알렉산드로스와 함께 인류 역사상 3대 정복 군주로 알려진 인물이었지요. 그는 당대 최대제국이었으나 지나치게 백성들을 억압한 공포 정치로 민심이 떠나버린 바벨로니아를 멸망시키고 중동 전 지역과 소아시아 및 중앙아시아까지 영토를 확장한 당대 세계 최고의 정복군주였습니다. 그의 왕위를 이어받은 캄비세스 왕이 이집트 정복 전쟁 중 낙마로 인해 죽고 이어서 왕위를 이어받은 다레이오스가(성경 속 다리오) 그리스를 침공합니다. 참전 군인의 숫자가 절대적 우위를 점하고 있었지만 그는 그리스 아테네 인근 평원에서 밀티아데스 장군이 이끄는 그리스 군에게 패하고 맙니다. 페이디피데스라는 한 전령이 아테네까지 달려가서 승전보를 알리고 쓰러져 죽었습니다. 아테네 동북쪽 40여km 떨어진 위치의 그 전쟁터가 마라톤 평원입니다. 전쟁의 승리와 전령 페이디피데스를 기리기 위한 경기, 마라톤이 시작된 기원입니다. 다레이오스가 죽자 왕위를 이어 받은 크세르크세스 왕은(성경 아하수에로) 아버지의 유지를 받들어 다시 그리스를 침공합니다. 이로 인해 벌어진 전쟁이 인류 3대 해전 중 하나로 꼽히는 살람미스 해전입니다. 이 전쟁은 델로스 동맹의 맹주로 에게 해 인근 도시 국가들 사이에서 중심역할을 하고 있었던 아테네에게 엄청난 부를 가져다주는 결과를 낳았고 나아가 지중해 전역에서 주도적 역할을 감당하게 만들었을 뿐 아니라 아테네 민주제 문명이 인류 문화의 뿌리로 자리 매김 되는 촉매제로 작용하게 되었습니다.

이상에서 살펴 본 전쟁의 역사는 이 지역이 이웃처럼 가까이에 자리하고 있었던 곳이라는 사실을 잘 보여주는 예일 테지요.

5. 종교

역사가 기록되기도 전에 시작된 이후 오랜 기간 인간의 정신세계를 지배해 온 종교들 중 지중해 연안을 살찌운 두 종교가 있습니다.

바로 카톨릭과 개신교, 정교회로 구별되는 기독교와 이슬람입니다. 예수 그리스도의 공생애가 마무리된 후 기독교는 엄청난 박해를 견디며 팔레스타인과 소아시아 그리고 그리스를 거쳐 로마로 퍼져나 갔습니다. AD 313년 콘스탄틴대제의 밀라노 칙령으로 기독교가 공인된 후 신앙의 자유를 누리던 기독교가 동서 로마를 동시에 장악한 마지막 황제 테오도시우스에 의해 AD 391년에 로마의 국교로 선포되고 이후 전 유럽지역으로 확산되어 나갔습니다.

교회가 로마 중심의 서교회와 콘스탄티노플 중심의 동교회로 나뉘어져 갈등하던 중 서교회는 AD 476년 서로마 제국이 문을 닫는 와중에 서유럽으로 확장되어 나갔고 정교회로 발전해오던 동교회는 AD 1453년 오스만 제국이 콘스탄티노플을 정복한 뒤 러시아, 그리스 지역으로 영향력을 옮겨가게 되었으며 지중해 동부 지역과 소아시아 지역으로는 이슬람의 영향력이 급격히 성장하게 되었습니다. 오스만 제국은 서아시아 및 발칸 지역을 지배한 뒤 북아프리카 알제리, 모로코를 거쳐 이베리아반도까지 그 세력을 확장했습니다. 스페인 그라나다에 있는 알함브라 궁전이 모로코에서 건너온 이슬람 세력 나스르 왕조의 위대한 건축물임을 알고 보면 이슬람의 영향력이 얼마나 엄청났는지를 알 수 있습니다. 이스탄불에 남아있는 장엄한 기독교 유적 위에 덧대어 있는 이슬람 유적들, 나아가 이베리아 반도 스페인에 남아있는 이슬람의 흔적들, 이는 지역 공동체 지중해를 중심으로 한 강력한 종교의 힘이 밀고 밀리면서 이루어 놓은 삶의 흔적들이 아닐까 생각하게 됩니다.

6. 생활풍습

지중해 연안이 하나의 지역 공동체였음을 알 수 있는 또 다른 요소들이 있습니다. 바로 가옥 구조와 생활풍습입니다. 유럽의 모든 지역, 소아시아 지방, 또는 아프리카 북부지역 어느 곳을 다녀도 골목이 넓지 않다는 사실과 집으로 들어가는 대문이 매우 좁다는 사실, 그리고 창이 매우 작다는 사실에 주목하게 됩니다. 그 이유는 건축 재료에 있지 않나 생각합니다. 그 지역 가옥의 주재료가 돌이나 벽돌로 이루어져 있기에 큰 창문을 만들기가 쉽지 않았을거라 생각됩니다. 출입문이 작긴 하지만 내부는 넓게 만들 수 있었기에 지중해 연안 어디를 가도 비슷한 가옥 구조를 볼 수 있었습니다. 우리나라와 동양 가옥의 주재료는 목재로 이루어져 있습니다. 나무 규모가 크기에 큰 창틀을 만들 수 있었겠지요. 건축재 나무가 썩는 것을 막기 위해 처마도 필요했을 겁니다. 따라서 문이 큰 우리 전통가옥은 안에서 바깥을 보는 풍경을 중시하게 되었고 이런 환경이 풍수지리설을 발달시키는 이유가 된 것이겠지요. 반면에 지중해 연안의 가옥은 밖에서 보는 집의 모양을 중시하게 되었고 이는 당연히 외관이 아름다운 건물이 만들어지는 토양이 되지 않았을까 생각합니다.

이 지역에서는 식문화도 매우 깊은 유사성을 보여줍니다. '지중해식 식문화는 내적 시너지와 외적 기여를 자양분으로 지역 사회가 끊임없이 공유했던 열매이자 전통, 혁신, 창조의 용광로로서 이 지역이 지닌 생활 방식을 표현해낸다. 지중해식 식사와 관련된 문화 공간과 행사는 상호인정과 존중, 선린관계, 세대간의 전승, 이질문화간의 대화 등을 담아내는 도구였다. 이를 통해 이 지역은 상호일체감, 소속감, 지속성을 새롭게 만들어 왔다.'고 평가하는 이들이 많이 있음을 확인할 수 있습니다. 구체적으로 살펴보면 노마드 문화의 전형이 전 지역에 그대로 남아있음을 알게 되는데 포르투갈어가 어원인 빵과 육식의 전통이 그것입니다. 굽는 방식과 조리 방식은 지역마다 다르게 발달되었고 요리 명칭 역시 다양하게 나타나고 있지만 본질적인 형태와 취식 과정은 동일한 원형을 갖고 있음을 알 수 있었습니다. 이런 경험도 있습니다. 모로코의 한 가정집을 방문했을 때 귀한 손님에게 대접하는 음식이라고 특별한 요리를 내 놓았습니다. 아내와 나는 무슨 고기일까 이야기를 나누었는데 나중에서야 그것이 비둘기 요리였다는 사실을 알게 되었습니다. 문득 이탈리아 오르비에토의 절벽에 나 있던 수많은 큰 구멍이 비둘기 사육을 위한 장치였다는 이야기를 들었던 생각이 떠올랐습니다. 중세 흑사병의 공포가 사람들로 하여금 살던 마을을 떠나게 하였고 고지대 산악으로 삶의 터전을 옮기게 했겠지요. 그곳에서 그들은 단백질 보충 원으로 비둘기를 사육했다고 하는데 많은 세월이 지난 지금도 그 아픈 흔적들이 남아 역사를 이야기해 주고 있었습니다. 이집트에서도 비둘기 요리는 최상급의 고급 요리로 여겨진다는 이야기를 들었던 것을 바탕으로 지중해 연안의 식문화 전통에 선 굵은 공통점이 있음을 확인할 수 있었습니다.

공동묘지에도 지중해 지역의 공통점은 존재하고 있었습니다. 이는 각 종교가 가지는 생사관의 차이 때문이 아닐까 생각해봅니다. 우리는 죽으면 북망산으로 간다고 합니다. 당나라 수도였던 장안의 북쪽에 낙양성이 있었고 성의 북쪽에 망산이 있었다고 합니다. 당나라 고관들이 죽으면 모든 이들이 이 망산에 묻혔다고 하지요. 비운의 백제 왕 의자왕도 패망한 나라의 군주로 장안으로 끌려갔고 그곳에서 죽음을 맞았으며 북쪽 망산에 묻혔다고 합니다. 그랬기에 죽어서 가는 곳이 북쪽 망산, 즉 북망산이 된 겁니다. 영원히 돌아올 수 없는 곳으로 떠나갑니다. 육신의 죽음 뒤 영가[3]는 반야용선을 타고 삼도천을 건너 저승 즉 북망산으로 가는 것이지요. 영원히 돌아올 수 없는 길입니다. 이것이 불교의 생사관입니다. 그러기에 아착보살은 떠나가는 반야용선에 올라타기 위해 밧줄을 부여잡고 발버둥을 치게 된 것이겠지요. 서양의 공동묘지는 부활 신앙에 그 뿌리를 두고 있습니다. 기독교의 핵심적 교리이기도 한 부활 사상은 이슬람의 가치체계에도 꼭 같이 등장합니다. 그러기에 그들에게 죽음은 결코 영원한 이별이 될 수 없습니다. 머지않은 세월에 다시 만날 수 있는 소망을 가지는 신앙입니다. 파리에서 찾아간 '페르라셰즈'

---

3) 영가: 육체 밖에 따로 있다고 생각되는 정신적 실체

는 파리 최대의 공동묘지였지만 그곳은 하데스[4]의 공간이 아니었습니다. 시내 한 가운데 자리한 거대한 묘역은 휴식의 공간이었고 삶을 회복하는 공간이었습니다. 산티아고 800km 순례길 지나는 수백 곳의 마을마다 공동묘지는 마을 가운데 또는 마을 어귀에 자리잡고 있었고 주민들 민가와 더불어 있는 그곳은 가족들의 사진들, 예쁜 꽃들, 파란 잔디로 아름답게 꾸며져 음울한 분위기는 조금도 느껴지지 않았습니다. 모로코 여러 도시나 심지어 사하라 주변의 마을 공동묘지 역시 마을속이나 어귀에 있는 공통점을 볼 수 있었습니다.

지금까지 긴 시간 이곳저곳 다니면서 경험한 지중해 지역에서의 공통점을 살펴보았습니다. 지금은 국경이라는 선으로, 보이지 않는 벽으로 분리되어 다른 나라, 다른 언어로 멀어져 있지만 보면 볼수록 그들 문화는 하나의 원형을 지닌 채 의식 깊은 곳에 자리하고 있구나 라는 생각을 가지게 합니다. 파란 하늘, 맑은 바다, 푸른 산과 노랗게 익어가는 오렌지 가로수들. 지중해 그곳이 그립습니다.

---

4) 하데스: 저승의 지배자. 저승, 죽음, 지옥 등을 의미

이탈리아

베네치아 – 베로나 – 볼로냐

눈 내리는 모스크바 공항을 떠난 비행기는 늦은 밤 베네치아 신도시에 위치한 마르코폴로 국제공항에 우리를 내려놓았습니다. 중앙역 베네치아 산타루치아 역으로 이동한 우리는 오직 수상버스나 수상택시만 운행하는 골목 좁은 중세의 세계에 들어섰습니다. 희미한 가로등 만이 늦은 밤 찾아드는 이방인을 반길 뿐 좁고 긴 골목은 침묵 속에 갇혀 있었습니다. 먼 동쪽 초원을 건너 침입하는 훈족을 피해 서러운 목숨 부지하고자 밀려 내려온 유민들, 그들을 맞이한 곳은 젖과 꿀이 흐르는 땅이 아니라 모래톱이 물길 막아주는 바닷가 석호[5]들이었습니다. 그들은 그곳에 말뚝을 박고 물 위에 집을 지으며 처절한 목숨을 이어갔고 눈물이 양식이 되고 한숨이 물길이 되어 세상을 바꾸어가는 문화의 주추를 놓아갔습니다. 인류 최초로 탈무드가 인쇄되고 악보집, 건축화보, 의학이나 군사학, 지리학 서적이

---

5) 석호: 바다로부터 분리되어 형성된 해안가 호수

세계 최초로 인쇄되었으며 중세 유럽을 뒤집어버린 르네상스의 인문 정신을 온 세상으로 확산시킨 곳. 그곳에 발을 딛게 된 것입니다.

다음 날 아침, 중세의 좁은 골목을 돌고 돌아 예수의 언저리 맴돌 다 그를 위해 모든 삶을 바친 한 사람, 마가(Mark)의 유해가 잠들어 있는 산마르코 대성당을 찾았습니다. 예수의 활동 영역 주변 서성이 는 동안 그의 인격은 깊은 변화를 겪었고 자신이 신앙하는 대상 예 수를 전하는 일에 온 생을 바친 사람이었지요. 이집트 알렉산드리아 에서 생을 마감했으나 많은 세월이 흐른 뒤 그의 유해가 다시 수습 되어 염장한 돼지고기에 덮힌 채 베네치아로 송환되었고 그 곳에 잠 들게 되었다고 합니다. 끊임없이 흔들리는 이 시대의 사고 체계로 인해 분명한 삶의 가치 체계를 세워가기조차 어려운 게 제 삶의 모 습이기에 오직 정해진 목표 따라 삶의 여정 살아간 그가 얼마나 위 대한 존재인지 깊이 생각해 보게 되었습니다. 제4차 십자군 전쟁에 서 보여주었던 인간의 탐욕이 콘스탄티노플에서 약탈해 온 네 마리 의 말 조각상에서 푸른 녹으로 변한 채 광장을 거니는 수많은 인파 들 위로 드러나고 있었습니다.

이어서 찾았던 베네치아 공국의 두칼레 궁전, 그 화려함 앞에 신 음처럼 토해내는 외마디 외침 말고는 그 감동을 전할 길이 없었습 니다. 산마르코 종탑 위에서 내려다 본 두칼레 궁전의 돔으로 만들 어진 십자가 천장 지붕의 장엄함 역시 가슴을 두근거리게 만들었습 니다. 별빛처럼 반짝이는 바다 그리고 118개의 섬을 이어주는 400

여개의 다리 아래로 검정색 곤돌라는 설렘과 환희로 가득 찬 이방인을 실어 나르고 이 골목 저 물길 따라 삶은 쉼 없이 흐르고 있었습니다. 공모전에서 거장 미켈란젤로를 밀어내고 설계와 건축을 맡았던 디폰테의 아름다운 리알토 다리 위에서 수많은 배들이 실어가는 삶의 애환을 보았으며 그 옛날 그 다리 위에서 지나가는 행인들을 불러 세우는 탐욕스런 유대인을 떠올려 보기도 했습니다. 셰익스피어는 '살은 베어가되 피는 한 방울도 흘려서는 안 된다' 선언하는 포샤의 한마디로 유대인 고리대금업자 샤일록을 응징하여 독자들로 하여금 카타르시스를 맛보게 했지요. 바로 그의 희곡《베니스의 상인》의 현장 무대입니다. 유태인 그들은 왜 가는 곳마다 미움의 대상이 되었을까요? 예수를 십자가에 못 박았던 민족이라는 이유 때문 만이었을까요? 끊임없이 로마 제국에 저항하던 그들. 로마는 수많은 유태인 포로들을 끌고 갔고 일부는 이를 피해 여러 곳으로 흩어져 살기도 했습니다. 흩어진 백성들, 디아스포라. 그곳에서 그들은 그들만의 질서를 만들고 그 곳에서의 삶을 이어갔습니다. 하지만 그들은 가진 것 없는, 조국을 떠나온 이방인에 불과했습니다. 당연히 상업을 통해 생계를 꾸려가며 부를 축적할 수밖에 없었고 이를 바탕으로 금융업의 중심 세력으로 성장하게 되었겠지요. 살아남기 위한 처절한 발버둥의 성과였던 부는 지역 토착민들의 부러움과 미움의 대상이 되었을 것이고 이런 분위기가 확산되며 유대인을 향한 부정적 이미지가 고정되지 않았을까 생각해 봅니다. 깨끗한 부가 아닌 더러운

부는 세상 사람들의 비난을 피해가지 못하는 법. 내가 뿌리내리고 사는 내 나라 땅에서의 부를 향한 시선의 의미를 살펴보게도 되었습니다.

라 페니체 극장을 찾았습니다. 규모가 그리 큰 것은 아니었지만 세계 최고 수준의 음향과 화려한 천장, 로얄박스, 그리고 어떤 좌석에서도 배우의 움직임과 표정까지 읽어낼 수 있는 좌석 배치 등 무대 공연을 위한 최상의 조건을 갖추고 있었습니다. 페니체, 불사조라는 뜻을 가지고 있다지요. 세 번에 걸쳐 대 화재를 겪었으나 1996년 세 번째 화재 후 루치아노 파바로티가 '라 페니체 없는 베네치아는 영혼이 없는 육체와 같다'며 모금 운동을 벌였고 복구 작업을 통해 지금의 모습을 갖추게 되었으니 가히 불사조다운 공연장임에 분명합니다. 돈이 있다고 세계적 관심을 끄는 공연장이 마련되는 것은 아님을 알기에 그들의 문화에 대한 인식과 예술 수준의 두께와 깊이에 부러움이 생기지 않을 수 없었습니다.

구도심 초입 산타루치아 역에서 옆으로 난 좁은 길을 지나 삶의 내음 짙게 풍기는 수산 시장을 찾았습니다. 하루가 시작된 약간은 이른 시간, 생선 비린내 짙게 풍기는 이곳, 저곳을 기웃거려 보았습니다. 가난하지만 선한 미소로 손님을 맞는 상인들 표정 속에서 내 어머님의 지친 얼굴을 보았고 내 누이의 삶을 향한 간절함을 보았습니다. 이어서 좁은 골목길 따라 찾아간 그 곳에서 가슴 멎어 버릴 듯한 깊은 침묵을 마주하게 되었습니다. 고요함 속 시들어가는 국화 꽃다

발은 그곳이 주는 엄숙함으로 주눅 들어가는 것처럼 보였습니다. '게토'. 유대인이 모여 살도록 법으로 강제한 도시의 한 구역을 말합니다. 게토의 한쪽 구석 히틀러 권력의 횡포 앞에 속절없이 무너져 가야 했던 이들의 수많은 아우성이 잠들어 있었습니다. 그곳에서 작은 아우슈비츠를 만났습니다. 히틀러 그는 6백만여 명의 유대인을 학살했고 포로수용소 아우슈비츠에서만 백만여 명이 생을 마감해야만 했습니다. 문명은 끝 간 데 없이 발전해 가고 있는데 지금도 여전히 생명들이 학살되고 사냥 되는 온 땅의 비극은 도대체 누구를 위한 폭력이란 말입니까? 빅터 프랭클은 자신의 저서 《죽음의 수용소》에서 아우슈비츠의 폭력을 폭로하며 '그래도 희망은 자신의 삶을 소중히 여기는 사람에 있다'라고 이야기합니다. '이 땅에서의 에덴은 인간이 만들어 내는 조직이나 체제 또는 이데올로기가 아니라 사람 그 자체에 있다.'라는 그의 지적에서 이 시대 우리가 찾아가야 할 길이 있음을 알게 되니 얼마나 다행스러운지요.

베로나행 기차에 몸을 실었습니다. 차창 가에 비치는 풍경 아직 냉기가 스치는 겨울 끝자락이라 모든 것 내려놓은 텅 비고 가난한 나뭇가지들이 채우고 있었지만 은빛 푸른 상록수 올리브는 온 들판에 생기를 불어넣어 주고 있었습니다. 어렵게 찾아간 숙소에 여장을 풀자말자 인근에 위치한 아레나를 찾았습니다. 2천여 년 전의 원형 경기장. 거의 원형에 가까운 큰 규모의 경기장은 먼 동쪽 끝 작은 나라에서 온 나를 주눅 들게 하기에 조금도 부족함이 없었습니다. 로마 소재 원형경기장에만 콜로세움이라는 이름이 주어졌고 다른 모든 원형 경기장은 아레나라고 칭한다는 사실도 알게 되었습니다. 지금도 여전히 다양한 공연장으로 쓰이고 있는 2천년 세월의 흔적을 지닌 그 곳 구석구석을 돌아보며 검투사들의 고함 소리, 굶주린 사자 앞에서 뱉어 내는 두려움 섞인 기독교도들의 비명소리, 휘황찬란한 조명 앞에서 우아한 모습으로 아리아를 부르는 가수들의 아름다운 소리들이 겹치고 또 겹치며 생각의 들판을 채워 갔습니다.

셰익스피어의 희곡 《로미오와 줄리엣》의 무대인 베로나, 사람들은 실체 없는 이야기 속 줄리엣의 집을 지었고 때로는 슬퍼하고 때로는 애틋해하며 그들 사랑의 간절함을 펼쳐 보이기를 원했나 봅니다. 로미오와 줄리엣, 그들은 서로를 증오하는 두 가문 몬테규 가와 케플릿 가에서 태어났습니다. 어느 날 가면무도회에서 처음 만나 사랑에 빠진 두 사람, 그들은 죽음으로 몰아가는 운명에 대항하기보다는 순응하면서 살아있는 죽음을 통해 죽음을 넘어서는 사랑을 이루어 냅니다. 두 연인의 사랑은 그들을 둘러싼 상황이 나빠질수록, 절망이 깊어질수록 더욱 아름답게 빛이 납니다. 작가는 슬픔 속에서 발견되는 사랑의 기쁨을 이 작품 속에 녹여 내고자 했나 봅니다. 우리가 숨 쉬며 살아가는 이 시대의 사랑을 생각해 보았습니다. 물론 세상이 달라졌다는 사실을 이해하긴 하지만 사람을 귀하게 여기기보다는 조건을 앞세우는 온 땅의 사람들. 진정 우리를 행복하게 만들어 줄 가치는 어떤 것일까요? 셰익스피어는 말합니다. '말리면 말릴수록 불타는 게 사랑이다. 졸졸 흐르는 시냇물은 막으면 막을수록 거세게 흐른다.'고. 또 그는 말합니다. '당신의 이름만이 나의 원수일 뿐 당신이 몬테규이든 아니든 당신은 당신일 뿐이에요. 이름에 무엇이 있나요? 우리가 장미를 무엇이라 부르든 장미가 가진 향기는 변함이 없잖아요?' 라고. 그렇습니다. 흐르는 사랑의 물길이 막히지 않고 흐를 수 있는 세상, 당신이 당신일 뿐인 세상, 변함없는 향기만을 누릴 수 있는 세상, 그런 세상이 오면 참 좋겠습니다.

푸니쿨라를 타고 올랐던 성 피에트라 성의 광장에서 내려다 본 베로나는 정말 아름다웠습니다. 그곳에서 만난 또 다른 놀라움. 2천년 세월의 더께 속에 흔들림 없이 서 있는 야외 원형극장 그리고 성 피에트라 다리. 극장을 돌아 다리 위를 걸으면서 우리는 다음 세대에 어떤 것을 남길 수 있을까를 생각해 본 시간이었습니다. 카스텔 베키오 다리는 참 아름다웠습니다. 다리 하나 건축하는데도 주변 환경에 가장 완벽하게 조화를 이루는 미적 공통분모를 찾아내었던 옛사람들의 지혜에 새삼 존경심이 생겨나면서 오로지 기능에만 초점이 맞춰져 지어지는 우리의 건축물들도 예술성이 곁들여지는 경지로 발전해 가기를 빌어 보기도 하였습니다.

다시 기차를 타고 현자들의 도시, 빨간 도시 볼로냐를 찾았습니다. 세계에서 가장 오랜 된 볼로냐 대학으로 인해 현자들의 도시라는 이름을 갖게 되었고 붉은 벽돌집이 많아 빨간 도시라는 별칭이 붙었다지요. 시내버스로 이동해 산 페트로니오 성당을 찾았습니다. 14C 경에 건축을 시작하면서 로마의 성 베드로 성당보다 더 큰 규모로 짓 길 원했다는 성당은 아직도 건축이 마무리되지 않은 채 세계 5번째 크기의 위용을 보이고 있는데 기둥을 살펴보면서 엄청난 규모에 매우 놀랐던 기억이 새롭습니다. 하나님 앞에서 낮아지고 작아지는 가치를 추구해야 함이 옳을 텐데 신을 빙자한 인간의 탐욕은 가는 곳마다 더 큰 것, 더 좋은 것 추구하게 만들었고 이는 사람들의 욕심이 끝 간 데 없음을 보여주고 있는 것 같았습니다.

인근에 위치한 볼로냐 대학의 인체 해부 실험실을 들렀습니다. BC 4세기경 알렉산드리아에서 최초로 인체 해부가 이루어진 기록이 있으나 교육과 연구 목적의 인체 해부는 볼로냐 대학에서 처음으로 시행되었다고 합니다. 주검을 대하는 생각들이 시대와 사회 상황에 따라 많은 변화를 겪기도 했겠지만 낯선 것, 새로운 것에 대한 호기심은 사람 뱃속의 모습을 들여다보게 만들었을 것이고 그런 시도는 인류 문화를 조금 씩 조금 씩 앞으로 나아가게 만들었을거라 생각하는 동안 문득 우리의 교육 현실이 생각의 촉수를 건드렸습니다. 새로운 학습법을 현장에 적용하는 시도가 이루어지고 있는 것은 다행이지만 질문하기를 어렵게 만드는 환경, 상상력을 쓸데없는 짓으로 몰아가 버리는 어른들은 여전히 존재합니다. 안타까운 현실의 벽을 넘어 닭의 알을 품는 에디슨이 많이 나타나는 교육의 장이 만들어지면 참 좋겠습니다.

볼로냐 대학 인근에 있는 1000여 년 전에 세워진 98m 탑 아시넬리를 올랐습니다. 근처에 있는 가리젠타라는 탑과 더불어 이 두 탑은 두 가문의 이름을 나타내고 있는데 두 가문이 서로 더 높은 탑을 세우기 위해 경쟁하다 가리젠타가 기울어지게 되었답니다. 자신들의 힘과 부를 과시하기 위한 수단이었던 두 탑, 그리고 기울어진 가리젠타. 성경은 가르칩니다. 욕심이 잉태한즉 죄를 낳고 죄가 장성한즉 사망을 낳는다고. 지금도 여전히 전 세계에서 더 높은 탑을 쌓기 위한 경쟁이 진행되고 있습니다. 마천루 건축 경쟁이지요. 마천루의 저주라는 말이 있습니다. 세계의 마천루 높이 기록이 갱신되면 경제적 침체의 전조가 닥칠 거라는 내용입니다. 탐욕의 경쟁, 언젠가는 쓰러져 갈 가리젠타를 쌓아가는 일이겠지요. 볼로냐를 떠나는 길, 피렌체로 향하는 밤기차는 느렸지만 어둠속 창 밖 풍경은 평온하고 따뜻했습니다.

피렌체 - 피사 - 시에나

|

　르네상스를 꽃피워 결국에는 인류의 꽃이 된 도시. 영어로는 플로 렌스라고 하지요. 피렌체의 산업 활성화의 동력이기도 했지만 때로 는 범람으로 인한 파괴의 주범이기도 한 두 얼굴의 강 아르노 강변 따라 건축과 예술의 본산이 되었고 무역과 금융의 중심이 되었으며 르네상스를 꽃피웠던 도시. 괴테는 자신을 다시 태어나게 하고 혁신 시키고 충실을 기할 수 있게 한 일대 사건이 이탈리아 기행이라고 고백했습니다. 나도 그 감동을 가슴 벅차게 누려 보자 기대했던 피 렌체에 닿았습니다. 레오나르도 다 빈치는 그곳에서 《모나리자》를 그렸고 미켈란젤로는 《다윗상》을 조각했으며 라파엘로가 《주님 탄 생 예고》를, 보티첼리가 《비너스의 탄생》을 그렸던 도시. 마키아벨 리가 《군주론》을 썼고 보카치오가 《데카메론》을 썼으며 부루넬르스 키가 산타마리아 델 피오레(피렌체 대성당) 두오모를 설계했던 곳. 그 곳이 피렌체였습니다.

　온 땅에 뿌리 내리고 살아온 사람들의 인문학적 소양을 고양시켜

왔으며 지금도 온 세상 사람들 행복하게 만들어 주는 예술과 인문학의 보고 속을 걸었습니다. 역사는 오래된 미래인 까닭에 그 역사 속에서 추출한 인문학적 성찰을 통해 미래를 설계할 수 있다는 말을 가슴 벅찬 감동 더불어 실천할 수 있는 곳이었습니다. 맘몬이즘[6] 속을 관통하며 살아가는 우리들에게, '사람이 먼저'라고 하는 생각을 가지는 이에게, '사람이 먼저'이고 '사람이 중심'이 되는 세상을 만들고자 했던 피렌체 사람들의 가르침을 돌아보게 한 도시이기도 했습니다.

산타 마리아 델 피오레 두오모 앞에 섰습니다. 일본 소설가 에쿠니 가오리와 츠지 히토나리가 쓴 소설. 사랑하는 남녀의 이별과 이후 8년간의 이야기를 담은 《냉정과 열정사이》라는 소설이 생각났습니다. 피렌체에 유학중이던 준세이는 잊지 못하는 옛 연인 아오이가 밀라노에 와 있다는 소식을 듣고 그녀를 찾아갑니다. 하지만 그녀 곁에는 이미 새로운 연인이 있었습니다. 다시 피렌체로 돌아온 준세이는 아오이와의 추억을 확인하기 위해 일본으로 떠나며 그녀에 대한 비밀과 오해를 풀게 됩니다. 이후 서른 살 아오이의 생일에 두 사람이 오래전에 했던 약속 떠올리며 피렌체 두오모 성당으로 향하는데……. 떠나간 연인을 가슴에 담아둔 채 각자의 삶을 사는 두 사람의 애틋한 사랑 이야기지요. 서로 말 못 하고 상처를 쌓아가는 사람

---

6) 맘몬이즘: 부, 돈, 재산 등을 절대시하는 행위나 태도

들, 긴 세월 한 사람을 가슴에 품고 있기에 누구에게도 가슴 열지 못하고 서로를 그리워하면서도 아닌 척하며 냉정을 유지하는 그들 같은 삶 살아가는 우리가 아닐는지요. 먼 길 돌고 돌아 찾아가는 행복. 힘이 듭니다. 우리에게 깃들이는 짧은 세상 길 속에서의 긴 행복을 읽어내는 지혜는 언제쯤 키워질까요? 작가는 말합니다. '홀로, 멀리 여행을 떠나라. 그곳에서 그리운 사람이 당신이 가장 사랑하는 사람이다.' 라고. 또 그는 한 마디를 더 툭 내뱉으며 가슴을 칩니다. '나는 과거를 되살리는 게 아니다. 미래를 기대하는 게 아니라 현재를 살아가야 해.' 라고. 대성당의 돔은 크고 웅장했습니다. 그 거대한 돔을 지금까지 흔들림 없이 공중에 올려놓았던 부루넬르스키. 그의 상상력의 끝은 어디일까요. 돔의 구석구석을 살펴보며 인간의 무한한 능력에 저절로 옷깃을 여미며 경의를 나타내게 되었습니다.

　우피치를 찾았습니다. 오피스라는 단어가 우피치에서 생겼다지요. 그림에는 정말 문외한이었기에 전문 가이드를 모시고 그 분의 설명을 들었습니다. 신본주의의 세계관이 그리스, 로마의 인본주의로 회귀한 결과물이 르네상스 이후 원근도법이라는 이야기 들으며 스스로의 무지함에 한숨을 내뱉기도 했습니다. 수많은 작품 앞에 내 좁은 지식의 저장 공간은 감당하기 벅찬 정보로 흘러넘치고 있었습니다.

　미켈란젤로의 ≪다윗 상≫을 만나러 아카데미아 미술관을 찾았습니다. 다윗을 만나고 싶어 하는 수많은 사람들이 만들어 낸 줄에 서서 말로만 들었던 진품 작품이 어떤 모습일까 상상하는 것은 즐거운 일이었습니다. 조각상 앞에 섰습니다. 두근거림 더불어 말없이 그저 바라보기만 했습니다. 금방이라도 걸어 내려올 것 같은 생동감, 인체의 균형미, 잘 훈련된 모습의 근육과 그 위를 흐르는 굵은 핏줄들. 골리앗을 상대하던 성경 속 다윗은 그 곳에서 살아서 우리를 만났습니다. 그는 들판에서 양을 치는 유순하고 유약한 목동이 아니라 난세의 혼란을 잠재운 위대한 지도자였습니다. 늘 흔들리는 이 땅에서 모두에게 샬롬을 전하는 위대한 다윗이 나타나기를 기대해 보았습니다.

단테를 찾았습니다. '우리 인생길의 한 중앙. 올바른 길을 잃고서 어두운 숲을 헤매고 있었다. 그러나 내 마음을 무서움으로 적셨던 골짜기가 끝나는 어느 언덕 기슭에 이르렀을 때 나는 위를 바라보았고 이미 별의 빛줄기에 휘감긴 산꼭대기가 보였다. 사람들이 자기 길을 올바로 걷도록 이끄는 별이었다.' 그의 위대한 대서사시《신곡》지옥편의 첫 장면입니다. 하나님의 섭리와 구원, 그리고 그를 대하는 인간의 자유의지 문제를 중심으로 서구 기독교 문명을 집대성한 작품이라고 합니다. 실존 인물이다, 상상 속 인물이다 논란이 있지만 어린 시절 짝사랑했던 연인 베아트리체의 인도를 받아 사후세계 지옥, 연옥, 그리고 천국을 여행하는 동안 신화속이나 역사에 등장했던 인물들을 만나면서 인간 삶의 제대로 된 가치를 고민하게 합니다.

이따금씩 개방되는 바사리의 복도는 대공의 복도라는 이름이 붙은 비밀통로였습니다. 베키오 궁전에서 우피치 미술관, 베키오 다리를 지나 피티 궁전에 이르는 길입니다. 12월 추운 날씨에 예정된 결혼식 하객들이 안전하고 춥지 않게 이동할 통로로 만들어졌다고 합니다. 뿐만 아니라 공화정 체제의 피렌체가 군주제로 바뀌면서 군주였던 공작이나 대공들에 대한 암살 위험이 상존했고 따라서 이들이 대중과 적에게 노출되지 않고 비밀리에 정부 관사와 거주지를 왕래하는 수단이 되기도 하였답니다. 대중없는 정치 지도자는 존재할 수 없을 테지요. 민심이 천심이라 하는데 여전히 대중과 함께 걷는 지도자가 아니라 대중 위에 군림하고자 하면서도 착한 지도자인 척 하는 이들이 많으니 이들을 어떻게 이해해야 하나요. 입술에는 친애하는 국민 여러분이라는 말 달고 살지만 진심으로 국민을 친애하는 지도자는 많지 않아 보입니다. 부끄러움 모르고 교언 영색하는 이들이 득세하는 것 보면 예나 지금이나 사람의 본성은 달라지지 않나봅니다.

인간의 탐욕이 빚은 가문 몰락의 또 다른 현장, 피티 궁전을 들렀습니다. 한 때 메디치가에 버금가는 부를 축적했으나 메디치를 넘고자 끝 간 데 없이 미술품이나 조각상들을 수집하다 파산한 상인 루카 피티가 지은 궁전입니다. 부루넬리스키가 설계하여 건축하였으나 완공되지 못한 채 피티가 사망하고 결국 메디치가에 넘겨지는 비운을 안고 있습니다. 메디치가에 의해 증축되고 정통 이탈리아 정원인 보볼리 정원이 꾸며지며 지금의 모습을 간직하고 있습니다.

 기차로 피사를 찾았습니다. 10C~11C 토스카나 지역 중심지였고 지중해와 이탈리아 무역을 독점한 상업의 중심지였지요. 플랫폼을 나서는 동안 집시 여인 두 사람이 땅바닥에 주저앉아 우리를 힐끗힐끗 쳐다보고 있는 것을 보게 되었습니다. 곧 그들은 일어나서 우리 뒤를 따라 왔습니다. 그렇지만 낯선 동양인이라 그런가보다, 저들도 탑을 보러 가나보지, 하고 대수롭지 않게 넘겼습니다. 조금 걷자 그림으로만 보던 탑이 시야에 들어왔습니다. 아내와 딸 아이, 우리 모두가 흥분하며 탑 근처로 이동하는 중 티켓을 받아오던 아이가 아내의 배낭을 보면서 "엄마, 가방이 왜 열려있어?" 라고 말했습니다. 아이고, 세상에. 배낭에 넣어둔 아내의 손가방이 순식간에 사라지고 없었습니다. 아내의 눈가에 이슬이 맺혔습니다. 소중하게 여기던 반지며, 목걸이 등 모든 것이 들어 있던 가방이었습니다. 저녁 시간 아내는 우리와 함께하는 여행 끝내고 아이 혼자 계속해 갈 세계 일주 여행 중 혹시 모를 비상 상황을 대비해 그 귀중품을 챙겨 왔다고 했습니다. 아이에게 줄 물건이 집시 여인에게로 간 것입니다. 이어서 아내는 금붙이를 잃어버린 것보다 아이가 써 준 소중한 편지가 사라진 것이 더욱 속상하다 말했습니다. 함께 여행 떠날 때마다 아이는 우리 내외에게 긴 편지를 써 주었고 우리 둘은 행복한 마음으로 그 편지 두고두고 읽었거든요. 역에서 본 그 집시 여인들 원망도 했지만 따뜻한 식구들의 사랑을 다시 한 번 깊이 느꼈기에 그 일 또한 지금까지 마음은 불편하지만 재미있는 이야기 거리로 남아 있습니다.

갈릴레이 갈릴레오가 공부한 대학이 있고 그가 자유낙하 실험을 한 피사의 사탑이 있는 곳. 모퉁이를 돌면서 만난 눈앞에 펼쳐진 거대한 건물. 탑은 많이 기울어져 있었습니다. 연약한 지반에 건축이 되어 기울어졌다고 했습니다. 볼로냐에서 만났던 두 개의 탑도 연약지반이 꺼지면서 기울기 시작했답니다. 최근 철근을 빼먹고 시공한 아파트가 논란이 되기도 했지요. 건축업자들의 욕심이 빚어낸 일이 사람을 죽이는 일임을 그들은 정녕 모르는 것일까요? 모든 일이 기본으로 돌아가야 됨을 가슴에 새기게 된 피사였습니다.

토스카나 지방의 아름답고 전형적인 사이프러스 나무 줄지어 선 도로를 따라 이른 아침 도착한 시에나는 안개에 둘러 싸여 몽환적인 분위기를 만들고 있었습니다. 15C까지 상업과 교통의 중심지였고 십자군 원정의 통과 점으로 중요한 역할을 감당하였으나 피렌체와의 경쟁에 밀려 쇠락한 덕에 중세의 모습이 그대로 보존되어 있다고 합니다. 좁은 중세의 골목길 걸으면서 그 시대를 숨 쉬어 보는 행복한 시간을 누렸습니다.

시에나 중심지이며 도시 초기 역사의 중심지였던 캄포 광장은 눕거나 앉아 먹고 마시며 태양빛 만끽하는 사람들로 가득 차 있었습니다. 온 시민이 한 자리에 모여 민의를 수렴하던 광장 정치의 현장에

서서 민의를 대표 한다 떠들지만 선거철만의 대표로 나랏일 도모하는 내 나라의 정치 현실을 생각하며 가슴 답답함을 느끼게 되는 것은 나 혼자만의 속상함은 아니겠지요. 가이어의 샘이라는 작은 분수대를 보았습니다. 그저 소박하고 평범한 분수에 붙혀진 대지의 신이라는 이름. 그럼에도 그 이름으로 인해 작은 분수는 큰 의미로 다가왔고 그들 문화 속 깊이 내재하고 있는 인문학적 토양이 참 부럽다는 생각이 들었습니다.

아시시 - 오르비에토 - 치비타

프란체스코 성인을 만나기 위해 올라탄 아시시행 밤 기차는 모든 것이 낯선 여행객인 우리들을 당혹감 속으로 몰아넣었습니다. 플랫폼에 도착한 열차에서 내리려고 애썼으나 열차 문을 열 수 없었고 늦은 밤 기차였기에 텅 빈 기차에는 소리치는 우리를 도와 줄 승객이 단 한 사람도 없었습니다. 앞 칸에 있던 한 사람이 달려왔으나 기차는 이미 다음 역을 향하여 출발하고 말았습니다. 11시를 넘긴 늦은 밤, 냉기 머금은 바람 스치고 지나는 달빛 아래 시골 역 풍경은 황당함을 넘어 서글픔을 느끼게까지 했습니다. 아무도 없는 시골 역에 내팽개쳐졌다는 느낌이 들었던 그 밤의 경험. 지금은 즐거운 추억의 한 장면으로 남아 있습니다.

아침 식탁에서 캐나다에서 오신 점잖은 노부부를 만났습니다. 대구를 두 번이나 찾으셨고 방문 때마다 청라언덕에 잠들어 있는 외국인 선교사 묘역을 찾으셨다는 목사님 부부였습니다. 사모님이 세계적 대 부흥사 빌리 그래함 목사님의 사모님과 아주 가깝게 지내는 분이었기에 그분들 사이의 가슴 따뜻한 이야기를 들을 수 있어서 참 멋진 만남이 되었습니다.

아침 식사 후 숙소를 나선 우리는 위에서 걸어 내려오는 두 수녀님을 보았고 직감적으로 한국인임을 알아보았습니다. 잠시 후 만난 그분들은 바티칸에 파견 근무 중인 수녀님들이었습니다. 그중 한 분이 대구 출신이었기에 고○○ 신부님 아시냐고 물었지요. 깜짝 놀라시면서 당신이 일하던 성당의 주임 신부님이었답니다. 고 신부님이 내 제자라는 이야기에 그 분의 놀라움은 더욱 커졌습니다. 먼 이국 땅 생김새 다른 사람들 북적이는 길거리에서 만난 반가운 분들이었습니다. 그렇습니다. 나와 관계 맺은 이들이 만들어 내는 만남의 고리가 바로 내게 또 연결됨을 느끼면서 더불어 살아가는 삶의 비밀을 경험하며 향기 나는 삶을 살아가야 할 이유를 다시 한 번 확인하게 되었습니다.

이른 아침 시간이었음에도 성 프란치스코 성당 그의 유해가 잠든 곳에는 수많은 이들이 아름다운 삶 살다 간 그를 기리며 깊은 묵상과 참배를 이어가고 있었습니다. 하나님의 음유시인, 가난한 이들의 친구, 새들과 대화하며 설교했던 자연 친화 주의자였고 생태주의자 등으로 불리는 분이었습니다. 그는 아시시에서 사업으로 성공한 부친과 신심이 깊었던 어머니 사이에서 태어나 유복하게 자랐습니다. 군에 지원할 목적으로 집을 떠나 먼 길 가던 어느 날, 프란체스코는 신비한 환시를 경험하게 됩니다. 수많은 무기가 진열된 방에서 '주인과 종 둘 중에서 누구를 섬기겠느냐'는 소리를 듣고 주인을 섬기겠다고 대답하자 아시시로 돌아가라는 말을 듣게 된 일이었지요. 가던 길에서 집으로 돌아온 그는 운동이나 친구, 연회 등 모든 것을 피하기 시작했고 결혼을 생각하는지에 대한 친구들의 질문에 "나는 가난이라는 여인과 결혼할 것이다"라고 답했다고 하지요. 이후 아시시 인근 나병환자를 수용하고 있는 병원을 찾아 환자들을 간호하는 일에 성심을 다했다고 합니다. 기도하는 중 '프란치스코야 다 허물어져 가는 내 집을 수리하여라.'는 말씀을 듣고 부친의 사업장으로 돌아가 값비싼 옷감을 내다 팔며 교회를 재건하는데 힘을 쏟았습니다. 부친 피에트로는 몹시 분노하며 아들의 마음을 돌리기 위해 여러 가지 시도를 하였으나 여의치 않자 심한 체벌을 하기도 하고 급기야는 도시 집정관 앞에 데려가 그에게 상속권을 주지 않겠다고 선언을 하게 됩니다. 재판정에서 프란치스코는 상속권은 물론 부친과의 관계마저 포기 한다 선언하며 갖고 있던 돈 뿐 아니라 입고 있던 옷을 다 벗어 부친에게 돌려주고 "이제부터 저는 피에트로를 아버지라 부르지 않고 하늘에 계신 우리 아버지만을 아버지라 부르겠습니다." 라고 선언합니다. 그 후 그는 구걸을 하며 지내면서 통회의 삶을 살아감과 동시에 폐허가 된 교회를 재건하는데 온 힘을 쏟았다고 합니다. 그 가운데 조그마한 교회, 포르치운쿨라는 그가 가장 좋아하는 거처가 되었다고 합니다. 확신에 찬 아들의 절교 선언에 찢어지는 아픔을 겪어야만 했을 그의 아버지가 쓸쓸한 모습으로 아시시 넓은 들판을 걸어가는 모습을 상상해 보았습니다. 1213년 무슬림들에게

복음을 전하기 위해 모로코 선교를 시도했으나 선교를 도우던 여러 사제들이 모로코에서 순교를 하는 가운데 스페인에서 병에 걸려 그의 뜻은 좌절되었습니다. 십자군 전쟁의 와중에 전쟁 상대 이집트를 찾은 프란체스코는 기꺼이 순교를 무릅쓰고 술탄을 방문하는데 술탄은 그를 환대하며 해를 끼치지 말라고 명령했다 합니다. 그는 그리스도교의 가르침이 참 진리임을 입증하기 위해 스스로 불 속에 들어가겠다고 했다는데 이 이야기는 아시시 대성당 프레스코화로 잘 묘사되어 있습니다. 그가 설립한 프란치스코회 수사복은 3개 매듭이 두드러져 보이는데 청빈과 순결, 그리고 순명의 의미를 지닌다 하니 그의 온 생애를 걸쳐 추구했던 삶의 가치를 잘 보여주는 듯합니다.

올리브 농원 지나는 시골길 따라 로카 마조레 성을 올랐습니다. 헐떡이는 숨결 너머 터져 나오는 비명 같은 감탄. 아시시 들판은 필설로는 묘사할 수 없는 아름다운 풍경의 극치였습니다. 올리브 숲으로 덮혀 있는 넓은 들판은 어찌 그리도 평화로운지요. 버스로 아시시 역 근처의 산타마리아 델리 안젤리 성당을 찾았습니다. 그 큰 성당은 프란체스코가 그리도 사랑하며 깊은 묵상의 시간을 보냈을 포르치운쿨라 교회를 가슴에 품고 있었습니다. 작은 성당을 덮어씌운 큰 성당 건물을 보면서 지키고 보존하려는 마음보다 통제하고 지배하려는 인간의 악한 심성이 느껴지는 듯하여 씁쓸함이 느껴졌습니다. 프란치스코 그 분이 추구했던 삶의 가치를 진심으로 후세에 전하려면 작고 소박한 건물 있는 그대로의 모습을 보여 주는 것이 옳지 않을까 생각해 보기도 했습니다. 이 성당에는 3가지 기적이 알려지고 있었습니다. 성당 건물과 이어져 있는 박물관으로 이동하는 중 짙은 장미향이 느껴졌습니다. 향수를 뿌린 듯한 향이지만 저절로 그 향이 언제나 느껴지고 있답니다. 이어서 복도 구석에서 우리를 내려다 보는 한 쌍의 흰색 비둘기를 만났습니다. 700여 년 동안 대를 이어오며 프란치스코 조각상을 지키고 있답니다. 온 생애를 하나님께 헌신한 프란치스코, 그도 역시 우리와 동일한 성정을 지닌 사람이었기에 우리가 느끼는 모든 욕망을 느끼지 않을 수 없었겠지요. 남자로서의 욕망으로 마음이 고통 받을 때마다 이를 없애 달라 기도하며 장미 덩굴 위에서 굴렀답니다. 그의 사후 교회 장미원의 장미에는 가시가 없어졌다는 기적 같은 이야기가 전해져 오고 있습니다. 복도 밖의 장미원을 유심히 살펴보았습니다. 장미는 본래의 모습을 지니고 있었지만 가시가 많지 않다는 이야기 나누며 그의 아름다운 삶을 더욱 아름답게 만들기 위한 후세 사람들의 간절함이 표현된 것 아닐까 생각해 보았습니다. 프란치스코, 그는 자신의 생애를 관통했던 삶의 가치를 녹여 낸 《평화의 기도》라는 시를 남기게 되었는데 여기 그 시를 소개합니다.

주여 나를 평화의 도구로 써 주소서
미움이 있는 곳에 사랑을, 상처가 있는 곳에 용서를
분열이 있는 곳에 일치를, 의혹이 있는 곳에 믿음을 심게 하소서.

오류가 있는 곳에 진리를, 절망이 있는 곳에 희망을

어둠이 있는 곳에 광명을, 슬픔이 있는 곳에 기쁨을 심게 하소서.

위로 받기보다는 위로하며 이해받기 보다는 이해하며

사랑받기 보다는 사랑하며 자기를 온전히 줌으로써

영생을 얻기 때문이니

주여 나를 평화의 도구로 써 주소서.

차에서 내릴 때 우리를 당혹케 했던 한적한 아시시 역에서 기차를 타고 우리는 여행을 계속 이어나갔습니다. *Life in the first lane*이라는 영어의 관용 어구가 있습니다. 2차, 또는 3,4차선은 주행 차선이지만 1차선은 추월 차선입니다. 빠르게 달리는 다른 차를 추월하기 위해서 더욱 무서운 속도로 달려야 하는 게 1차선입니다. 추월만이 유일한 생존의 길이 되어버린 이 시대 사람들. 먹느냐, 먹히느냐의 경쟁에서 멍들고 아파하면서 한적한 시골길로 내려설 줄 모르는 외통수 삶 살아가는 우리네들. 그러기에 이 영어 관용구는 치열한 경쟁의 삶이나 약육강식의 삶이라는 의미를 가지게 되었지요. 언젠가 출근길 서울의 지하철을 타게 되었습니다. 표정이라곤 하나 없는 마른 미이라의 얼굴, 전동차 문이 열리자 그들은 뛰기 시작했습니다. 무엇을 위해, 어디로 뛰어가는 것일까요? 먹먹해지는 가슴 억누르며 스스로의 모습 돌아보았습니다. 치열하게 살아야 한다고, 내 자신에게, 내 두 아이에게, 가르치는 아이들에게 부끄럽지 않아야 한다고, 아침 6시면 집을 나서는 수십 년 삶 살아왔습니다. 고속도로의 삶 벗어나 미루나무 가로수 평화로운 시골길의 삶 살아가고 싶었습니다. 느림이 게으르거나 비생산적이라는 부정적 의미가 아님을 모든 것 내려놓은 지금에 와서야 느끼게 됩니다. 느림의 소중함을 일깨우는 Slow City 운동의 본산 오르비에토를 찾았습니다. 공해 없는 자연 속에서 그 지역의 전통 문화와 자연 환경을 보존하면서 자유롭고 여유롭던 옛 삶의 방식으로 돌아가자는 느림의 삶 추구하는 국제운동기구의 본부가 있는 곳이지요. 로마에 패스트푸드 프랜차이즈 매장(맥도날드)이 들어오려고 하자 이를 반대하는 슬로우푸드 운동을 시작한 도시입니다. 이후 도시 자연과 전통을 보호하자는 운동으로 확대되며 좁은 오르비에토 도심으로 모든 차의 진입을 막았습니다. 대형 마트나 프랜차이즈 매장이 없고 싸우거나 소리를 지르면 바로 체포, 구금되는 도시가 오르비에토였습니다. 3천여 년 전 고대 로마의 토착 세력인 에트루리아인들이 세운 도시로 이탈리아에서 규모가 두 번째로 큰 성당이 있는 곳이었습니다. 특별히 건축용도가 분명히 밝혀지지 않은 대규모의 지하도시가 경이롭고 지하통로 전면부 절벽에 수없이 많은 구멍들, 식용 비둘기 사육장이 참 흥미로웠습니다. 화가인 주인아주머니가 내 준 숙소 온 벽에 걸려있던 그 분의 그림들 또한 재미있는 기억으로 남아 있습니다.

　버스로 치비타를 찾았습니다. 치비타 디 반뇨레조가 정식 명칭이랍니다. 일본 애니메이션《천공의 성 라퓨타》의 모티브가 된 하늘에 떠 있는 성과 같은 마을이었습니다. 2500여년의 역사를 지닌 치비타. 산사태, 지진 등으로 깎이고 흘러내려 산봉우리 위에만 남겨진 작은 마을. 차도 들어갈 수 없는 공중에 매달린 듯한 좁은 진입로 너머 마을은 위태로운 듯 아름답게 자리하고 있었습니다. 진입로 사라지면 육지 속 절해고도가 될 그곳에도 사람은 살고 있었습니다. 언젠가는 모든 것이 무너져 내릴 봉우리 지키고 사는 그들은 어떤 바람을 갖고 살아가고 있는 것일까요?

　오르비에토로 돌아오는 길 정류소에는 우리를 기다려줘야 할 버스가 보이지 않았습니다. 시간을 잘못 기억해 늦게 도착한 것이니 누굴 탓할 수도 없는 노릇. 많은 운임을 주고서라도 택시를 타야 할 상황에 다른 버스가 다가왔고 뛰어가서 오르비에토로 가는지 확인해 보았습니다. 기사님은 차에 타라는 시늉을 했고 우리 가족 모두를 불러 그 차에 올랐습니다. 분명히 오르비에토행 버스가 더는 없다는 말을 들었기에 약간은 이상하다는 생각이 들었지만 알고 보니 우리가 탄 차는 시골 마을 버스였습니다. 여행 중 난감한 상황을 만나는 경우가 종종 있지만 오히려 그것이 여행을 더 흥미롭게 만들어 주는 예도 있지요. 우리가 탄 차는 이탈리아 시골 여러 마을을 돌아 우리를 오르비에토 역에 데려다 주었습니다. 작은 마을 어귀에 서서 평화롭게 담소하는 이들 모습, 평화롭게 짖어대는 강아지 소리, 길가에 간간히 보이는 키 큰 사이프러스 나무들, 구릉을 덮고 있는 올리브 농원들. 아름다운 시골의 구석구석을 돌아보는 행운의 여행길이었습니다.

로마

괴테는 말합니다. '제 2의 출생을 한 곳, 이것은 진정한 재생이며 새로운 세계와 문화를 배워 새로운 인간이 되어 돌아가겠다 다짐한 곳이 로마였다.' 라고. 그는 또 '인간이 도대체 무엇인가를 나는 로마에서 느꼈노라 말할 수 있네. 이러한 절정, 이러한 행복한 감정에 다시는 도달할 수 없을 것이네.' 라고도 이야기 합니다. 괴테의 탄성이 묻어 있는 바로 그 로마였습니다. 그 엄청난 인류의 유산들 앞에 감히 무슨 말을 덧붙이겠습니까? 그저 로마는 내 모든 생각을 마비시키고 내 사고의 시야를 가려버릴 만큼 거대한 벽으로 존재하는 느낌만 있을 뿐입니다.

테베레강 언덕 따라 라틴인, 에트루리아 인들이 이룩해 낸 서양 문명을 대표하는 도시, 로마 제국의 수도 그리고 로마 카톨릭의 중심지. 그러기에 세계의 머리, 영원한 도시라고 불리는 곳. 늪이었던 낮은 언덕 사이를 포장하여 만들어 낸 시민 만남의 장 포로로마노, 제정 이후 로마의 황제들과 귀족들의 거처가 있었던 팔라티노 황궁,

이탈리아 건국 신화 로물루스와 레무스의 전설이 서려있는 카피톨리노 언덕으로 온 세상 사람들 호기심 가득 찬 눈으로 몰려듭니다. 땅만 파면 유적이라 지하철 공사가 어려워지는 곳. 도시 전체가 유네스코 문화유산으로 지정된 곳입니다. 로맨틱한 로마이기보다는 낡고 더러우며 냄새나는 도시이기도 하였습니다. 성 베드로 성당보다 높은 건물을 지을 수 없다는 고도 제한으로 고층건물이 없어 현대적 분위기가 보이지 않는, 그리고 게르만의 침입으로 AD 476년에 막을 내렸으나 여전히 고대가 숨 쉬는 도시입니다.

'콜로세움이 서 있는 한 로마는 서 있으리라, 로마가 서 있는 한 세계도 서 있으리라.' 라는 칭송을 들었던 곳, AD 80년에 완공된 뒤 검투사 경기, 서커스 공연, 기독교도 처형 등, 피와 함성이 뒤섞여 있는 곳. 이탈리아 5센트 동전의 도안, 콜로세움입니다. 네로 사후 베스파시아누스가 시민들의 지지를 얻기 위해 네로의 궁전 터 위에 건축을 시작하였고 티투스 황제를 거쳐 도미티아누스 때 완공되었다지요. 로마의 정치 지도자들이 이미 3S 정책[7]을 이용했던 것을 볼 수 있는 현장입니다. 시민들은 입장료도 없이 들어가 점심 식사와 와인을 무료로 제공받았고 검투사들의 대결이나 맹수끼리의 싸움, 검투사나 사형수가 벌이는 맹수들과의 대결을 즐겼으며 맹수를 이용한 기독교도의 사형집행 현장을 보며 환호하기도 했답니다. 인간

---

7) 3S 정책: 우민화 정책(Sports, Screen, Sex)

의 잔혹함과 무자비한 품성이 드러나 보이는 듯합니다. 세상은 빛만 보기를 원하지 그 너머의 어두움 보기를 즐겨하지 않지요. 그러기에 콜로세움의 거대한 석재 사이사이, 그것들이 보여주는 영광 이면에 살을 도려내는 고통과 절망, 그리고 분노와 한숨이 켜켜이 쌓여 있음을 한번쯤은 생각해 보면 좋겠습니다. 로마 제국이 가장 고전한 전쟁이 AD 66-73 사이에 있었던 유대-로마 전쟁이라고 합니다. 역사학자 요세푸스는 예루살렘 공방전에서 110만여 명의 유대인이 사망하고 9만 7천여 명이 포로로 끌려가 콜로세움을 건축했다고 기록하고 있습니다. 환호의 함성 뒤편 절망과 고통의 울부짖음이 맞물려 존재하는 것, 이것을 우리는 역사라고 일컫지요.

콜로세움에서 포로로마노로 넘어가는 길목에서 티투스 개선문을 만났습니다. 파리 개선문의 원형이라고 알려져 있지요. 도미티아누스 황제가 1차 유대-로마 전쟁에서 승리한 친형 티투스(성경 속 디도장군)의 업적을 기리기 위해 AD 82년에 세운 전승 기념물입니다. 티투스는 선민의식이 유난히도 강한 유대 민족을 통제하기 위해 그들의 정신적 고향인 예루살렘을 철저하게 파괴하고 헤롯 성전의 서쪽 축대 일부만 남겨두게 되는데 이것이 오늘날에도 통곡의 벽이라는 이름으로 남아 있는 유적입니다. 개선문의 벽에는 유대와의 전쟁 장면, 예루살렘 성전에서 탈취한 전리품들, 나팔 부는 개선 행렬 등이 부조되어 있습니다. 로마 제국에겐 무궁한 영광의 구조물이겠으나 패배한 유대인들에겐 뼈가 녹아내리는 고통의 산물이었겠지요.

문득 대전차 경기장을 돌며 환호하는 관중들 앞에서 개선 행진을 하는 티투스의 득의에 찬 미소가 떠올랐습니다. 행렬의 끝부분에서 들려오는 노예들의 '메멘토 모리' 라고 외치는 소리 들을 수는 있었을까요? '메멘토 모리' 네 죽음을 기억하라는 말이랍니다. 그대 승리에 자만하지 마시오. 오늘은 개선장군이지만 언젠가는 죽는다는 사실 잊지 말고 겸손하게 행동하시오. 라는 경고의 소리였지요. 나바호족 인디언들의 메멘토 모리도 우리의 가슴을 울립니다. '네가 태어났을 때 너는 울었지만 세상은 기뻐했으니 네가 죽을 때 세상은 울어도 너는 기뻐할 수 있는 그런 삶 살아라.' 티투스. 그가 황제가 된 지 두 달 만에 AD 79년 8월 24일 베수비오 화산이 폭발, 폼페이 등 두 도시가 사라지고 80년 로마 중심부에 대 화재로 엄청난 손실을 입었으며 81년 여름 로마를 덮친 심한 전염병으로 인해 수많은 사람이 죽어나갑니다. 황제 즉위 2년, 41세 나이 때 열병으로 죽었으니 성전 파괴의 대가를 받은 것이라 수근 댔을 유대인들의 저주가 일견 이해가 갑니다. 메멘토 모리. 죽음을 기억하며 사는 지혜가 필요할 것 같습니다.

그 엄청난 박물관 바티칸은 입장조차 쉽지 않았습니다. 영국박물관(대영박물관), 루브르와 더불어 세계 3대 박물관이라 칭하는 그곳 바티칸은 입구부터 들어도 듣지 못하는 말로 떠들어대는 수많은 사람들로 인산인해를 이루고 있었습니다. 겨우 비집고 들어가 그곳에서 만난 위대한 회화들, 해설 없이는 보아도 보지 못하는 내 자신의 무지함이 너무나도 한탄스럽다는 생각이 들게 했습니다. 라파엘로의 《아테네 학당》을 만났습니다. 그리스의 위대한 학자들을 담아낸 그림입니다. 붉은 옷 입은 플라톤은 하늘을 가리키며 손을 들고 있습니다. 그의 이상주의를 표현한다지요. 얼굴은 다빈치의 얼굴로 그렸답니다. 푸른 옷은 아리스토텔레스로 땅을 향한 그의 손은 그가 추구했던 현실주의를 나타냈다고 합니다. 소크라테스, 피타고라스, 디오게네스 등 등장하는 54명의 인물을 살펴보며 그림으로 보는 역사는 글로 보는 역사보다 훨씬 더 흥미로울 수 있음을 알게 되었습니다. 미켈란젤로, 그는 《최후의 심판》을 그려내기 위해 단테의 신곡 지옥 편을 읽고 또 읽었답니다. 누워서 그린 그림 천장화 《천지창조》. 작업 중 떨어지는 물감 분진은 시각에 심각한 타격을 입히기도 했다지요. 르네상스를 경험하며 신 중심의 사고에서 벗어나 인간 중심의 세계를 표현하기 위해 인물들에게 옷을 입히지 않았고 인체를 사실적이고 역동적으로 그려 인간의 존엄성을 나타내려고 하였답니다. 우리의 일상 삶 속 추구해야 할 르네상스는 어떤 모습으로 나타나야 할지 생각하고 또 생각하는 시간이었습니다.

예수의 수제자였던 베드로. 아피아 가도를 따라 도망치던 그는 '쿼바디스 도미네' 라고 외쳤습니다. 예수를 만난 그는 길을 돌이켜 로마로 재 입성했고 십자가에 거꾸로 못 박혀 죽은 뒤 그 자리에 묻혔다 합니다. 그 후 베드로가 묻혔던 바티칸 언덕, 그곳은 공동묘지가 되었다지요. 발레리아누스 황제 박해 때 바울의 유해와 함께 성

밖 지하 묘소 카타콤에 안치되었다가 콘스탄틴 대제가 그의 유해가 처음 묻혔던 곳에 성당을 세우고 제단 아래 그의 유해를 묻었다고 합니다. 그곳이 바로 성 베드로 대성당이지요. 미켈란젤로를 포함, 당대 최고의 건축가들이 모여 설계한 십자가 형상의 본당이 광장과 합해지면 열쇠 모양을 만들어 내는데 이는 가톨릭교회의 권위를 담아내는 도구라고 합니다. 미켈란젤로가 설계한 성당의 돔 쿠폴라에서 내려다본 성당과 광장은 정말 아름다웠습니다. 그 아름답고 성스러운 느낌 전해주는 성당을 돌아보며 역사의 이중성을 떠올리는 것은 나만의 생각은 아니겠지요. 교황 레오 10세는 르네상스의 거센 바람을 선도하던 중 동시대 최고 화가들의 작품을 모으며 교회를 건축해 나갔지만 결국 엄청난 건축비 조달에 문제가 생겼고 급기야 면죄부를 발행하는 기막힌 일을 벌였습니다. 가톨릭교회는 죄를 지으면 영혼이 천국에 들어가지 못하고 연옥에 머문다고 가르칩니다. 그런데 면죄부를 사면 죄를 용서받아 연옥에서 벗어날 수 있다고 주장한 것이지요. 이러한 교회의 잘못된 가르침은 수많은 사제들의 비판의 대상이 되었고 1517년 마틴 루터가 비텐베르크의 교회 정문에 95개조의 반박 게시문을 내거는 종교개혁이라는 결과를 가져오게 했는데 구텐베르크가 발명한 금속활자 인쇄술은 95개조 반박문을 2주 만에 전 유럽에 전하게 해 주었답니다. 루터가 가톨릭교회의 권위를 비판하고 성경과 개인 신앙의 중요성을 일깨워 줌으로 무지한 대중들은 성경의 본질을 이해할 수 있는 환한 빛을 만나는 기회를 갖게 된 것이지요. 종교 개혁가들의 피 흘림을 통해 신앙 양심은 언제인가 또는 누구엔가에 의해 건강하게 지켜져 나가게 된다는 깊은 깨달음을 얻으면서 우리가 만들어 가는 역사 또한 민초들이 세상의 주인임이 증명되는 날들이 올 거라는 믿음을 가져보게 되었습니다.

성 베드로 성당의 피에타[8]앞에 섰습니다. 슬픔, 비통함이라는 뜻이라지요. 숙연함을 넘어 경외감이 먼저 온몸을 감쌌습니다. 죽은 자식의 시신을 안고 있는 어미의 모습, 온 몸이 돌이 되는 느낌이었습니다. 하늘의 관점에서 완벽한 신체 비율을 보여준다는 조각상 앞에서 금방이라도 어미의 창자를 도려내는 듯한 울부짖는 고통이 전해져 왔습니다. 여섯 자식 앞세운 내 어머니의 멍든 가슴이 떠올라 눈시울이 자꾸만 뜨거워져 왔습니다. 그림 앞에, 조각상 앞에, 인류의 위대한 유산 앞에 서서 보고 또 보고 싶었는데 끝없이 밀려드는 관람객들은 키 작은 나를 자꾸만 옆으로 밀어내고 말았습니다.

예수가 흘린 핏자국이 묻어 있고 깊은 고뇌가 스며 있는 빌라도 법정으로 오르는 계단이 보존되고 있는 스칼라 산타 성당을 찾았습니다. AD 325년 콘스탄틴 대제의 어머니 헬레나가 예루살렘으로부터 옮겨온 계단이라 합니다. 실물 여부는 알 수 없지만 신이었던 한 인간이 한 계단, 한 계단을 오르며 감당해야 했던 굴욕과 고통이 가

---

8) 피에타: 마리아가 십자가에서 내려진 예수의 시신을 떠안고 슬픔에 잠긴 모습을 묘사한 것, 주로 조각품으로 표현됨

슴 속 뜨거운 감정으로 느껴지게 되었습니다. 왜? 무엇 때문에 그 계단은 핏빛으로 물 들어야 했을까요? 계단은 마모를 막기 위해 보호 덮개를 씌우는 공사가 진행되고 있었습니다. 무릎을 꿇고 그 계단을 오르면 죄를 용서받을 수 있다는 이야기에 저려오는 무릎의 고통을 참아가며 한 계단 한 계단 28계단을 오르는 한 신부가 있었습니다. 마지막 한 계단을 앞에 둔 순간 번개처럼 가슴을 치는 성경 한 구절이 있었습니다. '의인은 믿음으로 살리라.(롬 1:17)' 마틴 루터의 일화입니다. 종교개혁은 그 순간 그렇게 시작되었습니다.

동서양을 통틀어 최고의 명작, 불후의 명작이라는 건축물 판테온을 찾았습니다. 그리스 로마의 신관을 바탕으로 만들어진 모든 신들을 위한 신전 즉 만신전입니다. 유일신 기독교가 등장하면서 역할을 상실했지만 AD 125년경 하드리아누스 황제 때 재건되어 모든 로마 신들에게 봉헌된 신전이었으며 현재는 성당으로 쓰이고 있는 건축물입니다. 르네상스기에 무덤으로도 사용되어 라파엘로가 묻혀있기도 합니다. 원형의 돔은 하늘을 상징하고 완벽한 우주를 나타내며 꼭대기 원형 개구부 오쿨루스는 눈을 의미한다고 합니다. 이는 또한 우주를 상징하는 돔과 더불어 태양을 상징하는 의미도 있다고 합니다. 오쿨루스는 비록 큰 구멍으로 열려 있지만 신전 입구의 문을 닫으면 내부에서 상승하는 더운 공기로 인한 압력차로 빗물이 들어오지 못하도록 설계되었으며 비가 많이 내리는 경우 배수구를 통해 빗물이 흘러나가도록 하는 건축 공학상의 비밀이 숨어 있기도 합니다. 지금 우리는 신이 사라져가는 시대를 살아가고 있다고들 합니다. 극한으로 치닫는 과학의 발달 속에서 절대적 존재를 향한 믿음은 사라져가고 따라서 머리를 깎고 참선을 통한 깨달음을 얻고자 하는 이들이 사라져 승가 대학이 문을 닫을 판이며 사제가 되고자 서원하는 이 급감하여 한국 가톨릭은 사제를 수입하는 지경에 이르렀고 한국 교회는 머지않아 서구의 교회처럼 문을 닫을 거라 걱정하고 있습니다. 과학의 발달이 가져다준 지나치게 안락한 삶과 자본의 축적으로 인한 배부른 풍요함은 하늘을 쳐다보게 하는 간절함의 싹을 잘라 버린 듯합니다. 세상의 수많은 신들 앞에 겁먹고 주눅 드는 인간이 아니라, 하늘을 두려워하지 않으므로 진지함과 간절함이 사라져 버린 채 영혼이 메말라 버린 그런 인간이 아니라, 40일 광야의 삶을 살아내며 인간은 떡으로만 사는 존재가 아니다 선언하신 사람이었던 예수의 길을 따라가는 우리들이 되면 참 좋겠다 생각한 판테온이었습니다.

판테온 가까이에 있는 산타마리아 소프라 미네르바 성당은 또 다른 감동을 주는 곳이었습니다. 로마의 미네르바 여신의 신전 자리에 세워진 성당입니다. 미네르바는 지혜의 신이었던 그리스의 신 아테나가 로마 시대에 새로 얻게 된 이름이지요. 미켈란젤로의 《십자가 들고 있는 예수상》, 필리피노 리피의 《수태고지》, 미켈란젤로가 시작해 라파엘로가 완성했다는 《예수 승천상》 등 수많은 그림으로 채워진 미술관 같은 성당이기도 하지요. 이단적 행위를 하지 않겠다 맹세하고 풀려나오면서 '그래도 지구는 돈다'라는 한마디 내뱉었다는 갈릴레이 갈릴레오의 종교재판 이야기가 전해지는 교회이지만 그와 대조되는 또 다른 한 사람, 조르다노 브루노를 기억하는 것은 그의 삶에 대한 우리의 작은 존경심을 나타내는 길이 아닐까 생각해 봅니다. 그는 코페르니쿠스의《천체의 회전에 관하여》라는 저서를 통해 지동설 신봉자가 되었고《무한한 우주와 세계에 관하여》라는 자신의 저서를 내놓게 되는데 지동설에 대한 그의 주장은 가톨릭에 대한 정면 도전이었습니다. 그러나 그는 끝까지 자신의 소신을 꺾지 않았고 갈릴레이 재판 33년 전, 같은 재판정에서 추기경이 내리는 사형 선고에 "내 형량이 선고되는 것을 듣는 당신들의 두려움이 나의 두려움보다 더 클 것이다." 일갈했다지요. 결국 그는 장작더미에 올려 졌고 "우주는 무한하며 무한한 수의 세계가 있다" 외치며 불 속에서 죽어갔다고 합니다. 과연 죽을 만한 일이었을까 고민하게 하며 죽일만한 일이었을까? 서글픔이 느껴집니다. 변하지 않으려는 아집과 기득권을 놓지 않으려는 탐욕의 끝이 보이지 않습니다. 진리를 향한 자신의 신념을 죽음으로라도 지켜 내려는 우직함이 웃음거리가 되지 않고 울림으로 다가오는 그런 세상이 우리가 숨 쉬고 살아가는 세상이 되면 참 좋겠습니다.

사도 바울의 순교지 세 분수 수도원으로 가는 길은 꽤 멀었습니다. 지하철을 타고 버스를 갈아타며 찾았던 그곳은 네로 황제 박해 당시 그가 처형당한 형장이었답니다. 그날 그가 마지막으로 걸었다던 돌로 덮인 그 길, 그의 목이 잘렸다는 흰색 대리석 참수대, 제자 디모데에게 겉옷 가져오라 편지 썼던 한기 피어오르는 지하 감옥을 찬찬히 돌아보았습니다. 당대 최고의 학문기관에서 최고의 학자를 스승으로 모시고 공부했던 사람, 좋은 가문 출신이며 로마 시민권자로 가장 안락한 삶을 보장받고 있었던 사람, 부족함이라고는 전혀 없었던 그를 이 형장까지 오게 한 것은 도대체 무슨 힘이었을까요? 그의 삶의 여정을 통해 내 삶을 깊이 돌아보는 소중한 시간이었습니다.

물을 지배하는 자 세계를 지배한다고 하지요. 콜로세움에서 해상전을 가능케 할 정도로 많은 물을 일시에 공급할 수 있었고 인구 100만이 넘어가는 거대 도시의 식수를 제공하였으며 그들의 위생 상태를 청결하게 유지하도록 해 주었던 치수의 백미, 상하수도 시설이 이룩해 낸 흔적이 로마의 대욕장입니다. 오리엔트 지역에서 시작된 목욕 문화는 스파르타의 열기욕 문화로 전파되고 그리스 전역으로 확산된 후 다시 로마로 전해졌다고 합니다. 냉탕, 온탕, 열탕 뿐 아니라 증기탕이나 찜질방과 같은 기능을 가진 시설, 그리고 식사와 차를 즐기며 사교를 즐기는 공간까지 갖춘 종합 휴양 시설이었다지요. 입장료는 로마 최 빈민층이 돈을 내고 들어갈 정도로 저렴했으며 아이들은 무료로 이용할 수 있도록 함으로서 최고 지배층을 향한 시민들의 원성과 분노를 해소시키려는 정치적 의도가 숨어 있는 시설이었습니다. 밤을 새우며 먹고 마시다 너무 배가 부르면 손가락으로 게워내고 또다시 육식을 즐기곤 했던 향락의 현장이기도 하였으니 로마가 목욕 때문에 멸망했다는 비난을 받게 된 것도 어쩌면 당연한 일이 아닐는지요. 내가 찾아본 디오클레티아누스 욕장은 욕실만 3000여개에 달했으며 카라칼라 욕장은 1600여명을 동시에 수용할 수 있었으니 그 규모가 상상하기 어려울 정도였습니다. 허물어진 대욕장의 벽들과 모자이크 바닥 사이 스쳐 지나가는 바람은 우리가 쫓아가는 많은 가치들이 참 덧없는 일들일 수 있겠구나 생각하게 했습니다.

  수많은 인파가 붐비는 골목길을 헤집고 폭포수 소리 요란한 곳으로 발길을 옮겼습니다. 로마를 동경하는 이 누구나 보고 싶어 하는 트레비 분수는 사진에서 보던 모습 그대로 엄청난 물을 쏟아내고 있었고 많은 이들 등 뒤로 동전을 던지고 있었습니다. 베르니니의 설계로 건축이 시작되었으나 여러 우여곡절을 겪고 니콜라 살비의 공모안 대로 완공되어 1762년 교황 클레멘스 13세에 의해 개방된 트레비는 세 갈래의 큰 길이 교차하는 곳에 위치했기 때문에 그 이름이 붙혀졌다고 하지요. '고대 로마인은 분수의 신에게 희생물을 바쳤다'라고 하는 한 고고학자의 말로 인해 분수에 동전을 던지는 것이 하나의 문화로 자리 잡게 되었다 합니다. 로마에서 22km 떨어진 살로네 샘에서 물을 끌어와 수로가 끝나는 지점인 폴리 궁전의 파사드를 배경으로 설치된 분수입니다. 가운데 조각상은 넵튠(그리스시대 포세이돈)상이라고 하는 주장도 있으나 태양의 신 오케아노스를 나타낸 것이고 두 마리의 말 중에서 왼쪽은 격동의 바다, 오른쪽은 고요의 바다를 나타낸다고 하지요. 수많은 인파속에서 엄청나게 쏟아져 내리는 폭포수를 바라보며 끊임없이 흔들리는 바다 같은 세상을 지나가면서 물결 잔잔한 고요의 바다를 꿈꾸는 우리네 삶의 모습을 들여다보기도 하였습니다. 수많은 분수 함께하는 로마의 유적들, 그 속에 지층처럼 쌓여 있는 인류 정신세계의 무게에 그저 정신이 아득해질 뿐이었습니다.

쉥케비치, 그는 박해받는 기독교도들의 이야기를 통해 러시아 제국으로부터 압제 받던 폴란드 인들을 은유한 소설을 썼습니다. 최종적으로는 고난 받는 이들이 승리할 것임을 암시하면서……. 네로의 기독교도 박해가 심해지자 예수의 수제자였던 베드로는 박해를 피해 로마를 탈출하게 되는데 놀랍게도 아피아 가도에서 예수님을 만나게 됩니다. 그가 묻습니다. "쿼바디스 도미네, 주여 어디로 가시나이까?" 예수가 답합니다. "나는 네가 버리고 가는 로마의 어린양을 위하여 다시 십자가를 지려고 로마로 가노라." 닭 울기 전 세 번씩이나 예수를 부인했던 그는 로마로 되돌아갔고 예수님이 지셨던 것과 같은 방식으로 십자가를 지는 것이 송구스럽노라고 거꾸로 된 십자가에 못 박혀 죽어갔다고 전해집니다. 아피아 가도 상 베드로가 예수를 만났다는 그곳에 자리하고 있는 소박한 성당 도미네 쿼바디스 성당을 들렀습니다. 제게 그곳에 전시되어 있는 물건들의 진위 여부는 그리 큰 의미가 없어 보였습니다. 그러나 그저 평신도에 불과한 자일뿐이지만 등골이 오싹하게 죽비로 다가오는 베드로와 예수의 대화, 한국 교회의 시퍼렇게 멍든 모습이 가슴을 후려쳤습니다. 교회의 위기를 말하면서 변하지 않는 지도자와 교인들, 세상을 걱정하고 기도하기는커녕 세상이 교회를 염려해야 하는 서글픈 현실, 작은 성당의 기둥을 붙잡고 그저 말없이 서 있을 뿐이었습니다. 로마를 떠나는 수많은 이 시대의 교회 지도자들, 주여, 어디로 가시나이까 질문하는 아름다운 변화는 정녕 희망으로만 끝나는 것일까요?

쿼바디스 성당 앞 아피아 가도를 걸었습니다. 프랑스 시인 라퐁텐이 '모든 길은 로마로'라고 썼다지요. 2000여 년 전의 포장도로, 인도와 차도가 분리되었고 배수 시설이 갖추어져 있었으며 가능한 한 직선으로 설계되었을 뿐 아니라 가로수가 식재된 첨단도로였지요. 군사 활동을 위한 물자가 교류되고 문화가 교류되었으며 세금을 걷기에 극도로 편리한 도구로 사용되었기에 로마 영토 확장을 위해 최우선적으로 준비했던 시설이기도 하였습니다. 가도 덕분에 속주[9]민들의 생활수준이 향상되었고 그와 반비례로 로마에 반항하는 의지들이 줄어들므로 팍스 로마나를 성취해 나가는 정략적 시설이 되기도 했지요. 줄리어스 시저가 안토니우스와 클레오파트라를 물리친 뒤 개선한 길이 아피아 가도였고 사도 바울은 마케도니아 지방 에그나티아 가도를 통해 로마로 입성하기도 했습니다. 지금도 일부 사용되고 있는 로마의 길은 간선도로만 8만 5천여 킬로에 이른다고 합니다.

헬렌켈러는 말합니다. '세상에서 가장 훌륭하고 아름다운 것은 보이거나 만져지지 않는다. 오로지 가슴으로 느껴질 뿐이다.'라고. 다

---

9) 속주: 이탈리아 반도 이외의 로마영토

빈치는 '눈물은 머리로부터 나오는 것이 아니라 가슴으로부터 나온다.'라고도 하였습니다. 가슴으로 느끼는 느낌을 느끼고 가슴으로부터 나오는 울음을 울어보는 곳, 아피아 가도 옆 카타콤은 참 고요했습니다. 헤아리기 어려운 숫자의 주검들 안식하고 있는 그곳은 신성함이 묻어났고 땅속 그곳의 침묵은 핍박을 피해 몸을 숨긴 초기 크리스챤들의 숨죽인 공포를 전해주는 듯했습니다. 성 칼리스트 카타콤에는 기독교 박해기 순교한 9명의 교황과 8명의 주교 무덤이 발견되었고 258년 발레리아누스 황제 박해 시 베드로와 바울의 유해도 카타콤에 임시로 안치되기도 하였답니다.

해질녘 나보나 광장은 사람 붐비긴 해도 참 편안했습니다. 서로마 멸망 후 100만 로마 인구는 1만여명 수준으로 줄어들었고 반복되는 홍수는 로마를 토사로 뒤덮어 버렸습니다. 동로마 제국이 오스만 제국의 압력으로 서쪽으로 밀려나와 서로마로 왔을 때 도시는 완전히 폐허 상태였다고 합니다. 복합 스포츠 경기장 역시 흙 속에 깊이 파묻혔기에 사라진 유적 위에 만들어진 것이 나보나 광장이 되었지요. 광장에 설치된 베르니니의 피우미 분수에 등장하는 네 거인은 나일, 갠지스, 다뉴브, 라플라타 강을 의미한다 합니다.

로마! 거대한 벽으로 느껴지던 그곳을 어찌 아는 것 많지 않은 한 사람이 몇몇 글자로 다 설명할 수 있을까요. 로마라는 그 거대한 이름 앞에 나 자신이 참 보잘것없는 존재임을 느끼며 나폴리로 가는 기차에 몸을 실었습니다.

나폴리 - 폼페이 - 소렌토
포지타노 - 아말피 - 살레르노

|

　햇살 반짝이는 바다, 푸른 하늘, 그리고 노란 오렌지 아름답게 물들어가는 녹색 가로수, 죽기 전에 나폴리를 보고 죽으라는 옛말이 전해시는 도시 나폴리의 첫 인상은 그리 밝지는 않았습니다. 시드니, 리우데자네이루 더불어 세계 3대 미항이라 일컬어지는 나폴리는 다소 무질서했고 지저분했으며 어두운 느낌이었습니다. 이야기로만 전해 들었던 이탈리아 남북 지역의 경제력 차이가 확연하게 느껴졌고 사람들은 거칠게 만 보였습니다. 에어비엔비로 준비해 둔 숙소는 좁고 불편했으며 현지 시장을 찾아 들어가는 우리들에게 한 동남아 출신 가게 주인은 안전을 보장할 수 없다는 이야기로 염려와 두려움을 전하기도 했습니다. 붐비는 시내버스 안에서는 무엇인가에 취한 듯한 청소년들의 행패로 승객들과 더불어 심한 불안감을 경험하였고 자정이 넘어가는 시간에 들려온 총성은 그곳이 마피아의 산실이었다는 사실을 증명해 주는 듯 했습니다.

다음 날 만난 현지인들은 폭력 단원과 경찰 사이에 종종 총격전이 벌어진다고 이야기해 주었습니다. 그럼에도 역사 지구 전체가 유네스코 지정 문화재이며 피자의 본고장답게 골목마다 식당은 사람들로 넘쳐나고 온갖 피부색의 그들은 인생의 행복을 뜨겁게 누리고 있었습니다. 마르게리타 피자와 마리나라 피자는 나폴리를 대표하는 음식이지요. 뱃사람이라는 의미를 지닌 마리나라 피자는 항해를 떠나는 뱃사람들을 위해 준비해 주는 먹거리였답니다. 언뜻 생각 속에 통영 지역의 충무 김밥이 떠오르고 구룡포 지역의 모리 국수가 떠오르는 것은 어떤 이유였을까요? 지친 몸으로 그물 당겨 올리던 뱃사람들의 허기진 배를 채워주던 동일한 삶의 흔적이 배어있는 음식이기에 그렇지 않았을까요? 카스텔 누오보 성의 성벽과 엘모성 위에서 내려다본 나폴리는 베수비오와 건너편 소렌토를 아우르는 푸른 바다 더불어 정말 아름다운 풍광을 보여주었습니다.

나폴리에서 기차로 찾은 카세르타 궁전은 화려함과 그 규모에 주눅이 들 정도였습니다. 18C 스페인계 나폴리 부르봉 왕조의 궁전으로 국왕 카를로는 베르사이유보다 큰 궁전을 짓도록 명령했다지요. 방 1200여개, 산허리 폭포에서 시작하여 수많은 저수조를 이어 내려오는 물길을 포함 36만평의 정원을 갖춘 현존하는 유럽 최대의 궁전이라 하니 인간 자존심과 탐욕의 경계는 어디까지인지 가늠하기가 어려워집니다.

로마군에 의해 가족을 모두 잃은 노예 글래디에이터 마일로, 그와 사랑에 빠진 폼페이 영주의 딸 카시아의 운명적 사랑. '폼페이 최후의 날'이라는 영화의 이야기입니다. 마일로의 부모를 죽인 원수 상원의원 코르부스는 하필이면 카시아와의 정략적 결혼을 계획합니다. 부모의 복수와 연인을 지키기 위한 목숨 건 최후의 검투가 펼쳐지고 그 순간 폭발하는 베수비오. 화산재 불꽃 덮쳐오는 순간 마일로의 친구가 된 노예 검투사 에티커스는 경기장에서 죽어가며 자기는 자유인으로 죽는다 소리칩니다. 마일로는 카시아에게 덮쳐오는 용암을 피해 말을 타고 떠나라 재촉하지만 카시아는 불길 벗어나기 어렵다는 것 느끼며 둘은 깊은 입맞춤을 합니다. 노예와 폼페이 영주의 딸과의 사랑. 불가능의 가능에 관한 이야기입니다. 춘향과 이몽룡의 이야기 그리고 사랑하는 사람 심프슨 부인을 얻기 위해 대영제국의 왕위를 포기한 에드워드 8세의 이야기가 다시 가슴 따뜻하게 하는 이야기로 다가옵니다. 흘러내린 용암에 온 육신 타 버리고 웅크린 흔적만 남아있는 유물들 앞에서 '나는 자유인으로 죽는다' 소리치는 애티커스의 절규가 들리는 듯했습니다. 폼페이. 나폴리 만 연안의 로마 상류계급의 휴양지였고 지중해의 중요한 무역항이었던 그곳. 불의 신 불카누스의 노여움이었던가요, 아니면 향락과 쾌락을 추구하던 그들의 퇴폐적 가치를 향한 하늘의 심판이었던 걸까요. 남아있는 벽화와 인물상들 그리고 바닥의 모자이크는 그들의 삶을 생생하게 증명해 주고 있었고 마차 바퀴 선명한 도로와 대중목욕탕, 외로움에 허기진 뱃사람의 고달픔 달래주던 유곽의 낙서들도 고대의 삶을 보여주는 생생한 유산으로 남아있었습니다. 2천여 년 세월 뛰어넘은, 우리와 다를 바 없는 성정으로 살아간 옛사람의 흔적 앞에 어떻게 살아갈까, 무엇을 남기며 살아야 하나 고민하게 되는 것은 과연 나만의 고민일까요? 그렇습니다. 폼페이 그곳은 박제된 역사가 아니라 살아있는 역사로 묵묵히 우리 앞을 지키고 있었습니다.

배를 타고 나폴리를 떠나 건너편 소렌토에 발을 들여 놓았습니다. 오렌지와 레몬이 노랗게 익어가는 가로수는 거리 곳곳에 깃들어있는 평화를 말해주고 있었고 사람들의 얼굴은 반짝이는 바다 물결처럼 빛이 나고 아름다워 보였습니다. 우리가 탄 버스가 고개를 넘으면서 온몸이 얼어붙는 두려움에 사로잡히게 되었습니다. 절벽 중간으로 난 도로는 좁았고 1000여개의 모퉁이 길은 굽이굽이 이어졌습니다. 유네스코 자연유산에 등재되었고 CNN 선정 죽기 전에 꼭 가봐야 할 곳 1위에 선정된 아말피 해안이었습니다. 도로 바깥은 천 길 낭떠러지, 좁은 길에서 마주치는 버스는 10cm 간격을 두고 조심조심 지나갑니다. 아말피를 두 번째 방문하는 아내와 딸아이는 첫 번째 방문 시 나와 같은 두려움을 느꼈노라 이야기 했습니다. 하지만 낭떠러지 쪽 바다 풍경은 두려움을 잊게 해 주기에 조금도 부족함이 없었으니 아말피가 그냥 아말피가 아니었던 것이지요. 산을 깎아내고 계단을 놓으면서 하나 둘 삶의 터전 이루어 낸 포지타노에 닿았습니다. '수많은 세월과 눈물과 땀이 이루어 낸 사람들의 위대한 흔적' 포지타노는 그렇게 설명될 수 있겠지요. 바닷가까지 내려가는 가파른 길 오르내리기 쉽지 않지만 포지타노에서 만난 바다는 그냥 바다가 아니었습니다.

'신들의 길' 걷기 위해 아말피를 찾았습니다. 10C 전후 아말피 공국의 수도였으며 지중해 무역에 강한 영향력을 가졌던 세계 문화유산으로 지정된 곳입니다. 그리스 신화 속 헤라클레스가 사랑했던 아말피라는 요정이 죽자 슬픔에 잠긴 헤라클레스는 그녀를 묻어주기 위해 세상 가장 아름다운 곳을 찾았는데 그 곳에 붙혀진 이름이 아말피라는 전설이 전해지기도 하지요. 세상에서 가장 아름다운 해안선, 헤라클레스가 첫눈에 반해버린 아말피이니 그 아름다운 풍광을 어찌 말로 다 설명할 수 있을까요? 거의 수직 절벽 같은 곳 돌고 돌아 올라간 버스는 우리를 신들의 길 출발점, 하늘 아래 첫 동네 아제롤라에 데려다 주었습니다. 바닷길의 위험을 피해 해안의 도시를 이어주던 고대로부터 이용되어온 길, 세상에서 가장 아름답다는 등산로, 신들의 길입니다. 하늘에서 내려다보는 듯한 느낌이라 신들의 길이라 이름 붙혀졌을까요? 절벽 같은 곳 개간해 다랭이 논 만들며 살아온 사람들의 흔적에 감탄보다 놀라움을 느끼며 인간 한계를 가늠해 보기도 하고 끝없이 반짝이는 푸른 바다, 비탈의 노랗게 익어가는 레몬 밭 아름다운 풍광을 옆구리에 끼고 아말피 해변의 아름다움에 감동하고 행복해 하며 걷고 또 걸었습니다. 아젤롤라에서 노첼레까지의 8.5km 길은 길가에 높이 선 굵고 두꺼운 선인장, 용설

란의 잎줄기 같은 깊고 울림 있는 행복감을 누리게 해 주었습니다. 1700여 계단을 내려오는 중 들렀던 작은 찻집에서 맛 본 레몬차의 맛과 향기는 지금도 세상 어느 곳에서도 누리지 못할 상큼한 기억으로 남아있습니다. 다음날 환한 아침, 맑은 새소리 들으며 내려다본 포지타노의 바다는 그냥 꿈속의 풍경 같을 뿐 이었습니다. 꿈에서 다 깨어나지도 못한 채 아쉬움을 안고 버스로 살레르노로 이동하였습니다. 세계 최초의 의과대학교인 살레르노 의학교가 있었고 2차 대전 중 몇 달간이지만 이탈리아의 수도이기도 했을 뿐만 아니라 이탈리아의 중요한 문화 중심지였던, 살레르노 역에서 가까운 시내와 항구를 돌아본 뒤 기차를 이용해 제법 늦은 밤 시간에 밀라노에 도착하였습니다.

밀라노

늦은 시간에 도착했음에도 밀라노는 이탈리아 경제 수도의 면모를 여실히 보여주고 있었습니다. 거리는 사람으로 붐비고 있었고 대형마트는 남쪽 지방에서는 볼 수 없었던 크고 탐스런 과일들로 풍요로움을 보여주기도 하였습니다. 패션과 디자인의 중심지로 프라다, 몽클레르, 발렌티노, 아르마니, 돌체 앤 가바나, 베르사체 등 수많은 명품들의 본사가 자리 잡고 있는 도시입니다. 베르디의《나부코》와《오델로》, 푸치니의《투란도트》,《나비 부인》 등 수많은 오페라가 초연되기도 했던 라 스칼라 극장이 있는 예술의 도시이기도 하지요. 뿐만 아니라 AD 286년 디오클레티아누스 황제가 서로마제국의 수도로 삼았던 도시였고 313년 콘스탄틴 대제가 밀라노 칙령을 발표하면서 기독교도의 자유로운 활동을 보장해 주기도 했던 역사의 현장이기도 한 도시입니다.

산타마리아 델레 그라치아 수도원을 찾았습니다. 수도원 식당 벽에 그려진 다빈치의 프레스코화[10] 《최후의 만찬》을 만나기 위해서였습니다. 인류가 남긴 최고의 걸작 앞에서 눈가가 젖어오는 것을 참을수 없었습니다. 역사 속 수많은 위기를 넘겨 왔고 2차 대전 중의 폭격 속에서도 살아남았던 천재의 그림. 그림 속 인물들의 자세 하나, 눈길 하나하나에 진한 감동 느끼며 한 제자의 얼굴을 유심히 살폈습니다. 은 30냥에 스승을 팔 것을 암시하며 돈주머니 움켜쥐고 있는 그의 음흉한 눈빛은 위선자의 비굴함을 보여주는 듯했고 예수님을 비껴가는 그의 시선은 참 진리를 떠나 세상을 향하는 탐욕의 눈빛으로 읽혀졌습니다. 그 순간 나는 내 속의 가룟 유다를 찾아볼 수 있었습니다. 나는 유다가 아니다 소리칠 자신이 없었습니다. 가위눌린 간밤의 꿈을 생각하며 몸서리치듯 머리를 흔들며 바깥으로 나왔습니다. 비록 닭 울기 전 예수를 세 번씩이나 부인했던 베드로 같은 삶 살아왔지만 신앙의 절개를 지켜가자, 그리스도를 향한 신념이 흔들리지 않게 하자 다짐해 본 소중한 시간이었습니다.

600여 년에 걸쳐 지어진 밀라노 대성당은 경이로움 그 자체였습니다. 하늘을 향한 인간 군상들의 열망은 135개 첨탑으로 꽃을 피웠고 4만 명을 수용할 수 있다는 내부 면적 3500평, 무게 30만 톤의 석재와 52개의 기둥으로 세워진 성당은 사람들을 압도하기에 조금도 부족함이 없었으며 스테인드글라스의 아름다움은 그 어떤 표

---

10) 프레스코화: 모르타르를 벽면에 바르고 수분이 있는 동안 채색하여 완성하는 그림

현으로도 설명이 불가능할 것 같았습니다. 루프 탑으로 오르는 계단에서 건너다본 수많은 첨탑, 그리고 루프 탑 위에 서서 살펴본 건축물의 장엄한 규모와 아름다움 앞에서 인간의 위대함 더불어 한 개인의 왜소함과 나약함을 느끼며 겸손해지지 않을 수 없었습니다. 오로지 가우디 한 사람을 만나러 바르셀로나에 간다고 얘기하는 사람을 만난 일이 있었는데 또 어떤 사람들은 밀라노 대성당 하나를 만나보기 위해 이탈리아에 간다고 말하는 이들 있다고 하니 충분히 그 말을 이해할 수 있겠다 생각이 듭니다. 선교활동 중 사로잡혀 산 채로 살가죽 벗겨져 순교한 예수의 제자 바돌로매의 조각상은 정의에 무디어지고 광야를 건너는 삶이 키워갈 긴장감이 사라져 버린 채 배부른 돼지 같은 삶 살고 있지는 않은지 나를 돌아보게 하는 비수로 내 가슴을 파고 들었습니다.

대성당 가까이에 자리하고 있는 해골 성당을 찾았습니다.

아버지, 어머니는
고향 산소에 있고

외톨배기 나는
서울에 있고

형과 누이들은

부산에 있는데

여비가 없으니

가지 못한다.

저승 가는데도

여비가 든다면

나는 영영

가지도 못한다.

생각하느니, 아.

인생은 얼마나 깊은 것인가.

천상병의 《소릉조》라는 시입니다. 시인은 가난하고 지치고 병 들어서 세상을 혐오하고 저주하는 게 아니라 해학과 풍자, 페이소스를 불러옵니다. 시인은 가난을 해학으로 풀어내지만 가난한 이들의 집단 묘지는 두려움이 아니라 서글픔과 안타까움으로 다가왔습니다. 중세 부자들은 자기 소유의 교회가 있었고 그들이 죽으면 그 교회에 묻혔다지요. 하지만 가난했던 수많은 이들은 치료받던 병원 외부에 집단으로 매장되었고 그 유골들이 대량 발굴되어 성당 내부에 모두 안치되었다고 하니 삶과 죽음이 공존하는 슬픈 공간이 아닐는지요. 죽어서까지 차별받으니 서러운 삶의 잔해에 안타까움이 더해집니다. 배만 부르면 착한 심성의 민초들 제 식구 건사하며 하늘을 우러러 부끄럼 없이 열심히 살아 갈 텐데 여전히 세상은 장길산을, 그리고 일지매를 기다리고 있으니 이 땅에서의 유토피아는 정녕 실현되지 않을 꿈으로만 존재하는 것일까요?

나폴레옹이 밀라노를 침공했을 때 그곳을 이탈리아의 파리로 만들기로 작정하고 밀라노 시민들을 위한 미술관을 지었다지요. 그곳이 브레라 미술관입니다. 르네상스 시대의 북부 이탈리아 지역 회화 걸작 천 여 점 이상을 소장하고 있다는 이유로 우피치에 버금가는 미술관으로 알려져 있습니다. 틴토레토의 《성 마르코 주검의 발견》, 라파엘로의 《성모마리아의 결혼》 같은 작품이 유명한 소장품입니다. 나폴레옹 군대가 북부 이탈리아 전역에서 약탈해 온 미술품을 브레라에서 관리한다고 하니 결코 있어서는 아니되는 파괴적인 전쟁의 긍정적인 결과 앞에 쓴웃음만 웃게 됩니다. 시립 박물관으로 쓰이는 스포르체스코 성에서 만난 미켈란젤로의 미완성 피에타, 론다니의 피에타를 둘러보고 가구 박물관 등 방대한 규모의 박물관을 살펴보며 놀라움을 안고 파리행 기차를 타기 위해 역으로 발길을 옮겼습니다.

프랑스

파리

파리 리옹 행 야간열차는 좁고 불편했습니다. 건너편 침대의 아르헨티나 부부는 상대를 배려할 줄 아는 성숙함이 있었으나 또 한 사람 흑인 부인의 행동은 견뎌내기 쉽지 않았습니다. 좁은 공간, 덜컹거리는 기차 소음에 잠들기 어려웠는데 새벽이 되어가는 시간까지 껌을 씹어대는 소리는 고통스러울 정도였습니다. 밤을 달린 기차는 프랑스의 넓고 평화로운 푸른 들판을 달려 정오가 가까워지는 시간에 리옹 역에 닿았습니다. 헤밍웨이는 말합니다. '젊은 시절 한때를 파리에서 보낼 수 있는 행운이 그대에게 따라 준다면 파리는 움직이는 축제처럼 평생 당신 곁에 머물 것이다.'라고. 설렘과 낭만이 살아 숨 쉬는 도시, 자유를 향한 함성과 예술을 향한 갈증을 식혀 주는 시원함을 선물해 주는 도시, 파리는 그렇게 다가왔습니다.

프랑스 혁명의 발상지, 바스티유 광장을 찾았습니다. 바스티유 감옥이 있던 곳이었으나 감옥 습격 사건 후 해체되고 광장으로 변모되어 시민들의 휴식 공간이 된 곳입니다. 18C 말 프랑스는 경제적인 어려움, 사회적 불평등, 심각한 정치적 부패 등으로 시민들의 분노가 들끓고 있었습니다. 게다가 루이 16세의 약한 리더쉽과 민중들의 자유와 평등의 가치를 주장하는 계몽주의의 확산은 결국 시민운동을 촉발시키게 됩니다. 감옥을 습격한 시민들이 창에 감옥 수비병의 목을 꽂고 돌아다닌다는 보고에 루이 16세는 "이건 폭동"이라고 외쳤지만 리앙쿠르 후작은 "아닙니다. 폐하. 이건 혁명입니다." 라고 답했다는 이야기가 전해집니다. 민주주의는 피를 먹고 자란다지요? 루이 16세와 마리 앙투아네트가 처형당하던 공포 정치 기간 중 반동분자로 붙잡힌 자가 30여 만 명, 기요틴에서 죽어간 목숨이 1200여 명에 이른다니 그 시대 사회상이 얼마나 고통스러운 모습이었을까요? 혁명은 프랑스의 봉건제를 붕괴시키고 신분제를 폐지시켰으며 민주주의와 국민 주권 사상을 전파하는 가운데 근대 민주주의의 초석을 마련하였고 나아가 근대 국가를 탄생시키는 결과를 만들어냈습니다. 역사의 편린들 알고나 있는지 수많은 인파들 속에 묵묵히 서 있는 광장 중앙의 7월 혁명 기념탑 주변으로 찬바람이 스쳐 지나가고 있었습니다.

빅토르 위고는 말합니다. '아무것도, 누구도 모방하지 말라. 사자를 따라 하는 사자는 원숭이가 되어버린다.'라고. 또 그는 말합니다. '죽는 것은 아무것도 아니야. 무서운 건 진정으로 살지 못한 것이지.'라고요. 제 나름의 향기 잊지 말고 살라고, 간절함이 있는 삶을 살라고 죽비 내려치는 소리 외쳤던 빅토르 위고의 집을 찾았습니다. 《노트르담 드 파리》. 우리에게 노트르담의 곱추라는 제목이 더욱 익숙한 작품이지요. 《레미제라블》은 장발장 이름이 더 친숙하기도 하고요. 귀스타브 랑송은 레미제라블을 이렇게 말했습니다. '가장 위대한 아름다움, 이 소설은 하나의 세계요 하나의 혼돈이다.'라고. 굶주리는 일곱 조카들 위해 빵 한 조각 훔친 죄로 19년 감옥살이한 장발장. 그에게 누가 돌을 던질 수 있을까요? 가진 자들이 더불어 사는 세상 꿈꾸기는커녕 못 가진 자들의 배고픔을 생각이나 해 보았을까요? 온 세상은 도적떼들로 가득 차고 부끄러움조차 의식하지 못한 채 호의호식하고 있는데……. 누구보다 직업의식 투철했던 형사 자베르는 어떻게 이해해야 하나요? 왕정 하의 엄격한 법치주의가 과연 최선의 체제 수호의 방편이었을까요? 법을 넘어서고 때로는 사회적 규범을 무장 해제시키는 눈물이 있는 세상. 가슴 따뜻한 세상을 꿈꾸는 것은 헛된 소원일까요? 위고의 집은 잘 정리되어 있었고 일본 문화에 깊은 관심을 갖고 있었던 그의 흔적도 잘 보존되고 있었습니다. 문득 내 나라의 문화적 토양은 외부인들에게 어떤 영향을 끼칠까? 라는 생각이 들기도 했습니다.

죽음의 강을 생각게 했던 공동묘지 페르 라세즈는 어두운 하데스의 공간이 아니었습니다. 그리스 사람들은 5개의 강을 건너야 저승 하데스에 이른다고 믿었습니다. 슬픔의 강 아케론을 건너고 시름의 강 코기토스를 건너며 불의 강 플레케톤과 망각의 강 레테를 건넌 뒤 영원히 돌아올 수 없는 맹세의 강 스틱스를 건넌다는 것이지요. 기독교도는 요단강을 건넌다 믿으며 불교도들은 삼도천을 반야용선을 타고 건넌다고 믿는다 합니다. 공통적인 요소가 보이네요. 물을 건넌다는 사실입니다. 인류학(Antropology)의 관점에서 물은 어머니 뱃속의 양수를 상징한다고 합니다. 그렇습니다. 사람이 죽으면 세상 가장 평안하고 안전한 영원한 고향, 어머니의 뱃속으로 돌아가고 싶은 마음을 갖게 되고 그런 소원이 강을 건너는 이미지로 형상화 된 것이라 생각합니다. 페르 라세즈는 어머니의 자궁 속 같은 평화와 고요가 깃든 곳이었습니다. 꽃이 아름다운 것은 꽃잎이 지기 때문이듯 삶이 아름다운 것은 죽음이 있기 때문 일 테지요. 그곳은 끝이 아닌 새로운 시작을 꿈꾸는 곳이었고 치열한 삶 속에서 찾아갈 참된 쉼이 있는 생명의 공간이었습니다. 유리 덮개 위 립스틱 키스 마크 선명한 오스카 와일드의 묘에서 대중들의 그리움 묻어 있는 환호 소리 들었고 쇼팽의 무덤 앞에 놓인 싱싱한 붉은 장미 송이 앞에서 산 자의 삶의 의미를 떠올려 보았으며 힘들게 찾아간 알퐁스 도데의 이끼 낀 유택 앞에서 흙으로 돌아갈 삶의 길을, 그리고 《별》이라는 소설 속 목동과 스테파네트 아가씨의 맑은 아침 이슬 같은 순수의 사랑을 생각해 보았습니다.

퐁피두센터 앞에 섰습니다. 발상의 전환이라는 한 어구가 강하게 머리 속을 치고 갔습니다. 계몽주의로 시작된 이성 중심주의 시대는 인간의 이성에 대한 믿음을 강조했고 합리적 사고를 중시했지만 지나친 객관성의 주장으로 20C 들면서 도전을 받기 시작했습니다. 그렇게 해서 생겨난 것이 포스트모더니즘이지요. '모든 기존 질서의 뒤집기'라는 것이 이 사상을 드러내는 한마디가 될 수 있을 겁니다. 이 의식이 적용된 건축 분야의 첫 번째 산물이 퐁피두센터라고 합니다. 기존 건축물은 모든 배관을 건물 속에 내장시켰지만 퐁피두센터 건물에는 배관 모두가 건물 밖으로 나와 있습니다. 한 시대를 이끌어갈 이데올로기가 드러난 대상을 살피는 것은 분명히 가슴 설레는 일임에 틀림없었습니다. 퐁피두에서 만난 피카소와 엔디워홀 그리고 수많은 현대 작가들의 고정관념을 뛰어넘는 자유로운 발상은 내 무지를 더욱 선명하게 드러내 주었고 그러한 현대의 추상들은 나의 보잘 것 없는 미적 시야에 대한 한계를 철저하게 드러내 주고 있구나 라는 느낌이 들게 하였습니다.

루이 15세가 자신의 병이 치유된 것을 신에게 감사하기 위해 지은 성당이었으나 이후 국립묘지로 쓰이게 된 팡테옹을 찾았습니다. 지구가 자전하고 있음을 증명하기 위한 실험도구 푸코의 진자가 설치되어 있는 로비를 지나 고인들의 관이 안치된 구역을 돌아보았습니다. 문자로만 듣고 보았던, 그래서 전설처럼 느껴지던 이름들, 볼테르, 루소, 에밀 졸라, 빅토르 위고, 마리 퀴리 등 기라성 같은 이들이 조용히 잠들어 있는 그 곳에서 내 죽음은 어떤 모습으로 비춰질까 하는 생각 더불어 잊혀질 존재도 중요하지만 누군가가 기억하고 싶어지는 존재들이 많아지는 세상이 되면 더욱 좋겠다는 생각에 잠기기도 하였습니다. 한 집안의 자랑과 명예로 자리하면서 햇볕 들지 않는 사당에 모셔진 불천위가 아니라 온 세상사람 찾아와서 그들의 삶을 기릴 수 있는 한 공간을 만들고 그 곳에서 정다산을, 그리고 이퇴계를 만나고 세종임금 이도를 만나며 장군 이순신을 만날 수 있으면 얼마나 좋을까요?

2019년 4월 15일 산티아고 순례길 여정 중 시장기를 해결하기 위해 한 바를 들렀습니다. TV 화면을 채우고 있는 엄청난 화마, 첨탑은 슬픈 비명소리 내지르며 처연하게 무너져 내리고 목조 지붕은 검붉은 화염에 휩싸여 있었습니다. 아! 어찌 저럴 수가! 가슴은 쿵쾅거리고 안타까운 눈물이 눈을 적셨습니다. 노틀담 대성당, 프랑스인의 자부심이었고 나폴레옹의 대관식이 열렸던 역사의 현장이기도 하였으며 가슴 뜨겁게 하는 문학 작품의 무대이기도 했던 그 곳은 그렇게 깊은 내상을 입고 있었습니다. 《노트르담 드 파리》에서 위고는 말합니다. '사랑은 사람을 구하거나 파괴할 수 있다.'라고. 집시 에스메랄다를 향한 곱추 콰지모도의 슬픈 사랑 이야기라고들 하지만 작가는 순수하고 깨끗한 에스메랄다에게 사형을 선고하는 프랑스 사회의 위선과 추악함을 고발하고 있습니다. 그 사회에 만연해

있던 지배층의 부패와 대중들의 군중 심리로 인한 잘못된 판단이 때 묻지 않은 에스메랄다를 희생시킨 것으로 이야기하며 가톨릭교회 지배층의 위선과 추악함을 통렬히 비판했던 것이지요. 지배층을 향해 노블리스 오블리주를, 대중들에게는 악습과 편견, 그리고 고정관념을 타파하라는 작가의 경고는 이 시대를 살고 있는 우리에게도 동일하게 적용되는 외침이 아닐는지요. 파리 시내 시테섬에 위치한 가톨릭 대성당 노틀담은 우리의 귀부인 즉 성모마리아라는 의미를 갖고 있으며 프랑스 혁명 시 반 기독교 사상으로 모욕 받으며 많은 성상이 손상되거나 파괴된 후 복원 작업을 거쳤고 화려한 스테인드글라스 장미의 창 등이 매우 아름다운 곳이었습니다. 한국에서 파견되어 근무하시는 한 수녀님의 가이드로 성당 주요 장소를 모두 돌아본 것은 매우 큰 행운이었습니다.

사실과 다른 선전, 선동을 정치라 생각하는 이들의 천박함이 묻어나는 프로파간다의 현장, 콩시에르 쥬리는 말없이 역사를 증언해 주고 있었습니다. 꼭 누군가를 희생양으로 삼아야 하고 그를 밟고 올라서야 하는 인간 세상의 무서움이 가슴을 짓눌러 오는 것을 느끼며 다음 세대에게 진리란, 정의란 무엇인가를 어떻게 가르쳐야하는가 깊이 고민하게 했던 현장이었습니다. 베르사유의 장미라 불렸던 마리 앙투아네트, 그녀에 대한 평가는 매우 부정적이었습니다. 그러나 그녀의 행적에 대한 최근의 연구는 그녀를 둘러싼 이야기 대부분이 과장된 것임을 밝혀내고 있다고 합니다. 프랑스 왕비로 부적절한 행동이 없었다고 하며 정치에 관여하지도 않았다고 하는 그녀를 혁명 세력은 성 스캔들의 주인공으로 둔갑시키며 가장 참혹한 방법으로 처형하였습니다. 실제로 그녀는 루이 16세가 실수로 쏜 화살에 다친 농부를 손수 치료해 준 사람이었고 가난한 사람들에 대한 깊은 동정심을 갖고 있었으며 왕비로는 이례적으로 빈민구제와 프랑스식 농경생활에 관심을 보이기도 했다지요. 악마의 음식이라 불린 감자에 대한 혐오감을 없애기 위해 감자 꽃을 머리에 꽂고 다녔으며 딸에게 사치를 멀리하고 가난한 사람을 이해하도록 가르치다 딸의 불만을 사기도 했다고 합니다. '빵이 없으면 케이크를 먹으세요.'라고 했다는 말은 혁명의 당위성을 주장하려 한 혁명세력들이나 또는 후대 사가들이 의도적으로 왜곡하여 만들어 낸 이야기로 낭설인 것이 밝혀지기도 했습니다. 돌아서면 거짓임이 드러나는 이야기조차 뻔뻔하게 내뱉는 이들의 모습 속에서, 그 거짓된 말을 진실인 것으로 수용하는 무비판적인 민초들의 행동 가운데서 이 시대에도 얼마나 많은 앙투아네트가 단두대의 칼날 아래 죽어 나가고 있는지 깊이 고민해 봐야 할 일이 아닐까요? 단두대 앞에서 남긴 그녀의 말은 다시금 나를 돌아보게 하는 경의검[11]으로 다가옵니다. "부끄러워 할 것 없어요. 나는 죄를 지어서 죽는 게 아니니까요."

---

11) 경의검: 남명 조식선생이 마음 수양을 위해 지니고 다닌 칼.

수구초심이라지요. 룩상부르그의 주인, 메디치 가문 출신 마리 드 메디치는 플로렌스(피렌체)에서 프랑스로 시집 와 앙리 4세의 정비가 된 여인입니다. 루브르 궁에서의 생활에 환멸을 느낀 그녀는 룩상부르그 성과 그 주변을 사들여 피렌체의 피티 궁전을 본 따 성을 개축하고 그 곳에서 새로운 삶을 살아가길 원했지요. 그러나 섭정을 하던 친아들 루이 13세와의 권력투쟁에서 밀려나고 그의 명령으로 독일 쾰른으로 유배 중 사망한 비운의 왕비였습니다. 수많은 역사의 질곡과 굽이를 돌아 시민들의 휴식 공간이 된 그 곳, 더위를 피하고 관광을 하면서 분수에 동전 던지며 소원을 빌 곤 하는 이들, 그들은 그곳에서 권력의 무서움과 덧없음을 생각이나 해 볼까요?

카페 드 플로러는 사람들로 넘쳐났습니다. 사르트르와 그의 연인 보부아르, 알베르 까뮈, 피카소, 이브 몽탕, 알랭 들롱, 미테랑 등 당대 최고의 문인, 예술가, 정치가들이 찾던 사랑방이었습니다. 카페 사장이 사르트르를 일컬어 에스프레소 한 잔을 시켜 놓고 12시간을 버티는 괴력을 보여준 가장 지독한 손님이라 했다지요. 우리에게도 그런 사랑방이 있었습니다. 귀천이라는 찻집이지요. 천상병 선생의 부인 목순옥 여사께서 운영하던 곳이었습니다. 구석자리 찾아드는 문우들 향해 "500원!" 소리치며 손 내미시는 천상병 선생의 천진스런 눈길 담긴 전설 같은 이야기가 이어져가는 세상을 그려봅니다. 아름다운 세상 소풍 끝내시고 하늘로 간 시인의 맑은 미소가 그립습니다.

에투알 개선문은 상제리제의 서쪽 끝에 자리하고 있었습니다. 프랑스 혁명과 나폴레옹이 이끈 전쟁에서의 전사자를 기리기 위해 티투스 개선문을 본 따 건축한 건물입니다. 여성적 아름다움을 나타내는 에펠탑과 대비되며 남성적 웅장함을 지닌 건축물로서 개선문을 기점으로 12개의 거리가 부채꼴로 뻗어나가 계획도시의 전형을 보여주는 아름다움을 간직한 곳입니다. 도착하자마자 군악대의 연주가 계속 이어지고 있었기에 어떤 VIP가 방문하나 궁금해 하며 기다리던 중 행사의 주빈이 퇴역 군인들이라는 사실을 알고 조금은 당혹스러움을 느꼈습니다. 그들은 제 나라를 위해 기꺼이 헌신했던 노병들을 잊지 않고 그들에게 자부심과 명예를 누리도록 배려해 주고 있었던 것입니다. 나라가 나라다워질 수 있는 길은 모든 국민들이 국가에 헌신한 이들에게 무한한 존경심을 나타내고 그들의 자존감을 키워나가기 위한 노력을 꾸준히 기울여 나가는 것이 아닐까 다시 생각해 보게 되었습니다.

상제리제 거리는 전날의 노란조끼 시위대의 폭력시위로 그야말로 난장판이었습니다. 수많은 대형 쇼윈도가 부서져 내리거나 금이 가 있었고 여기 저기 불탄 흔적이 널브러져 있었으며 부서진 집기들이 거리 곳곳에 쌓여 있었습니다. 정부의 부유세 인하, 긴축재정, 유류세 인상 및 자동차세 인상이 포함된 조세 개혁이 중산층과 하층 노동자들에게만 더 부담을 준다고 주장하며 임마누엘 마크롱 대통령의 사임을 요구한 시위였지요. 배고픈 이들의 아우성은 극우 국수주의자, 극좌 무정부주의자, 온건 중도좌파, 사회 민주주의자들을 불러들였고 운전자 특히 운수업자를 상징하는 노란 조끼는 이들 다양한 이데올로기 추종자들 더불어 방화, 약탈, 문화재 파괴 등 폭력을 유발시킬 수밖에 없었을 겁니다. 어떤 시대, 어떤 사회든 부의 편중은 폭발력을 지닐 수밖에 없는데 도화선에 불이 붙기만 하면 걷잡을 수 없는 파괴력을 지니게 된다는 사실을 통치자들은 뼈 속 깊이 새겨두어야 하지 않을까 생각해 보았습니다. 흉물스런 몰골이 안타까움 자아냈지만 상제리제는 여전히 걸어볼 만한 곳이었습니다. 앙리 4세의 비 마리 드 메데시스(마리 드 메디치) 왕비가 튈르리 정원에서 세느강을 따라 걷는 자신만의 산책길을 조성하게 하면서 만들어진 상제리제는 프랑스인들이 세계에서 가장 아름다운 거리라고 자부하는 곳으로 주변의 엘리제 궁 등 화려하고 웅장한 건물과 레스토랑, 카페, 은행 등이 밀집되어 있는 상업지구, 유럽 패션의 메카답게 세계적 명품 브랜드의 본사와 백화점 등이 어우러져 자본주의가 꽃을 피우는 모습을 보여주는 구역 등으로 구분되며 모든 구역이 환상적인 빛으로 물 드는 아름답기로 유명한 오색조명은 온 세상 여인들을 유혹하는 현장이기도 하지요.

콩코드 광장을 지나며 루이 16세와 마리 앙투아네트의 화려한 결혼식과 기요틴에서 처형되는 그들의 마지막 모습을 떠올려 보았습니다. 광장에 서 있는 룩소르의 람세스 신전 앞에서 옮겨 온 오벨리스크는 짧은 삶 살아가는 인생들의 끝없는 권력욕에 헛되고 헛되니 헛되고 헛되도다 라고 조용히 속삭이고 있는 듯 보였고 화합이라는 의미의 콩코드와 제국주의의 상징인 오벨리스크는 어울리지 않는 조합처럼 마음을 불편하게 했습니다.

기차로 찾아 나선 베르사이유는 우리 가족을 당혹케 하였습니다. 출입문은 굳게 닫혀있었고 수많은 관광객들 출입구 앞에서 인산인해를 이루고 있었습니다. 관리 직원들의 파업이 진행 중이었던 겁니다. 돌아서야 하나 고민하고 있던 중 어쩌면 파업이 종결될지 모른다는 소식이 전해졌고 두 시간여 기다림 끝에 궁 안으로 출입이 허용되었습니다. 베르사이유는 태양왕이라 지칭된 루이 14세가 전국여러 지역의 귀족들을 불러 모으고 그 성에 상주하게 함으로 그들을 감시하고자 하는 정치적 의도를 드러낸 장소였지요.

2000여개의 방들과 광대한 프랑스식 정원, 1400여개의 분수, 베네치아산 거울로 꾸며진 길이 73m 거울의 방, 루이 14세를 상징하는 태양신 아폴론의 천장벽화 등 사치의 극치를 경험한 곳이었습니다. 그러나 온통 대리석으로 건축된 건물이라 겨울이면 포도주, 향수 등 도수 높은 술병도 얼어 터지는 등 난방 문제가 심각했고 화장실은 있었으나 너무도 적은 수였을 뿐 아니라 수세식이 아니어서 방마다 요강과 구멍 뚫린 의자를 이용해 용변을 처리했다고 하니 그 또한 얼마나 큰 문제였을까요? 내용물을 하인들이 정원 아무데나 내다 버렸기에 심한 악취로 고통 받았다고도 합니다. 1차 세계대전이 종전되고 베르사이유 조약이 서명된 곳이기도 하니 역사속의 한 장으로 기억될 정도로 중요한 곳이기도 하지요.

인류 회화사의 거장들을 만난다는 설렘 안고 유럽 최대 미술관이라는 오르셰를 찾았습니다. 미술관 내외에서 보이는 시계는 1900년도 파리 만국박람회 시기의 기차역을 떠올려 보기에 모자람이 없었습니다. 반 고흐의 그림들을 만났습니다. 무명의 가난한 화가였지요. 괴팍한 성격으로 세상과 화해하지 못하고 그림 선생과도 절교하였으며 알콜 중독과 매독으로 신음하던 크리스틴이라는 매춘부에게서 지친 삶 위로 받길 원했던 자이기도 했지요. 동생 테오의 권유로 그녀와 그녀의 아이를 포기한 후 오랫동안 심리적 고통 겪은 뒤 노동자, 농민 등 하층민의 생활과 풍경을 그리며 본격적으로 그림 작업에 몰두합니다. 밝은 태양을 찾아 프랑스 아를이라는 곳으로 이주 후 작품 《해바라기》(영국국립미술관 소장)를 제작합니다. 《해바라기》는 고갱을 위해 그린 그림이기도 했지요. 고갱을 불러들였으나 그의 바람과는 달리 성격 차이로 불화를 겪게 되고 정신 발작을 일으키며 자신의 귀를 절단한 뒤 자화상을 그립니다. 고흐는 자신의 작품이 생전에 끝내 인정받지 못한 것을 안타까워하며 발작과 입원을 반복하다 권총으로 자신의 생을 마감했습니다. '별이 반짝이는 밤하늘은 늘 나를 꿈꾸게 한다.'고 했던 그의 말은 고통 중에도 꺾이지 않앗던 화가로서의 맑은 정신세계를 보여줌으로 우리의 생각을 정화시켜 주고 '언젠가는 내 그림이 물감 값과 생활비보다 더 많은 가치를 지니고 있다는 걸 다른 사람도 알게 될 날이 올 것이다.'라고 했던 그의 말은 배고팠던 작가를 향한 연민의 마음을 자극하기도 합니다. 밀레. 그는 농부들의 일상을 그림으로 그려낸 사실주의, 자연주의 화가였습니다. 작품《이삭 줍는 여인들》은 가난하게 살다간 작가의 어머니에 대한 서러운 추억과 곤궁에 처한 유럽 노동자 계급, 민중들의 삶을 그린 상징적 작품이었기에 사회주의자들로부터 찬사를 받았으나 보수주의자들로부터는 비판을 받기도 하였지요. 그의 그림《만종》은 미국과 프랑스 사이에서 경매 경쟁이 치열했던 작품으로 프랑스가 80만 프랑에 사들이게 된 그림입니다. 고가에 팔린 그림이었지만 밀레는 늘 가난에 허덕였습니다. 이 일을 통해 화가의 작품을 되팔게 될 경우 수익의 일부를 화가나 그 가족에게 필수적으로 지급하게 하는 정책이 생겨나게 되었답니다. 르누아르는 여자들과 아이들의 행복한 순간을 주로 그려낸 작가였습니다. 빛과 그림자의 대비를 통해 인물의 표정과 모습을 더욱 생생하게 표현했고 밝고 화사한 색으로 인물의 아름다움을 강조한 화가였지요. 마네는《풀밭 위의 점심 식사》라는 작품으로 한낮 한적한 공원에서 벗은 모습의 두 여인과 이들과 담소를 나누는 옷을 잘 갖춰 입은 두 남자를 그려냈습니다. 여신이나 님프가 아니라 동시대의 여인을 그려냄으로 세상을 불편하게 했고 두 남자를 통해 부르주아의 위선을 고발하는 듯 보입니다. 이 그림은 당연히 프랑스 사회에 도덕성의 문제를 불러일으켰는데 어쩌면 아니꼬운 세상을 비틀어 보고 싶어 했던 작가의 생각이 드러난 작품이 아니었을는지 궁금해집니다. 모네를 지칭하여 폴 세잔은 '신의 눈을 가진 유일한 인간이다.'라고 하였답니다. 그는 빛은 곧 색채라는 인상주의 원칙을 고수했고 연작을 통해 동일한 사물이 빛에 따라 어떻게 변하는지를 탐색했던 화가였지요. 그의 《수련》 연작은 자연에 대한 우주적 시선을 보여 준 걸작으로 평가받고 있습니다. 고갱의 그림에서 타이티의 원시적 색채를 경험하였고 수많은 조각상이 주는 감동도 기억의 광주리에 담았습니다. 황홀했다는 고백이 옳을 겁니다. 그림이나 조각을 통해 인류의 거대한 예술사 속에 서 있는 왜소한 내 존재를 인식시켜 주고 그림에 대한 나의 무지를 일깨워 주었으며 그림을 보는 눈을 뜨게 해 주신 분, 그림 공부를 위해 유학을 와 계시던 가이드가 진심으로 고마웠던 오르세 미술관의 관람이었습니다.

영국박물관(대영박물관), 바티칸 박물관과 더불어 세계 3대 박물관이라 칭하는 루브르는 완벽하게 내 기대를 채워주었습니다. 사람 따라, 시대 따라 달라질 수도 있겠지만 에펠탑이 건축 당시 큰 비판의 대상이었으나 지금은 프랑스의 상징물이 된 것처럼 루브르의 상징이 된 유리 피라미드는 공모전 최우수 작품이었으나 처음에는 수많은 비판을 받았다고 하니 평론가들이나 전문가들 또는 대중들 안목의 깊이에 고개가 가로 저어지는 것은 어쩔 수 없는 일인가 봅니다. 7500여점 갖춘 회화 관에서 데오도르 제리코의《메두사호의 뗏목》을 만나고 들라크루아의《민중을 이끄는 자유의 여신》을 만났으며 다빈치의 저 유명한《모나리자》앞에서는 발이 얼어붙는 경험을 하게 되었습니다. 세계에서 가장 많이 알려져 있고 가장 많이 보았고 가장 많이 쓰여졌으며 가장 많이 노래한 여성 상반신 그림이지요. 그림 해설을 듣기 위해 모셨던 가이드에게 깊은 실망감을 느끼며 헤어지고 유물전시관은 우리 가족끼리 돌아보게 되었습니다. 1층의 고대 이집트와 그리스, 로마의 미술품을 살피며 밀로의 비너스를 만났고 파피루스 두루마리, 미라, 장신구, 악기, 무기 등 수많은 생활용품을 보았습니다. 중동 고유 유물들 중 함무라비 법전이나 가나안어와 아람어 비문도 보았고 페르시아의 다리우스 1세의 궁수라는 유물 더불어 카르타고의 유물도 만나 보았습니다. 수많은 상형문자의 비석들 스핑크스, 미라와 석관들은 나일 강의 전설을 들려주고 있었고 고난의 삶 살아가던 유월절의 유대인들 이야기 전해주었으며 제 왕국 지키기 위해 시저를 안았고 안토니우스를 사랑할 수밖에 없었던 독약 같은 아름다움 지녔던 팜므파탈 클레오파트라의 슬픈 이야기도 전해주는 듯했습니다만 그곳 제국주의의 노략 물들은 낯설고 물선 곳에서 수많은 이방인들에게 힘의 희생자가 지닌 슬픈 눈길을 던지고 있는 듯했습니다.

가난하지만 자유분방함을 추구하는 예술가들의 아지트, 몽마르트를 찾았습니다. 3C 초, 파리 초대 주교였던 상드니가 순교한 곳이기에 순교자의 언덕이라는 뜻을 지니고 있다지요. 언덕 인근 채석장 터에 조성된 묘지에는 스탕달, 드가, 에밀 졸라 등 문인들과 화가들이 잠들어 있으며 고흐와 그의 동생 테오가 살았던 집, 그리고 작곡가 비제가 살았던 조르쥬 비제의 집이 인근에 있습니다. 프러시아 전쟁에서 패한 프랑스인들의 사기 진작을 위해 모금한 돈으로 건축했다는 사크레 쾨르 성당은 이탈리아의 수많은 성당을 살피고 온 뒤인지라 그리 큰 감흥을 느낄 수 없었습니다만 성당 앞의 언덕배기는 겨울의 끝자락이라 찬바람 살짝 지나가고 있었음에도 따뜻한 햇살이 참 정겨웠던 곳이었습니다. 내려오는 길은 파리의 전형적인 골목 모습을 지니고 있었는데 지나치게 상업적인 분위기가 엿보이기도 하였습니다.

찬 기운 머금은 푸른 달빛 온 몸 움츠러들게 했지만 밤을 아름답게 비추고 있었던 밤 10시가 넘은 시간에 찾은 에펠탑은 여전히 사람들 붐비고 있었습니다. 1889년 프랑스 혁명 100주년을 기념하는 파리 만국 박람회의 상징 기념물로 제작되었고 1991년 세계문화유산으로 지정된 철골 탑입니다. 착공 때부터 흉물스럽고 추악한 철 구조물이라는 비난을 받았으며 계약기간이 만료되는 1909년에 철거될 위기에 몰리기도 했으나 통신시설물을 설치하여 활용이 가능하다는 사실이 증명되어 살아남을 수 있었고 이제는 프랑스를 대표하는 상징물이 된 구조물이지요. 늦은 밤, 구름 스쳐 지나가는 전망대에서 바라다 본 파리는 꿈을 꾸는 듯한 도시였고 세느 강변을 따라 도시를 밝히는 조명은 아름답기 그지없는 풍경을 만들어 내고 있었습니다.

파리에서 가장 오래된 카페 르 프로코프를 찾았습니다. 1686년부터 영업을 시작했다니 정말 오래된 노포인 것이지요. 루소, 나폴레옹, 빅토르 위고 등 당대 최고의 지성들이 즐겨 찾던 맛집이었으나 그곳에서 경험한 닭고기와 야채에 포도주를 넣어 조린 요리, 꼬꼬뱅의 맛은 적어도 내게는 맞지 않는 음식이었습니다. 나폴레옹이 커피 값 대신 모자를 맡기고 갔다는 유명한 일화가 있고 그 모자는 지금도 전시되고 있는 것을 볼 수 있었습니다. 우리도 이런 낭만과 스토리가 켜켜이 쌓여가는 식당 한 두 개쯤이 있으면 얼마나 좋을까요?

히틀러가 파리를 점령한 후 이 곳을 찾아와 어찌 우리 독일에는 이런 훌륭한 오페라 극장이 없을까 한탄했다는 오페라 극장 가르니에는 정말 아름다웠습니다. 뮤지컬 《오페라의 유령》이라는 작품의 배경이 된 곳, 폴 보드리의 천장화, 황금빛 장식된 천장과 벽, 샹들리에, 베르사유 궁전의 거울의 방과 비슷하다는 대연회장, 샤갈의 또 다른 천장화……. 극장은 화려함의 극치를 드러내며 문화의 두께가 그냥 만들어지는 것이 아님을 여실히 보여주고 있었습니다. 스테인드 글라스 아름다운 생트 샤펠 성당, 튈르리 정원, 빨간 풍차의 물랑루즈, 보고 보고 또 보아도 끝이 보이지 않는 깊이……. 어찌 몇몇의 단어로 파리를 설명해 낼 수 있을까요? 보아야만 느낄 수 있고 경험해야만 그 깊이와 두께를, 그리고 무거움을 이해할 수 있는 곳. 파리는 그렇게 내 속으로 들어왔고 시간이 지난 지금도 여전히 가슴속에서 아름답고 환하게 빛나고 있습니다.

산티아고 순례

늘 꿈꾸던 여행, 산티아고 순례 여행을 위해 파리 몽파르나스 역에서 테제베에 몸을 실었습니다. 아침 들판은 짙은 안개에 덮여 있어 풍광을 온전히 즐기기에 수월치는 않았지만 햇빛 나면서 안개 사라진 푸른 빛 들판은 평화롭기 그지없었습니다. 바욘 역에서 갈아 탄 작은 기차는 동화 같은 산골 풍경 사이 맑은 계곡을 따라 올라가 생장 피에 드 포흐에 우리를 내려놓았습니다. 늘 불화하는 세상에 치이고 사람으로 아파할 때마다 문득 떠나 걸으리라 꿈꾸던 그 곳, 함께 걷는 이들 마주 보며 '부엔 까미노'를 빌어 주는 곳, 생장이었습니다. 코엘료는 말합니다. '배는 항구에 있을 때 가장 안전하지만 그것이 배가 만들어진 이유가 아닙니다.'라고. 항구에 머물기보다는 밀려오는 파도에 기꺼이 맞서기 위해 나아가는 작은 배가 되어 보자 결단하는 곳, 피레네 산맥의 한쪽 면 프랑스의 모퉁이 마을이었습니다.

예수의 제자 야고보는 스페인 갈라시아 지역에서 7년 동안 그리스도를 전한 후 유대로 돌아와 헤롯에게 참수를 당하였습니다. 예수의 제자 중 첫 번째 순교자가 된 것이지요. 그의 제자들이 시신을 수습하여 돌을 깎아 만든 배를 타고 스페인 해안에 도착한 후 살펴보니 가리비가 야고보의 시신을 둘러싸고 있어 시신이 깨끗하게 보존이 되어 있었다고 합니다. 그들은 현지에 살고 있던 로마인들의 압박을 받으며 힘들게 그 곳에 정착했고 야고보의 유해를 매장하게 되었답니다. AD 813년 한 은둔 수행자가 빛나는 별의 인도를 받아 야고보의 무덤을 발견하고 그 자리에 성당을 건축했다고 합니다. 1189년 교황 알렉산더 3세가 예루살렘, 로마 더불어 그 곳을 성스러운 도시로 선포하고 그곳으로 가는 길 걷는 사람들 죄를 사해준다는 칙령을 발표합니다. 그 후, 그 순례길은 15C까지 꾸준히 번성하였으나 종교개혁 이후 인기를 거의 잃게 됩니다. 그러다가 1982년 교황 바오로 2세가 그 곳을 방문한 후 인기를 다시 회복하기 시작한 이래 1983년 코엘료의 '순례자'라는 소설로 수많은 세계인들에게 알려지며 순례자들을 끌어들였고 두 영화 '나의 산티아고'와 'The way'라는 작품이 더 많은 이들이 이 길을 걷게 하는 촉매제가 되었습니다. 순례자 사무실에서 순례자 여권인 크리덴셜을 받고 까미노(순례길)와 알베르게(숙소)의 정보를 전해들었으며 배낭은 무게가 체중의 20%를 초과하지 않도록 하라는 권고대로 14kg에 맞추어 꾸렸습니다. 마지막으로 순례자의 상징 가리비껍질을 배낭에 매다니 온전한 순례자가 되었습니다.

다음날 아침, 3월의 신 새벽은 한기를 느끼게 할 만큼 쌀쌀했지만 내 가슴은 뜨거운 감격의 덩어리로 가득 차 있었습니다. 피레네 산맥의 눈 덮인 영봉들은 코발트빛 하늘을 배경으로 빛나고 있었고 연록의 언덕 위 점점이 박혀 있는 소떼, 양떼는 수채화 같은 아름다움을 드러내고 있었습니다. 한참을 걷다 당도한 마을에서 한 주민에게 물었습니다. "여기는 프랑스인가요, 스페인인가요?" "여기는 에스파냐입니다. 저 개울 건너면 프랑스이고요." 그곳은 총을 든 군인도 없었고 가로막은 철조망도 없었으며 국경을 표시하는 팻말 하나 없었습니다. 두 나라 사람들 서로 사랑하고 더불어 식탁을 나누는 한 마을이었습니다. 산맥은 깊고도 높았습니다. 깊은 계곡 물길 따라 걷기도 하고 비탈진 언덕 기어오르면서 숨소리 턱에 차오를 때 뒤돌아본 풍경은 사방이 아름다운 그림이었습니다. 이윽고 소금기 푸석이는 땀방울 식혀주는 바람이 우리를 맞이해 준 고갯마루에 섰습니다.

론세스바예스의 알베르게에서 만난 노인은 가슴이 따뜻했습니다. 침낭 준비를 못한 우리들에게 가만히 다가와 담요를 전해주며 다른 이들에게 말하지 말라면서 빙긋 따뜻한 웃음 웃어주었습니다. 론세스바예스의 숲길은 아름다웠고 이어지는 들길은 평화스러웠으며 산길은 호젓했습니다.

팜플로냐는 열정의 도시였습니다. 투우경기장 앞마당에서 만난 헤밍웨이 동상의 눈길은 엔시에로 소몰이 축제장 골목을 내달리는 요란한 소떼를 바라보는 듯 강렬했고 전쟁의 상처를 넘어 희망을 염원하는 간절함이 느껴지기도 했습니다. 헤밍웨이, 그는 스페인을 사랑했고 그랬기에 그곳에서 오랫동안 삶을 이어가며 작품을 써 내려 갔습니다. 인류 역사상 유래 없는 1차 세계 대전을 치른 후 이전까지의 도덕과 윤리는 송두리째 무너져 내렸습니다. 젊은 세대는 전쟁에 대한 환멸을 느끼며 삶의 방향감각까지 잃어갔습니다. 만취 상태로 보낸 기나긴 주말이라는 말로 표현되는 이 시기를 배경으로 헤밍웨이는 자신과 주변인들이 겪은 혼돈과 방황을 작품 속에 풀어냄으로 젊은이들에게 삶의 희망을 이야기하고 싶었고 그 염원이 팜플로냐를 배경으로 한 《태양은 다시 떠오른다》는 작품으로 열매를 맺게 되었습니다.

끝없이 펼쳐진 푸른 밀밭 지나고 이어지는 산길 건너서 용서의 언덕을 올랐습니다. 살아가는 길 늘 먼지 푸석이는 자갈길일 테지요? 나를 알고자 하였으나 알 수 없었고 나를 보고자 하였으나 볼 수 없는 혼돈 속을 살아왔습니다. 세차게 불어오는 고갯마루 바람 맞으며 용서를 생각해 보았습니다. 무엇을 용서해야 하나? 누구를 용서해야 하지? 삶이 그랬듯 여전히 혼돈 속에 갇혀 있는 내 모습 보면서 가야 할 길 아득함을 느꼈습니다. 문득 '모순투성이의 삶과 끝없는 자기 합리화 속에서 탐욕의 짐 내려놓지 못하는 나 자신을 용서해야 함이 우선이겠지.'라는 조용한 소리가 내 가슴을 두드렸습니다.

길은 푸른 밀밭지대를 지나 포도밭 사이로 이어졌습니다. 와인은 지천이었고 그들의 삶이었으며 그들의 생명임을 느끼게 해 주었습니다. 들르는 식당마다 와인 향에 취할 수 있었고 산타마리아 이라체 수도원에서는 지쳐 허덕이며 길 걷는 순례자를 위해 대가없는 와인을 풍성히 대접해 주기도 하였습니다.

걸어가는 시간 쌓여가면서 길동무도 늘어나고 있었습니다. 러시안이 친구가 되었고 오스트레일리언이 동행이 되었으며 아메리칸, 브라질리언, 유러피언 등 여러 나라에서 온 젊은이들 앞서거니 뒤서거니 함께 걷는 필그림(순례자)이 되어갔습니다. 종달새 지저귀는 푸른 하늘 아래 한 그루 나무 그늘에서 땀을 식히는 중 호주에서 온 몇 분이 기타 연주를 부탁했고 우리는 연주에 따라 Amazing Grace를 불렀습니다. 우리는 함께 뜨거운 눈물을 흘렸고 조용히 아멘으로 화답했습니다.

벨로라도를 지나 아헤스 넘어가는 산길, 주변의 눈 덮인 산정 바라보며 끝없이 이어지는 먼 진흙길을 걷고 또 걸었습니다. 그곳 고갯마루에서 스페인 내전에서 희생된 전사자들의 위령탑을 보았습니다. 가는 곳 마다 만나는 아픈 역사의 생채기는 그곳에도 존재하고 있었습니다. 더 좋은 세상을 꿈꾸었던 이념은 왜 서로에게 총부리를 겨누게 했고 서로를 난도질하며 죽음으로 몰아가야만 했을까요? 이 땅의 모든 생명들, 사람답게 살 권리가 있는데, 평화롭게 살아갈 권리가 있는 세상 가장 귀한 존재들인데……. 권력의 피라미드 속에서 완장에 미쳐가는 핏발 선 협잡꾼을 몰아낼 방법은 정녕 존재하지 않는 것일까요? 그럼에도 내전의 질곡 속에서 인간의 본성을 탐구하고자 했던 수많은 예술혼이 있었다는 것이 얼마나 다행스런 일인지요. 헤밍웨이, 조지오웰, 피카소, 생텍쥐베리 등 수많은 이들이 전체주의를 증오했고 스탈린주의자들의 파괴적 성향을 고발하며 인류가 지향해야 할 파라다이스를 찾아 나선 것은 스러져간 영혼들에게 바칠 아름다운 헌사가 아닐는지요. 스페인 내전 당시 독일군이 스페인의 게르니카 지방에 폭격을 가한 후 신문을 통해 그 참상을 접한 피카소가 그림을 그립니다. 그림은 혼돈과 파괴를 느낄 수 있는 형태와 선명한 대조를 통한 불안감을 전달하려는 의도를 담고 있습니다. 그는 그 작품을 통해 전쟁과 폭력에 대한 비판을 담아내고 인간성과 평화의 회복을 향한 염원을 담아내려고 했던 것이지요. '그림은 집안 벽면의 장식으로 쓰일 것이 아니라 무기가 되어야 한다'고 한 자신의 생각을 실현해 낸《게르니카》라는 그림입니다.

스페인 3대 성당 중 하나라는 부르고스 성당을 지나고 종려가지 흔들며 부활절 행진 벌이는 산티아고기사단을 만났던 레온을 지났습니다. 제 얼굴 알아보는 이 없어 너무나 행복하다 고백하는 일본의 유명 배우도 만나고 통증 심해지는 제 어깨에 마른 수건 뜨겁게 데워 찜질해주시던 알베르게 주인의 따뜻한 마음도 만났습니다. 덮을 침구 없어 종이보다 얇은 1회용 침대보를 얻어 밤을 새우기도 하였고 어느 날 밤은 숙소에 도둑이 들어 어떤 이가 여권과 모든 돈을 잃어버리는 일도 지켜보았습니다. 발이 물집 투성이가 된 젊은이에게 바세린을 나눠주고 심한 열로 고생하는 아가씨에게 해열제를 나누기도 하였으며 깊은 잠을 자면서 베드버그에 물려 양발이 온통 물집으로 부풀어 오르는 경험도 하였습니다. 어느 바에서는 피아노와 기타를 연주하며 함께 걷는 이들과 노래하고 박수치며 가슴 벅찬 시간들 나누기도 했지요. 짊어진 배낭 무거웠지만 함께 메고 다닌 기타는 만나는 이들을 하나로 엮어주는 귀한 도구가 되었습니다. 제자리 지키는 것이 아름다운 작은 들꽃 바라보며 큰 기쁨을 누렸고 1주일 이상 걸어야 했던 대평원 메세타를 건넜으며 큰 산 넘어가는 높은 고갯마루에 말없이 서 있는 철십자가 아래 오가는 이들 돌 하나의 소망으로 쌓아올린 돌무더기도 지났습니다.

과로로 쓰러진 코미디언 하페는 무료한 시간을 보내다 산티아고 순례 길을 떠납니다. 나는 누구인가? 신은 존재하는가? 신이 있다면 어째서 우리를 고통 속에 그냥 내버려 두는가 질문하며 순례를 시작하지만 혹독한 환경과 끝없이 이어지는 길에 망연자실합니다. 포기하고 싶은 끊임없는 유혹 속에서도 그는 길을 걸어내며 질문을 이어 갑니다. '신을 믿느냐, 믿지 않느냐? 믿는지 안 믿는지 나도 모르겠어. 그게 바로 나의 문제다. 이 길을 끝까지 걸었는데도 신이 없다면 어떡할까? 그것을 감당할 수 있을까? 차라리 신이 있다고 믿고 걷는 게 낫지 않을까? 그래야 끝까지 걸을 수 있지 않을까? 당신은 누구신가요? 어디 계신가요? 당신을 찾는 나는 누구인가요? 하지만 내가 누구인지 모르는데 어떻게 신을 알 수 있을까요?' 산티아고에 도달한 하페 케르켈링은 말합니다. '깨달음을 얻고자 한다면 최악의 상황을 견뎌야 한다. 새벽이 오기 전 깊은 어두움을 견뎌야 하는 것처럼. 우리는 반드시 각자의 밤을 걸어가야 한다. 기왕 걸을 거라면 자발적으로 걸어가는 게 좋겠지.'라고. 그러면서 그는 자신이 던진 질문에 답을 합니다. '내 길을 돌아보니 무엇보다 분명한 한 가지는 나는 날마다 신을 만났다는 거다.'라고. 수많은 사람 만나지만 길에서 만난 가장 깊은 만남은 나 자신과의 만남임을 인식하는 영혼의 울림을 체험하는 길, 까미노 데 산티아고는 이어지고 또 이어졌습니다. 차가운 눈보라 몰아치는 언덕을 넘고 뜨거운 햇살 작열하는 끝없는 들판을 건넜으며 세찬 바람 몰아치는 강물도 건넜습니다. 삶과 죽음의 경계를 함께 하는 공동묘지 품은 수많은 마을을 지났고 향기 나는 유칼립투스 숲을 지났습니다. 길모퉁이마다 길바닥 여기저기 가야할 길 알려주는 노란 화살표가 등대마냥 우리를 붙잡아 주었습니다. 소설가 박범신이 이야기 했다지요. '인생에도 저런 노란 화살표가 있으면 얼마나 좋을까.'라고요.

산티아고 성당 앞 광장에 섰습니다. 생각 없이 멍하게 서 있었지만 이내 조용히 눈물이 온 뺨을 적시었습니다. 혹자는 말합니다. '순례길 여정 끝났지만 특별한 것 아무것도 없었어.'라고, 그렇습니다. 목적지 산티아고 성당에 특별함이 있는 것이 아니겠지요. 중요한 것은 결과가 아니라 과정이었으니까요. 그 길에서 만난 사람들, 그들과 나눈 대화가, 걸으면서 느낀 감정이, 그리고 경험들이 특별한 의미였으니까요. 그 길은 삶에는 그리 많은 것이 필요하지 않다는 것을 가르쳐 주었습니다. 행복은 순간이 아니라 과정이라는 사실도 알게 해 주었으며 우리 삶의 길은 그 누구도 대신 걸어줄 수 없고 오로지 스스로 걸어야 하는 외롭고 고독한 순례길이라는 것도 가르쳐 주었습니다. 일상의 소중함과 평범함이 가장 비범한 것임을 가슴깊이 새기는 길이기도 했습니다.

나를 가장 나다워지게 하는 길, 나를 성숙하게 만들어주는 길, 그러기에 깊은 행복을 누리게 해준 길. 산티아고 순례길 이었습니다.

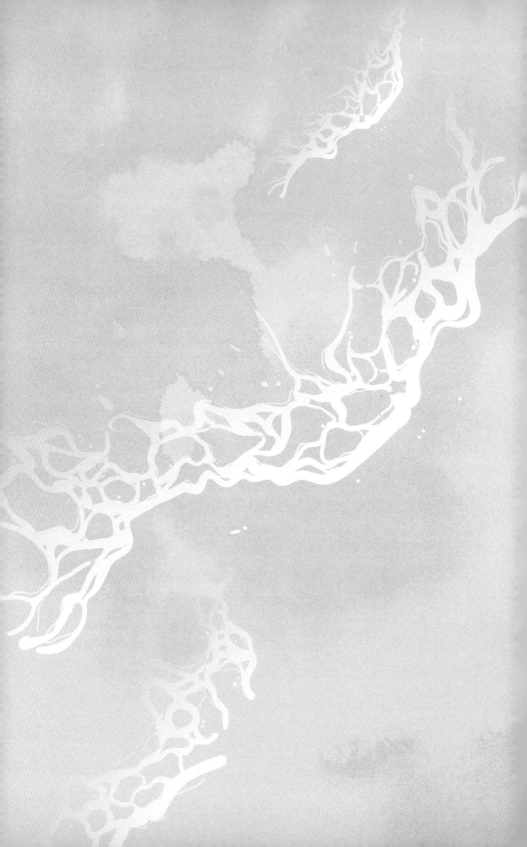

스페인

오우렌세 - 묵시아 - 마드리드
톨레도 - 세고비아

|

　순례길 긴 여정 끝낸 다음 날 지친 몸 위로하기 위해 오우렌세를 찾았습니다. 로마 시대로부터 이어져 온 온천의 도시이지요. 출발하기 전 우리 식구들은 온천욕 준비물에 관한 이야기를 나누었습니다. 딸아이는 반드시 수영복과 수건 준비를 해야 한다고 했으나 현지에 가면 구할 수 있을 거라 우기면서 강가에 위치한 노천 온천을 찾았습니다. 아, 이럴 수가! 욕장 주변은 내가 생각했던 우리나라의 온천 욕장 모습과는 너무나도 달랐습니다. 수영복 가게는커녕 수건 한 장 비누 하나 구할 수 있는 환경이 아니었습니다. 흐르는 강물 옆 온천수 흘러넘치는 노천 온탕 하나가 전부였고 조립식 탈의실 하나만 주변에 덩그렇게 자리하고 있었지요. 참 난감했습니다. 속옷 차림으로 잠시 몸을 담그다 다른 이들의 시선이 부담스러워 밖으로 나올 수밖에 없었습니다. 문화의 차이를 온몸으로 느껴 본 현장이었습니다. 시내에 들러 계속 여행을 이어갈 딸아이에게 필요한 용품들을 준비

하고 산티아고로 돌아왔습니다.

다음 날 이른 아침 묵시아로 향하는 1일 투어 버스에 올랐습니다. 산티아고 순례길 전도여행 했던 야고보가 묵시아에서 선교활동 할 때 마리아가 돌배를 타고 와서 야고보를 도왔다는 이야기가 전해지는 작은 항구마을이었습니다. 바닷가에 놓여있는 돌배 모양의 바위 위로 대서양을 건너 온 세찬 바람이 몰아치고 있었고 야고보의 힘든 여정 보여 주는 듯 심한 파도가 무섭게 바위를 덮쳐오고 있었습니다. 산티아고 순례길 걷다 조난당해 죽어간 아들을 대신해 아들이 메었던 배낭을 짊어지고 왜 그가 그 길을 걸으려 했는지 알고 싶어 산티아고 길을 걸었고 그 여정을 통해서 아들을 이해하게 된 한 아버지의 이야기가 가슴에 와 닿았습니다. 이혼한 한 남자와 혼자 자란 아들, 불행했던 한 부자의 비극과 상처받은 가슴을 치유해 나가는 과정을 그린 이야기였지요. 주인공 탐은 걷는 여정 몇몇 곳에 아들의 유골을 뿌리고 마지막에 도착한 그곳 묵시아에서 긴 여정 안고 걸었던 남은 유골을 바람 부는 대서양에 뿌립니다. 스페인 영화 The Way의 이야기입니다. 탐은 안과 의사로서 수많은 이들의 눈을 치료해 주지만 정작 자기 눈으로 진정한 가치를 보지 못하는 이였지요. 생텍쥐베리는 말합니다. '가장 중요한 것은 눈에 보이지 않아. 오직 마음으로 보아야 잘 보인다는 거야.'

대서양 세찬 바람 앞에서 어두워진 마음의 눈을 맑게 닦아 내며 피스테라로 향했습니다. 이베리아 반도의 땅 끝 마을, 피스테라에서는 눈부신 하얀 등대가 우리를 맞아주었습니다. 순례 마친 이들 그동안 신었던 헤진 등산화며 옷가지를 태우고 생각을 정리하며 이전의 자신과 결별하고 새로운 존재로 태어나는 곳이기도 하지요.

산티아고 공항에서 마드리드행 비행기에 몸을 실었습니다. 도착한 공항에서 아무리 기다려도 배낭 하나가 오지 않았습니다. 해당 항공사 안내 센터에 항의해 보았지만 별반 무소득. 언성이 높아지자 딸아이가 나를 밀어내고 차근차근 상황을 설명한 뒤 확인해 보니 산티아고 공항에서 짐을 보내지 않았답니다. 어쩔 수 없이 아내는 모든 의류와 배낭을 다시 구입할 수밖에 없게 되었는데 잃어버린 배낭은 15여일 뒤 바르셀로나 숙소로 배달되어 왔습니다. 여행 중 경험한 당혹스러웠던 일 중 하나였습니다.

마드리드는 스페인의 수도로 이베리아 반도의 경제 중심지이기도 하며 과거와 현대가 공존하는 곳이었습니다. 마요르 광장, 솔 광장, 레티로 공원 등을 돌아보고 산 미구엘 시장, 레알 마드리드 FC 구장을 돌아보았습니다. 바르셀로나 FC와의 치열한 라이벌 의식으로 생겨난 갈등 엘클라시코를 통해 사람 사는 어떤 곳에도 갈등은 존재한다는 것을 다시 인식하게 되었습니다. 에스파니아(스페인) 왕의 공식 거처이며 왕실의 상징인 마드리드 왕궁을 찾았습니다. 2800여개의 방이 있는 거대한 궁전은 맞은 편 알데무나 성당의 종소리로 무척이나 평화스런 분위기를 연출하고 있었습니다. 어딜 가나 왕궁은 크고 화려하였습니다. 그 크기가, 또한 화려함이 왕의 권위를 나타내는 척도가 된다 생각했을 터이지요. 그렇다면 배고프고 서러운 피지배자가 설 수 있는 곳은 어디가 되어야 하나요? 이상적인 통치자는 정녕 존재할 수 없는 것인가요? 중국의 공맹시대가 추구했던 정치 이상을 생각해 봅니다. 정치란 과연 누구를 위한 것이어야 하는가 라는 기본적 문제를 놓치지 않았다고 하지요. 이들은 왕조의 정치체제에서도 정치가 왕가만의 것으로 해석될 수 없다는 점을 각인시켰습니다. 그랬기에 덕치를 강조하게 되는데 공자의 덕치론[12]과 맹자의 왕패론[13]은 이를 잘 보여주고 있는 것이지요. 물론 군주들 중에는 백성을 진심으로 사랑한 이들이 있었습니다만 올곧은 백성들이 역사를 이끌어왔고 그들이 흘린 피가 이 시대의 자유를 누리는 뿌리였음을 결코 잊어서는 아니 될 일이라 생각해 봅니다.

　세계 3대 미술관이라는 프라도를 찾았습니다. 초원이라는 의미를 지닌 프라도는 영국박물관이나 루브르와는 달리 약탈유물이 아닌 순수 수집품과 기증품으로 이루어져 스페인 사람들의 자존감을 높

---

12)　덕치론: 군주가 덕으로 다스리면 힘으로 압력을 가하지 않아도 백성은 감화를 받아 저절로 따른다는 정치이념

13)　왕패론: 공자의 덕치사상을 계승, 발전시켜 물리적 힘에 의한 사회질서에의 강제적 복속을 비판하고 도덕적 교화의 힘에 의해 사회규범의 준수를 도모하려하는 정치이념

여주고 있었으며 스페인 미술의 중요성과 우수성을 알려주고 있습니다. 고야, 벨라스케스, 엘 그레코 등 기라성 같은 화가들의 그림은 엄청난 감동으로 우리 곁에 다가왔습니다. 판화 화가로만 어렴풋이 알고 있던 고야의 그림 앞에서 사실을 비틀어 표현하는 그의 비판의식을 인식하게 되었고 민중의 고통과 절규에 귀 기울이고 지배층의 무지와 포악함을 그려낸 그의 붓 터치는 그림에 문외한인 나로 하여금 미지의 세계를 탐험해 가는듯한 설렘을 주기도 하였습니다. 삶의 아름다움뿐만 아니라 고통스런 상처에까지 붓을 댄 그를 통해 예술혼이 보듬어 가야할 대상에 대한 생각의 깊이도 더하게 만들어 주었습니다.

아름다운 도시 톨레도를 찾았습니다. 스페인의 옛 수도였고 기독교와 유대교, 그리고 이슬람의 유적이 공존하고 있는 도시였습니다. 로마시대 이래로 중세까지 유럽 최고의 명품 도검을 만들어 낸 도시였고 엘 그레코, 프란시스코 고야 등 수많은 작가들의 엄청난 회화 작품으로 미술관 같은 톨레도 대성당이 아름답게 자리 잡고 있는 곳입니다. 엘 그레코의 걸작 《오르가스 백작의 매장》이라는 그림을 소장하고 있는 산토 토메 성당, 유대인 회당이었던 산타마리아 라 블랑카 시나고그 등이 특별히 기억에 남아있습니다. 세르반테스 언덕 위의 알카사르를 보면서 문득 《돈키호테》가 생각났습니다. 톨레도가 《돈키호테》라는 작품의 배경이었기 때문입니다. 세르반테스는

'돈키호테는 오직 나를 위해 태어났고 나는 그를 위해 태어났다.'라고 말했습니다. 토마스 모어의 《유토피아》에 감명 받은 세르반테스는 종교의 자유, 남녀 간의 사랑의 자유를 부르짖으며 귀족의 세습제도를 폐지하려 하고 자유와 정의를 지키려는 인물 돈키호테를 창조해 냈습니다. 돈키호테는 단순한 광인인가요, 문학적 풍자인가요? 거대한 풍차와 우스꽝스런 싸움을 하는 무모한 모험가의 모습으로 등장하지만 작가는 하층민 산쵸판사, 비루먹은 말 로시난테, 녹슨 투구 등을 통해 몰락해 가는 중세의 기사도를 풍자하며 하층계급의 인간들도 우리의 따뜻한 이웃임을 일깨움으로 현대 소설의 아버지라는 명예를 얻게 되었지요. 불의와 불합리를 용납하지 못하고 엉덩이 가벼운 자, 시끄럽고 요란한 자, 여러 가지 문제를 지닌 자들 돈키호테가 옆에 있으면 행복해 집니다. 자신을 공감해 주고 무엇이라도 해 주길 기대할 수 있으니까요. 조용하고 계획적으로 상황을 판단하는 햄릿과는 다른 존재입니다. 햄릿, 그는 매사에 철두철미하고 감정의 동요가 없는 자입니다. 행동의 인과 관계를 따지고 사려 깊으며 엉덩이가 무겁습니다. 하지만 그는 To be or not to be, that is the question 이라는 유명한 독백을 통해 우유부단함의 전형을 보여줍니다. 답답함에 가슴이 터질 지경입니다. 그랬기에 러시아의 문호 투루게네프는 인간을 돈키호테형과 햄릿형 두 유형으로 나누어 설명하기도 했지요.

세고비야의 수도교를 보았습니다. 트라야누스 황제 때 건축된 유럽에서 가장 잘 보존된 수도교입니다. 2000여년이 된, 16km 떨어진 수원지에서 시작하여 수많은 화강암과 아치를 이용해 만든 1%의 경사도를 지닌 물길, 경이로움 그 자체였습니다. 월트 디즈니의 백설 공주에 등장하는 성의 모델이 된 알카사르를 돌아보았습니다. 스페인에서 가장 아름다운 성이라는 그곳에서 내려다 본 풍경은 참으로 아름다웠습니다만 그 곳을 차지하기 위한 수많은 전쟁의 흔적들은 여행객의 마음에 짙은 구름을 드리우기에 부족함이 없었습니다.

세비야 – 알헤시라스
지브롤터 – 모로코 탕헤르

버스로 도착한 세비야 거리는 원산지가 아열대 지방인 자카란다 라는 나무의 꽃빛깔로 온통 보라색으로 물들어 있었습니다. 높이가 30여 미터에 이르며 넓게 퍼진 풍성한 가지는 온통 보라색 꽃으로 덮여 있었고 그 꽃이 만들어내는 거리 풍경은 이방인인 우리에게 매우 강한 인상으로 다가왔습니다. 세비야. 대항해시대의 해상활동 전초기지였으며 남미 대부분의 나라와 카리브 일대 섬들, 동남아 일대까지 식민지로 삼았던 제국의 심장부, 당연히 유럽의 수많은 사람들이 동경했던 신세계를 향한 탐험의 출발지였고 오랜 이슬람 통치의 흔적과 기독교 문화가 혼재해 있는 매력이 넘치는 곳, 그 곳이 세비야였습니다. 모차르트의 《피가로의 결혼》, 로시니의 《세빌리아의 이발사》, 비제의 《카르멘》 등 세계인들을 감동시켜 온 위대한 오페라의 배경으로 오랜 세월 축적된 문화의 두께가 보여주는 감동 또한 만만치 않은 곳이었습니다.

피가로와 그의 예비 신부이자 백작부인의 하인인 수잔나의 결혼식을 백작 알마비바는 의도적으로 지연시킵니다. 수잔나에게 초야권을 행사하기 위해……. 이런 사실을 알고 피가로와 수잔나, 그리고 백작 부인은 백작의 음모를 폭로하기 위해 일을 꾸미고 알마비바를 곤경에 빠뜨린 후 피가로와 수잔나가 결혼에 성공하는 이야기입니다. 《피가로의 결혼》은 특권 계층의 권력남용을 극복하고 사랑을 쟁취해 가는 보통 사람들의 이야기이지요. 귀족 중심의 구체제를 비판하고 풍자한 작품으로 프랑스 시민 혁명의 전조를 보여준 작품으로 알려져 있습니다. 우리네 탈춤 패나 사당패의 여성 꼭두쇠를 노리는 고을 양반들의 음흉한 시선이 소름끼치게 겹쳐 보이는 오페라입니다.

불같은 성격을 지닌 아름답고 유혹적인 집시 여인 카르멘의 이야기도 흥미롭지요. 카르멘, 그녀는 세비야의 담배 공장에서 일하는 매력적인 외모와 자유분방한 성품을 지닌 집시 여인이었습니다. 타인의 모함이나 공격에 결코 굴하지 않고 그 누구의 지배나 지시도 받지 않으며 사랑에 있어서도 독립적인 존재로 등장하는 여인입니다. 입센의 《인형의 집》에 등장하는 노라를 닮은 여인입니다. 노라는 남편이 자신을 사랑하지만 동등한 인간으로서 사랑을 나누는 것이 아니라 한낱 인형이나 애완동물을 대하듯 사랑하고 있다는 사실을 인식하게 됩니다. 결국 그녀는 자신이 인형의 집에 살고 있음에 불과하다는 것을 알고 아내이자 어머니로서가 아니라 독립된 인간으로서의 자신을 찾기 위해 가족을 떠나게 되지요. 유럽 전역에 페미니즘의 열풍을 몰고 온 마중물이 된 작품입니다. 시대를 앞서가는 변화된 인식을 보여준 《카르멘》, 《피가로의 결혼》 등이 쓰여질 수 있는 토대가 된 사회, 그 곳이 세비야였던 것입니다.

세비야 알카사르를 찾았습니다. 이슬람 세계 모로코의 스페인 지배 800여년의 흔적과 기독교 문화가 결합된 건축물입니다. 방어 목적의 성으로 만들어졌으나 소녀의 정원, 인형의 정원, 대사의 방 등에서 보여주는 기둥과 천장의 정밀한 세공술은 화려함의 극치를 보여 주었고 이사벨 여왕이 신세계를 향한 스페인의 탐험을 주관하는 왕실기관 카사 데 콘트라타시온이 자리하기도 한 곳이며 콜럼버스가 여왕을 알현하기도 했던, 그라나다의 알함브라 궁전에 비견될만한 아름다움을 지니고 있는 성이었습니다. 넓은 정원 한 곳에 모여 화려한 날개 짓으로 암컷 유혹하며 부채춤 추던 공작 무리도 잊혀지지 않는 기억으로 남아있습니다.

1929년 이베로 아메리카 박람회장으로 건축된 스페인 광장을 둘러보았습니다. 이베리아 반도의 두 국가, 스페인과 포르투갈의 언어를 사용하는 아메리카 대륙 국가들과 함께 하는 박람회장이었지요. 515m 길이의 운하 위로 건설된 스페인 4개 고대왕국, 아라곤, 나바라, 카스티야, 레온을 상징하는 다리가 아름답고 스페인 각지의 역사적 사건이 타일로 모자이크 되어 있어 스페인의 역사를 이해하는 데 도움을 주고 있습니다. 회랑을 돌면서 여기저기서 뜨거운 열기 뿜으며 공연하는 플라멩고 무용수들을 목격하였습니다. 스페인 남부 안달루시아 지방의 따가운 햇살 아래 세상을 방랑해 온 집시들의 피 끓는 한이 서려 있고 온 땅에서 가장 강렬한 개성이 담겨 있는 전통 춤 플라멩고. 빠르지만 가볍지 않은 리듬 더불어 보여주는 현란한 기교의 기타연주, 원색의 화려한 주름치마, 격렬한 발놀림과 몸짓으로 관객을 사로잡고 거칠고 깊은 목소리로 영혼을 뒤흔드는 무용수의 춤입니다. 인도 북부 라자스탄에서 시작된 방랑은 페르시아(이란)와 콘스탄티노플(이스탄불)을 거쳐 발칸 반도와 러시아, 서유럽 곳곳으로 이어졌고 그 과정에서 집시들은 지나는 지역의 종교, 학문과 예술, 정치 사회 등 인간 사회의 모든 다양성을 품어내고 그것들을 그들의 음악에 특유의 감성으로 녹여냈습니다. 플라멩고는 이러한 집시들의 정서를 바탕으로 스페인을 지배했던 패망한 이슬람인, 개종을 피해 숨어 살던 유대계 스페인 사람들에 의해 이루어진 춤으로 어두운 곳으로 숨어들어 박해 받았던 이들의 한이 담겨있는 음악이 될 수밖에 없었으며 그랬기에 비장한 분위기 속에서 죽음, 번뇌, 절망 등을 정서적 근원으로 삼을 수밖에 없었겠지요. 플라멩고가 아프면 아프다 소리 지르고 슬프면 슬프다 눈물 흘리는 민초들의 아우성임을 알고 보면 왠지 모를 숙연함이 느껴집니다.

세비야 대성당은 기대를 저버리지 않았습니다. 스페인 사람들 대

항해 시대에 세비야가 세계의 중심지라는 자존감을 드러내고 싶어 했답니다. 알모아대 모스크를 헐어낸 뒤 세상 가장 거대한 고딕 양식의 성당을 건축하고 점령지에서 약탈해 온 황금으로 성당 내부를 장식했다고 합니다. 예수와 마리아의 삶을 보여주는 45개 장면의 조각으로 구성된 황금 제단은 그 화려함을 필설로는 감당해 내기가 어려울 것 같았지만 나는 그 속에서 잔인하기 그지없는 수많은 피사로를 보았고 이유 없이 죽어가야 했던 무수한 아타후울파를 볼 수 있었습니다. 이슬람 문화의 흔적으로 남아있는 오렌지 나무 심겨진 안뜰과 처음에는 모스크의 미나렛으로 지어졌던 히랄다 탑이 특별한 느낌으로 다가오기도 했습니다.

끝까지 자신을 후원해 주지 않았다는 이유로 죽어서도 스페인 땅을 밟지 않겠다고 했다던 콜럼부스의 유해가 스페인 왕국 이전의 4 왕국 국왕의 어깨 위에 안치되어 있었습니다. 콜럼부스, 그는 어떤 인물이었을까요? 그가 아메리카 대륙에 발을 디딘 해 보다 500여 년 전 바이킹들이 캐나다 해안을 방문했다고 하는데 어째서 신대륙 발견자라는 찬사는 변함이 없는 것일까요? 그 이유는 최단 경로로 대서양을 횡단해 서인도제도에 도착했고 이후 유럽인들에게 미지의 신세계를 소개했기 때문에 그의 업적이 인정되고 있는 거랍니다. 그는 첫 항해에서 39명의 선원이 다스리는 작은 식민지를 개척하고 무자비한 식민지 개척의 역사를 시작한 후 스페인으로 돌아와 향료가 많고 금광과 여러 광산이 있다고 거짓 보고를 합니다. 그 후 식민지를 찾았던 원정 대원들은 콜럼부스가 이야기 한 금은보화가 없자 노예사냥을 시작했고 1495년 타이노족 500여명을 유럽에 노예로 팔아넘기게 됩니다. 전염병에 관한 한 청정지대였던 그 곳에 천연두를 유입시키며 수십 만 명의 카리브 해 원주민을 죽음으로 몰아넣기도 했다지요. 콜럼부스가 원주민을 고문하고 학살했던 잔혹 행위가 다양한 근거로 증명되고 있다고 하니 그가 남미를 식민지화 한 피사로 장군이 잉카의 왕 아타후울파를 죽음으로 내몬 잔인한 행위를 하도록 교사한 것이 아닌지 모를 일입니다. 인디아스 고문서관에서 만난 콜럼부스의 항해일지와 항해 도구를 담아둔 궤 앞에 서서 종교를 빙자하며 자신의 욕망을 추구했던 그의 삶의 흔적 속에서 탐욕과 잔인함을 지닌 인간의 본질적 모습을 떠올리며 어지러움증을 느끼기도 하였습니다.

콜럼부스가 대 항해를 시작한 과달키비르 강변을 걸었습니다. 수많은 생명을 앗아간 신대륙 정복 전쟁이 말없이 평화롭게 흘러가는 강물 따라 시작되었음을 알게 되면서 역사의 이중성을 들여다보게 되었습니다. 강변의 토레 델 오로는 황금의 탑이라는 이름이 무색하게 낡고 빛바랜 모습으로 화려했던 과거를 추억하고 있는 듯 보였습니다. 잃어버린 땅을 회복하고 그 곳을 자신들 종교의 영역으로 만들려는 기독교 세력을 물리치기 위해 만들어진 요새라 하지요. 시대따라 감옥으로, 예배당으로, 때로는 화약저장고로, 항구관리사무소 등으로 사용되었고 대항해시대 신세계에서 가져오는 황금의 저장 공간으로 사용되기도 하였다니 참 기구한 운명의 건물입니다.

오랜 역사 지닌 건물들 속 초현대식 건물 메트로폴 파라솔은 세비야의 또 다른 상징이기에 부족함이 없었습니다. 약 3400여개의 목재를 결합해 만든 세계 최대 규모 목조 건축물로 알려져 있습니다. 석재가 건축물 주재료로 쓰이는 그곳에서 거대한 목조 건축물이라니……. 야외공원, 박물관, 전망대 등으로 사용되는 와플 모양 같기도 하고 버섯 모양 같기도 한 건축물 여기저기를 깊은 호기심 더불어 살펴보는 중 청춘 남녀 두 사람 전망 좋은 자리에서 사진을 촬영하며 끝없는 담소를 나누고 있었습니다. 뒤에는 많은 사람이 그 자리에서 사진 촬영을 위해 줄 서서 기다리고 있는데……. 아! 대한민국의 신혼부부, 얼굴이 벌겋게 달아올랐습니다. 한국 사람들 제발 저러지 말았으면 좋을텐데…….

버스는 우리를 스페인을 침공한 무어인들이 세운 도시, 초록빛의 섬이라는 의미 지닌 알헤시라스로 데려다 주었습니다. 이베리아 반도 남단 해협의 영국 속령 지브롤터와 함께 있는 도시입니다. 지브롤터는 헤라클레스의 기둥이 있는 곳이지요. 헤라클레스는 불멸의 존재가 되기 위해 그에게 주어졌던 열두 미션 중 열 번째 게리오네우스의 소 떼 데려오기를 수행하기 위해 게리오네우스를 찾아 에라테이아 섬으로 갑니다. 게리오네우스가 세 개의 머리, 세 개의 몸통, 그리고 6개의 다리를 지닌 괴물이었지만 헤라클레스는 그를 죽이고 소떼를 몰고 옴으로 미션을 수행합니다. 헤라클레스는 게리오네우스가 살고 있는 에라테이아 섬으로 가는 도중 나브론이라는 곳에서 그 곳 왕, 베브릭스의 후한 대접을 받고 술에 취해 베브릭스의 딸 피레네를 겁탈합니다. 헤라클레스가 떠난 후 피레네가 아이를 낳았는데 뱀이었다고 하지요. 겁에 질린 피레네는 산으로 달아났다가 산짐승에게 찢겨 죽었다고 합니다. 게리오네우스의 소떼를 몰고 그리스로 돌아가는 길에 다시 나브론에 들린 헤라클레스는 피레네의 슬픈 죽음을 알게 되었고 그녀의 시신을 수습하여 근처 산에 묻어주게 되었는데 그런 연유로 그 산이 피레네 산이라 불리게 된 것이지요. 헤라클레스가 자신이 겁탈했던 여인이 그렇게 불쌍하게 죽은 것을 알기 전, 나브론을 떠난 그는 발걸음을 재촉해 지브롤터에 도착합니다. 그러나 에라테이아 섬까지 가야했던 헤라클레스를 유럽과 아프리카를 연결하고 있었던 아틀라스 산맥이 가로막았습니다. 그는 산맥을 넘는 일이 귀찮아 산맥을 밀어내 버리게 되는데 이로서 대서양과 지중해의 물이 합쳐지게 되었다고 하지요. 그리고 두 대륙 끝에 기둥 하나씩을 세웁니다. 그것이 헤라클레스의 기둥입니다. 헤라클레스의 기둥이 서 있는 유럽의 끝, 그곳이 지브롤터 흰 암벽이고 반대편 기둥은 모로코 세우타(스페인령)에 있다고 합니다. 레콩키스타로 이슬람 세력을 몰아낸 후 카스티야 왕국이 통치했으나 스페인 왕위 계승 전쟁 때 영국이 점령하고 영유권을 유지하고 있는 곳이며 유럽 유일의 원숭이 비바리 원숭이의 서식지이기도 한 곳이 지브롤터입니다. 지브롤터에 원숭이가 존재하는 한 지브롤터는 영국의 지배에서 벗어나지 않는다는 전설이 있다고 합니다. 그런 이유 때문인지 처칠 수상은 원숭이 특별 보호 정책을 세우도록 지시하였으며 3마리까지 숫자가 줄었을 때 모로코에서 동종 원숭이를 수입해 개체 수를 늘렸다는 이야기도 전해집니다. 자동차로 지브롤터 절벽 정상으로 올라가는 도중 길옆에, 심지어는 자동차 지붕 위로 뛰어다니는 수많은 원숭이들이 신기하게 느껴졌던 기억이 생생합니다.

적어도 나에게는 신대륙이었던 미지의 세계 아프리카 탕헤르로 가기 위해 타리파행 버스에 올랐습니다. 부드러운 언덕, 푸른 숲이 너무나도 평온하였고 아름다웠던 길, 쪽빛 바다 그리고 따사로운 햇살이 싱그러웠던 길을 따라 타리파에 닿았습니다. 바다 건너편 27km 아프리카 대륙의 손짓을 느끼면서 문득 어디에선가 읽었던 짧은 글이 머리 속을 채웠습니다.

'바로 이게 당신이예요. 사랑하는 것을 해요. 자주 해요. 혹시 뭔가 마음에 안 들어요? 그럼 바꿔요. 하는 일을 좋아하지 않나요? 그럼 그만 둬요. 충분한 자신만의 시간이 없다면 TV보는 걸 멈추세요. 당신 삶의 사랑을 찾고 있다면 멈춰요. 분석하고 제멋대로 판단을 내리는 것을 그만 멈춰요. 인생은 단순해요. 모든 감정은 아름다워요. 당신이 뭔가를 먹을 때 음미하세요. 한입, 두입 모두요. 새로운 것들, 새로운 사람들에게 두 팔 벌려 마음을 열어요. 우리는 다름 안에서 하나가 되어요. 지금 옆에 보이는 사람에게 그들의 열정을 물어봐요. 그리고 당신의 꿈을 나눠요. 여행을 자주 해요. 길을 잃어버리는 것이 당신을 찾는데 도움을 줄 거예요. 몇몇 기회들은 딱 한번만 와요. 딱 잡아요. 인생을요. 당신이 만나는 사람들, 그리고 그 사람들과 당신이 만들어내는 것이예요. 그러니 밖에 나가요. 그리고 창조하기 시작하세요. 인생은 짧아요. 당신의 꿈대로 살아요. 그리고 열정을 나눠요.'

그렇습니다. 미지의 대륙 건너다보며 새로운 사람들에게, 새로운 것들에게 두 팔 벌리는 마음을 열어보리라 생각해 보았습니다. B.C 7세기 페니키아 식민지로 건설된 곳, 포에니 전쟁 후 5C까지 로마의 영토였던 곳, 스페인 타리파에서 27km 거리이며 구 시가지는 이슬람식 문화권이고 신시가지는 유럽이 건설한 도시, 탕헤르입니다. 파울로 코엘료의 소설 《연금술사》의 배경 도시이며 14C 세계적 여행가 이븐 바투타의 고향이기도 한 곳입니다. 수많은 영화의 배경지였던, 지금은 약간은 누추한 듯 보이지만 한 때는 높은 수준의 문명과 문화를 선도했고 수학, 천문학, 철학, 종교 등 여러 분야에 높은 지적 수준을 발전시켰던 제국의 땅이기도 합니다.

탕헤르에서 양을 산 산티아고는 안달루시아 평원으로 돌아가지 않고 이집트 피라미드로 향합니다. 자신이 진정으로 원하는 것이 무엇이고 또 삶의 의미는 무엇일까? 양치기 산티아고는 스스로 선택한 여정을 거치면서 자아의 신화를 깨우쳐 나갑니다. 산티아고의 모험은 다른 여러 사람을 만나는 여정이었습니다. 그들과 겪은 일화에서 깨달음을 얻고 그들의 충고를 에너지 삼아 여정을 이어가지요. 꿈을 쫓아가는 여정에서 때로는 현실에 안주하고 싶은 유혹에 끌리기도 하지만 끊임없이 자신을 변화시켜 나갑니다. 양치기에서 장사꾼으로, 사막의 대상으로, 전사 등으로 변신하면서 절대 꿈을 포기 하지 않음으로 연금술의 원리를 찾아갑니다. 자아의 신화를 찾아 떠난 모험의 막바지 연금술사는 산티아고에게 말합니다. '바로 이게 연금술의 존재 이유야. 우리 모두 자신의 보물을 찾아 전보다 더 나은 삶을 살아가는 것, 그게 연금술인거지. 우리가 지금의 우리보다 더 나아지기를 갈구할 때 우리를 둘러싼 모든 것들도 함께 나아진다는 것을 그들은 우리에게 보여주는 거지.'라고. 헤밍웨이의 《노인과 바다》라는 작품 속에 등장하는 같은 이름의 주인공이 생각납니다. 84일간의 낚시 활동에서 아무것도 얻지 못한 산티아고였지만 그는 말합니다. '아무도 날 패배시키지 못했어.'라고. 그리고 그 다음날 거대한 청새치를 낚아 올리지요. 물질적으로, 육체적으로 파멸당해도 정신적으로 패배하지 않는 산티아고. 그는 결과보다는 결과를 만들어가는 과정을, 목표보다는 그것을 이루려는 최선의 노력과 방법이 중요하다 여기는 인물이었지요. 탕헤르에서 만난 문학 작품 속 인물들이 내 깊은 곳을 들여다보게 만들었습니다. 난생 처음 발 디딘 아프리카 대륙, 그곳의 삶은 약간은 허름한 듯 했지만 시장 골목은 생기 넘쳤고 아이들의 눈빛은 맑다 못해 수정같이 빛나고 있었습니다. 세상 어느 곳이든 마찬가지일 터이지만 그 곳도 때 묻은 어른들 거리 채우며 음흉한 눈빛으로 먹잇감 찾는 곳이었고 그럼에도 모스크에 엎드려 알라를 찾으며 용서를 빌고 복을 구하는 이율배반의 삶이 뿌리내리고 있는 곳임을 알 수 있었습니다.

론다 - 그라나다 - 바르셀로나

캄캄한 새벽, 론다행 기차를 타기 위해 찾았던 알헤시라스 기차역은 적막하기만 했습니다. 출발 시간 가까이 되어 역무원에게 물었습니다. 어째서 승차 준비를 하지 않느냐고요. 철도 선로에 문제가 생겨 운행이 중단되었고 미니버스로 승객을 태우고 간다고 알려 주었습니다. 전혀 뜻밖의 상황이 우리에게 론다 산맥을 버스로 넘어가는 행운을 가져다주었습니다. 깊은 계곡, 그리고 높고 푸른 장엄한 산맥이었습니다. 작은 개울 지나고 고갯마루를 오르내리며 그곳 사람들의 내밀한 삶을 들여다 볼 수 있었습니다. 이슬 머금고 피어나 담벼락 아래를 환하게 밝히는 봄꽃들, 느릿느릿 게으른 걸음 옮기는 강아지들, 평화가 묻어나는 동네 어귀 정류장 채우는 아낙네들의 담소, 그 여유로움이 부러웠습니다. 차창 가 스치는 산과 들을 아우르는 풍경이 어찌 그리 아름다웠던지요.

헤밍웨이가 '사랑하는 사람과 로맨틱한 시간을 보내기에 가장 좋은 곳'이라 했던 곳, 라이너 마리아 릴케가 '내가 그토록 찾고 싶었던 꿈의 도시를 찾았다.'고 극찬한 곳, 가우디가 사그라다 파밀리아의 첨탑에 대한 영감을 얻었던 협곡이 있는 곳, 그곳이 론다 였습니다. 스키피오 아프리카누스 장군이 요새화 했고 시저가 도시 칭호를 부여했으며 누에보 다리의 아름다움이 있을 뿐 아니라 스페인 최초의 투우장이 자리하는 곳입니다. 천혜의 절경인 협곡을 끼고 738m의 고지대 위에 절벽 위로 솟아오른 아슬아슬한 건축물들이 압권인 도시, 이 절경이 낭만 넘치는 아름다운 도시로 만들었지만 그로 인해 수많은 고난을 겪은 도시이기도 했지요. 안달루시아 특유의 하얀 집과 신구 시가지를 이어주는 누에보 다리가 진정한 비경인 이곳을 헤밍웨이는 특별히 사랑했다고 합니다. 그의 집필 공간이 있었고 《누구를 위하여 종을 울리나》라는 소설이 쓰였으며 그 소설의 배경이 된 곳입니다. 물질문명이 최고로 발달한 미국이 아니라 황량하기까지 한 광활한 풍광에 그는 왜 더 큰 매력을 느꼈을까요? 그가 날마다 걸었던 산책로를 걸으며 많은 생각에 잠기게 되었습니다. 시인 존 던은 말합니다. '사람은 아무도 그 자체로 온전한 섬이 아니다. 모든 사람은 대륙의 한 조각, 본토의 일부다. 흙 한 덩이가 바닷물에 씻겨 가면 유럽은 그만큼 줄어드니 그건 곶이 씻겨나가도 마찬가지이고 그대의 친구나 그대의 영지가 씻겨나가도 마찬가지이다. 누구의 죽음이든 그것은 나를 줄어들게 하는 것이니 그것은 내가 인류에 속해있기 때문이다. 그러니 저 종소리가 누구의 죽음을 알리는 소리인가 알아보려고 사람을 보내지 마라. 그것은 그대의 죽음을 알리는 종소리이니.'라고. 스페인 내전의 질곡 속에서 스러져가는 모든 영혼에게 존 던을 빌어 헤밍웨이는 말합니다. '죽은 한사람을 위해 울리는 조종은 누구를 위하여 울리느냐고 물을 것도 없이 종은 바로 그대를 위해 울리는 것'이라고. 투우 경기장 앞 절벽 위에서 맞이하는 풍광은 아름답기 그지없었습니다. 누에보 다리에서 내려다보는 절벽의 아름다움은 또 어떻고요. 영화《누구를 위하여 종을 울리나》속 조단(게리 쿠퍼)이 마리아(잉그리드 버그만)에게 한 사랑의 고백, '이 세상에 너 하나뿐이라서 널 사랑한 것이 아니라 널 사랑하다 보니 이 세상에는 너 하나뿐이더라.'라는 말을 더 아름답게 만들어 주는 절벽 아래의 풍광은 말로 덧칠이 필요 없는 원초의 아름다움을 발하고 있었습니다.

론다를 떠난 버스는 끝없이 이어지는 올리브 밭 사이를 지나 그라나다로 향했습니다. 잔설 머리에 이고 있는 시에라네바다 산맥의 기슭은 아름답고 아늑했습니다. 이베리아 반도 이슬람 세력 마지막 왕조 나스르 왕조의 최후 근거지에 남긴 알함브라 궁전은 이슬람 건축의 정수를 보여주기에 조금의 부족함도 없었습니다. 이슬람의 탐미적 이상을 꽃피운 그 곳은 그야말로 인간이 만들어 둔 이상향이었습니다. 로마도, 파리도 그런 정교함을 보여주지 못했습니다. 고궁박물관의 유물들 정교함으로 빛나지만 그 정교함을 거대한 건축물에 접목시킨 아름다움이라니……. 인간의 미적 상상력에 대한 두려움이 느껴지는 경외의 현장이었습니다. 나스르의 마지막 왕 에미르 무함마드 12세는 영토를 빼앗기는 것 보다 이 궁전을 떠나는 것이 더 슬프구나 탄식했다고 하지요. 석양을 뒤로 하고 건너편 기슭에서 본 은은한 조명 켜진 알함브라는 꿈꾸는 듯한 분위기로 다가왔고 프란시스코 타레가의 《알함브라 궁전의 추억》이라는 기타곡이 온 마음을 따뜻한 기운으로 덮어주었습니다. 제자이자 유부녀인 콘차 부인을 짝사랑하다 그녀에게 사랑을 고백했으나 그녀는 타레가의 사랑을 거부했습니다. 실의에 빠진 타레가가 알함브라 궁전을 둘러보며 그 아름다움에 취하게 되었고 자신의 슬픈 마음과 궁전의 아름다움을 담아 그 곡을 작곡하게 되었다 합니다. 사랑의 동반자는 죽음이라 말하는 이가 있지요. 사랑은 거절당할 때 더 깊어지고 아름다워지는가 봅니다.

비행기를 이용해 바르셀로나로 향했습니다. 하밀카르 바르카스 장군과 그의 아들 한니발, 그리고 카르타고 후예들이 세운 스페인 최대 항구도시, 수많은 로마의 흔적들 간직하고 있으며 스페인 내전 후 프랑코 정권에 의해 그들의 언어 카탈루니아어의 사용이 금지 되었고 그들 민족주의가 철저히 탄압받았던 곳, 여전히 중앙정부로부터 분리 독립하려는 열망이 용광로처럼 끓어오르고 있는 곳, 그곳이 바르셀로나입니다.

세상 가장 아름답다는 공연장, 바르셀로나의 꽃, 카탈루니아 음악당을 찾았습니다. 가우디의 스승 루이스 도메네크 이 몬타네르의 대표작이며 바르셀로나 시민들의 문화적 자존심이자 영광의 상징물이기도 하지요. 이는 돈 많은 이 몇몇이, 또는 기업이 후원한 돈으로 건축한 것이 아니라 지역사회와 시민들의 대중 모금을 통해 건축한 건물이기 때문이랍니다. 음악당 하나의 건물이 유네스코 세계 유산으로 지정될 정도로 아름답고 우아하며 화려한 콘서트홀 이지요. 온 음악당 공간마다 의미가 부여되고 이를 형상화 해낸 구조물들은 먼 나라에서 온 한 이방인에게 부러움의 대상이 아닐 수 없었습니다.

피카소 미술관은 13-14세기에 건립된 저택 5동을 개조하고 1963년 피카소의 친구 하이메 샤비르테스의 기증품으로 전시가 시작되었고 피카소가 소장하고 있던 성장기 스케치, 목판화 및 석판화 등, 초기 작품 기증으로 규모가 확장된 미술관이었습니다. 피카소의 소년기와 청년기, 말년의 작품이 소장되어 그의 작품 경향이 어떤 변화를 보여 왔는지 볼 수 있는 곳이었습니다만 그림에 문외한인 나에게 특히 피카소는 난해한 그림으로 다가왔기에 내 자신의 무지함에 부끄러움 느낄 수밖에 없었습니다.

유럽 최대 수용인원 10만을 자랑하는 FC 바르셀로나 구장, 캄프 누 경기장은 시즌 마지막 경기로 뜨겁게 달아오르고 있었습니다. 1982 FIFA 월드컵 경기와 1992년 하계 올림픽이 열렸던 경기장, FC 바르셀로나와 레알 마드리드의 더비경기 엘클라시코 경기도 아니었고 승패가 중요한 경기도 아닌 시즌 최종전임에도 관중석은 구름 관중으로 가득 찼고 함성은 하늘을 뒤흔들었습니다. 축구가 그들

삶에 얼마나 큰 부분을 차지하는지 눈으로 보았고 나아가 그들 문화의 일부를 이해하는데 큰 도움이 되었지요.

바르셀로나 해변이 내려다보이는 곳, 몬주익 성은 또 다른 역사의 일부를 보여주었습니다. 17C, 대왕 또는 행성왕이라 불렸던 스페인 국왕 펠리페 4세에 대항하던 반란군이 만든 성이었고 프랑코 정권 당시 공산주의자를 수용하던 감옥 이기도 했던 곳, 이후 군사 박물관으로 사용됨으로서 사람들의 가치관 따라, 시대 상황 따라 세상은 끊임없이 변해 왔지만 말없이 묵묵히 서 있는 건물들은 변함없이 그 자리에서 역사의 변곡점들을 지켜보아 왔음을 말해주고 보여주고 있었습니다.

'직선은 인간이 만들었고 곡선은 신이 만들었다.' 이야기한 천재 가우디의 필생의 작품 사그라다 파밀리아 앞에 섰습니다. 숨 막히는 웅장함에 주눅 들었고 인간이 만든 구조물의 위대함 앞에 온 몸이 경직됨을 느꼈습니다. 콜로세움이 주던 충격과 그랜드캐니언이 전하는 두려움을 동시에 느끼게 한 인간 한계의 무한함을 일깨워 준 외경의 미를 지닌 교회였습니다. 시시각각 변하는 채광창의 햇살은 자연에 대한 거스름이 없었고 깊은 숲속을 느끼게 한 기둥들은 거침이 없는 자유를 느끼게 해 주었습니다. 그리스도의 탄생과 그의 고난, 그리고 그의 영광의 여정을 형상화한 파사드는 인간들의 탐욕이 덕지덕지 묻어있는 유럽의 수많은 성당과는 달리 예수를 예수만으로 드러나게 하는 예배당다운 예배당을 만들었다 느끼게 해 주었습니다. 가우디! 그에게 자연은 장애물이 아니었다 합니다. 자연이 먼저였고 그 다음이 집 이었다 합니다. 그에게 집을 짓겠다고 산을 허무는 일은 안 될 일이었고 건축물은 자연의 일부였으며 무엇보다 자연과 잘 어울리는 것이 중요한 주제였다고 합니다. 구엘공원, 카사밀라, 카사바트요 등 여러 그의 작품에 드러나는 벽과 천장의 곡선미는 작품 속에 녹여내는 자연을 향한 그의 철학을 잘 드러내 주는 요인이 아닐까 생각해 봅니다. 가우디 그는 사그라다 파밀리아가 생전에 완성되리라 장담하지 못했다고 합니다. 그는 '나에게 죽음의 그림자가 드리우고 있다. 슬프게도 나는 내 손으로 이 성당을 완성하지 못할 것이다. 그래서 내 후손들이, 다음 건축가가 이 건물을 완성시키고 이곳에 빛을 내려주리라.'라는 말을 남겼다 합니다. 1926년 6월 7일, 허름한 평상복 차림으로 길을 걷던 중 전차에 치였습니다. 운전사가 노숙자로 여겨 길가에 버려둔 채 그 자리를 떠나버렸고 이를 지켜 본 행인들이 택시를 찾았다고 하지요. 허름한 모습의 그를 보고 택시 기사도 세 번씩이나 승차를 거부했고 경찰의 도움으로 간신히 병원에 실려 갔습니다. 그런데 병원에서조차 그를 노숙자 취급하면서 기초적인 치료만 한 채 방치했다고 합니다. 그와 친분이 있던 주임 신부 모센 길 파레스가 달려와 치료를 닦달했을 때 가우디는 "옷차림을 보고 판단하는 이들에게 그래서 이 거지같은 가우디가 이런 곳에서 죽는다는 걸 보여주게 하라. 그리고 나는 가난한 사람들 곁에 있다가 죽는 게 낫다."며 치료를 거부하고 "나의 하나님,

나의 하나님" 신음소리와 함께 6월 10일 73세 일기로 영면에 들었습니다. 사그라다 파밀리아 지하에 안장된 그의 묘는 물질문명에 찌들어 있는 우리의 양심에 강한 죽비를 내려치고 있음을 느꼈습니다. 행려병자로 실려가 모든 이가 돌아가신 줄 알고 문우들이 유고 시집 '새'를 출간했던 시인 천상병이 떠오릅니다. 가장 낮은 곳에서 가난하게 사셨고 권력으로부터 핍박받았으면서도 그는 세상 소풍 아름다웠더라고 말하리라 노래합니다. 세상은 늘 찬 바람 일렁이지만 가슴 따뜻한 위로가 있는 곳이 되면 참 좋겠습니다.

공항의 이별은 무거웠습니다. 딸아이는 남은 8개월의 세계 일주 여행 동안 포르투갈을 거쳐 아프리카 종단에 나설 예정이었고 아내와 나는 홍콩행 비행기에 몸을 실었습니다. 유럽 기행의 긴 여정이 마무리 되었지만 지금도 여전히 떠나는 꿈을 꿉니다. 갠지스 강가의 화장장을 보고 싶고 불가촉천민들의 삶의 현장을 보고 그들의 물기 젖은 눈길을 마주해 보고 싶습니다. 마추픽추의 잉카를 보고 우유니 소금 사막, 티티카카호를 보고 싶습니다. 그렇게 떠돌다 내 삶, 소풍처럼 마무리해 가고 싶습니다.

스위스

리야드(사우디) - 제네바 - 베른
인터라켄(융프라우요흐, 피르스트)
루체른 - 리기산 - 마테호른

밤늦은 시간 인천에서 시작된 비행은 10여 시간을 지나 사막의
도시 리야드에서 마무리 되었습니다. 황량한 사막 한가운데 돈으로
건설한 도시, 사우디 왕가의 본거지는 뿌연 사막 먼지에 뒤덮여 있
었습니다. 아라비아 해의 바닷물을 담수화시켜 500여km를 끌어 와
생활용수로 쓰는 곳, 도시의 푸르름이 자라는 나무들 한 그루 한 그
루 아래 땅속으로 물을 공급하는 파이프라인을 통해 유지되고 확장
되는 곳, 그러기에 극한에 도전하는 인간 개척 정신의 무한성에 다
시금 경외심을 느끼게 하는 곳이었습니다. 그러나 검은 황금 석유는
돈을 가져다주었고 축적된 자본은 이슬람 왕국의 세상 경영의 힘이
되었을 것이며 나아가 종교를 빙자한 그들의 세력은 인간 평등이라
는 보편적 가치를 추구하기 보다는 자금력을 바탕으로 권력의 성을
더욱 견고하게 세워나가지 않았을까 라는 생각이 들기도 하였습니

다. 제네바로 향하는 비행기에서 내려다 본 리야드는 여전히 건조한 바람이 일으키는 사막 먼지로 덮여 있었고 수많은 고층 건물들조차 희미하게 보였습니다. 비행 중 푸른색의 거대한 원들을 내려다보며 궁금증을 참지 못해 승무원에게 그 정체를 물어보았습니다. 유전들이라 답해주었습니다만 확인해보니 사막에서 작물을 재배하는 농장이었습니다. 극한의 척박함을 극복해가는 삶의 치열함을 보면서 내 삶은 얼마나 뜨거웠을까 돌아보기도 했습니다.

비행기는 끝없을 것 같은 아라비아 사막을 건너고 홍해를 따라 북상하기 시작했습니다. 홍해에 떠 있는 거대한 배가 작은 점처럼 보인다 느끼면서 살펴 본 주위 풍경은 사막의 그 황량한 모습과 전혀 다르지 않았습니다. 세모꼴 시나이 반도 상공에서 내려다 본 이집트도, 작은 호수 하나 없을 것 같아 보이는 시나이 반도 지역도, 끝나지 않는 사막으로 계속 이어지고 있었습니다. 문득 저 삭막한 사막을 지났을 탈 이집트 유대인의 행렬은 어떤 모습이었을까 생각하기 시작했습니다. 추격해오는 이집트 전차부대, 그리고 앞을 가로막는 홍해를 두고 그들은 지도자 모세를 비난했습니다. 그대가 우리를 죽음의 자리로 몰아넣고 있다고, 과거의 삶 그대로 먹을 것 보장하는 이집트로 돌아가자고……. 우리가 추구해야 할 참된 가치는 어떤 것일까요? 배만 부르면 노예로 사는 것도 괜찮다는 아우성이 과연 사람을 사람답게 만들어 줄까요? 우리가 지나가고 있는 이 시대, 종교가 사라진 시대라고 합니다. 사제가 되려는 자, 승려가 되려는 자 사라져 버린 채 배부른 노예들로 득실거리는 시대가 되어버린 것이 아 닐는지요. 왜 예수가 광야에서 40일을 기도해야 했으며 고타마 싯달 타는 설산으로 걸어 들어가야만 했을까요? 광야가 주는 삶의 지혜, 배고픔이 일깨우는 우리 삶의 가치는 아라비아 사막 40년 방랑했던 유대인의 탈 이집트 여정에서 배워야 하는 가치가 아닐까요?

지중해가 보이면서 알렉산드리아가 눈 아래 펼쳐졌습니다. 알렉 산드로스가 세운 도시, 여왕 클레오파트라의 슬픈 이야기를 품고 있 는 프톨레미 왕국의 수도였던 곳이지요. B.C 4세기, 40여 만 권 장 서를 갖춘 대 도서관, 고대 7대 불가사의라 칭한 파로스의 등대가 있었던 곳, 기하학의 유클리드와 같은 대학자를 배출하며 학문, 예 술, 자연과학의 연구가 활발하게 꽃을 피웠던 그곳을 지나며 지중해 가 품고 있는 모든 영역이 하나의 거대한 생활 공동체라는 생각이 머리 속에 강하게 각인되었습니다.

비행기는 아테네 옆을 지나고 베네치아의 동쪽을 날아 알프스 영 봉들 위로 진입했습니다. 수많은 빙하를 지닌 1200여km의 긴 산 맥, 4천m급의 산 58개를 품고 동으로 오스트리아에서 이탈리아, 독 일, 스위스를 거쳐 프랑스 남부 니스 해안에서 끝을 맺는 알프스 산 맥입니다. 서쪽은 피레네 산맥으로, 동쪽은 코카서스 산맥으로 이어 지며 최고봉은 프랑스 몽블랑(4807m)으로 알려져 있지요. 높이는 낮 지만 스위스 마테호른(4478m)도 그 위용으로 너무나도 유명한 산입 니다. 창밖으로 펼쳐지는 눈 덮인 영봉 지나는 비행기 안은 탄성으로 가득차기 시작했고 나는 장엄한 광경 놓치지 않으려고 창가에 얼굴을 대고 처음 대하는 알프스 빙하를 내려다보며 그 위용에 신음만 뱉어 낼 뿐이었습니다.

이윽고 비행기는 아름답고 깨끗한 레만 호수 위 하늘을 크게 선회하며 제네바 공항에 닿았습니다. 로시니의 오페라 윌리엄 텔의 나라 스위스에 도착한 겁니다. 윌리엄 텔(빌헬름 텔), 그는 스위스 지역의 설화 속 전설의 석궁수였지요. 오스트리아 황제는 스위스 여러 지역을 관리하기 위해 태수들을 파견했습니다. 그 중 '우리'라는 주에는 헤르만 게슬러라는 자가 부임하게 됩니다. 온갖 학정과 박해를 일삼던 그는 장대 위에 태수의 권위를 상징하는 모자를 걸어 놓고 오가는 이들이 그 모자에 절을 하도록 명령합니다만 텔은 고개를 숙이지 않았습니다. 그 일로 태수는 분노하고 텔이 유명한 석궁수임을 알고 그의 아들 머리 위에 놓인 사과를 맞히면 죄를 용서하고 방면해주겠다 약속합니다. 화살은 정확히 사과를 꿰뚫었지만 가슴에 품고 있던 또 다른 하나의 화살이 발견됩니다. 게슬러가 묻습니다. 나머지 화살의 용도를. 그가 답합니다. "만약 첫 번째 화살이 다른 것을 쏘아 꿰뚫었다면 이 화살로 너를 쏘아 죽일 생각이었다."라고. 머리에 사과를 올려놓았지만 아버지에 대한 절대적 신뢰를 보인 아들과 공포와 두려움을 아버지의 마음으로 이겨낸 아버지 텔, 희곡의 등장인물로 유명하지만 그는 스위스 인들에게 건국 운동을 상징하는 영웅으로 받아들여졌습니다. 그는 백성을 괴롭히는 압제에 맞서는 사람이었고 사냥꾼으로, 아버지로, 한 사내로 해야 할 일 해낸 결과 정의의 사도가 됩니다. '아버지는 영웅이다.'라는 개념을 실현한 자, 가족을 지키기 위한 대담함과 여유를 지닌 자였습니다. 지금 나는, 그리고 우리는 어떤 모습의 아버지로 살아가고 있을까요? 깊이 자문해 보면서 맑디 맑은 레만호의 수면 위에 제 자신의 모습을 비추어 보게 됩니다.

제네바는 유럽 전 지역과 아시아, 아프리카를 연결하는 편리한 교통망의 중심지이고 쾌적하고 안전한 도시환경 뿐 아니라 중립국 도시라는 상징성으로 많은 국제기구가 위치하고 있어 평화의 수도라 불리는 곳입니다. 아름다운 레만호와 론 강을 끼고 있는 스위스 제2의 도시로 유엔 유럽본부가 자리하고 있기도 합니다.

이른 아침 렌트한 자동차로 유엔 유럽본부 앞의 《부러진 의자》를 찾았습니다. 장애자 인권 보호를 위해 활동하는 NGO '핸디캡 인터내셔널'이 의뢰해 다니엘 버셋이 제작한 작품이지요. 대인 지뢰로 인해 희생당한 민간인 피해자들의 아픔과 위태로운 상황을 상징하며 한 다리가 부러진 모습으로 지뢰 퇴치 캠페인을 형상화한 설치구조물입니다. 캄보디아에서 폴포트의 만행으로 이백여 만의 힘없는 국민이 죽어간 킬링필드의 현장에서 목격했던 다리 잘린 여러 대인 지뢰 피해자들의 모습이 떠올랐습니다. 누구를 위한 전쟁이었을까요? 무엇을 구하기 위한 싸움이었을까요? 부러진 의자가 전해주는 안타까운 메시지를 생각하며 세상사의 부조리와 모순에 깊은 절망감과 분노, 그리고 서글픔을 느끼지 않을 수 없었습니다.

꽃시계 아름다운 영국 정원을 돌아 찾았던 제토분수는 푸른 하늘을 배경으로 세계 최고 140여m의 인상적인 물줄기를 내뿜고 있었습니다. 시계 제조 과정의 세척을 위한 물 분사 기술을 이용해 제작되었다고 하는 분수이니 새삼 스위스의 시계 산업의 명성이 대단함을 느낍니다.

천천히 구 시가지를 걸어 기독교 역사의 물줄기를 돌려놓았던 위대한 인물 장 칼뱅을 만나기 위해 세인트 피에르 성당을 찾았습니다. 그는 기독교의 권위는 성경에 있는 것이지 교황청에 있지 않다고 설파했습니다. 카톨릭 교회가 말하는 선행의 기준에 맞추어 살았는가라는 것보다 얼마나 성경에 부합되는 믿음으로 살았는가가 신앙의 기본임을 가르쳐 준 것이지요. 종교개혁 박물관과 그가 일했던 성당의 종탑, 설교단, 지칠 때 앉아 설교하던 의자 등을 살펴보고 아름답게 울리는 종소리를 들으며 그가 숨 쉬었던 500여 년 전의 교회의 분위기를 느껴보려고 애를 써 보았습니다. 그의 가르침을 받은 존 녹스는 스코틀랜드의 장로교를 세웠고 영국으로 건너간 제자들은 영국 청교도 혁명을 이끌며 신대륙 미국을 건국한 위대한 사람들이 되었지요. 한국 교회의 약 70%를 구성하고 있는 장로교파가 그의 가르침에서 시작되었으니 그의 영향력이 실로 엄청남을 느끼게 됩니다. 프랑스로 건너간 제자들은 위그노라 불리며 자유와 평등으로 이야기 되는 프랑스 혁명의 토대를 놓기도 하였고 엄청난 박해로

네덜란드로 넘어간 일부 위그노들이 네덜란드 금융 산업을 일으키는 핵심 세력이 되기도 하였지요. 그의 이름이 붙여진 거리, 그가 살았던 평범한 집을 보며 한 작은 존재였지만 인류 역사를 놓고 보면 상상을 뛰어넘는 위대한 큰 걸음 걸었던 그의 삶이 주는 감동을 가슴에 담아 보았습니다.

맑다 못해 시린 느낌 주는 빙하호 레만 호 끝부분에 자리한 루소 섬을 찾았습니다. 프랑스 출신, 스위스 이주 시계공의 후손, 출생 후 10일이 안 된 시점에 어머니를 잃고 10세에 아버지가 몰락한 귀족 퇴역 대위와 결투를 벌인 일로 제네바를 탈출해야 하는 상황에 놓이며 가족이 해체되는 아픔 속에서 성장한, 제네바뿐만 아니라 전 유럽을 뒤집어 놓는 위대한 철학자, 그가 루소였습니다. 집안 배경도 없었고 정규 교육도 전혀 받지 못했지만 개인의 통찰과 독서를 통해 저작 활동을 한 위대한 사상가였지요. 여인의 사랑에 평생 허기 느끼며 연상의 후원자를 사랑하기도 했고 후에 결혼을 했던 세탁부 하녀 마리 테레즈 르 바쉬에르와 동거하며 낳은 다섯 아이를 고아원에 보낸 일로 냉혈한이라 수많은 비난을 받아야 했던 그였습니다. 인간은 자유롭게 태어났지만 사회 속에서 쇠사슬에 묶여있다고 했다지요. 이는 문명을 거부한 것이 아니고 자유롭고 평등하지 못한 문명사회의 부조리와 모순을 비판하고 새로운 대안을 제시하려고 시도한 것인데 이것이 바로 그의 명저 《사회계약론》의 내용입니다. 어린이의 흥미와 개성, 경험을 중시하는 교육사상을 제공한 그의 저서

《에밀》은 현대 교육학 체계의 바탕이 되어있기도 합니다만 자식을 고아원으로 보낸 행위를 비난하는 근거가 되기도 했지요. 제네바를 포함한 유럽의 귀족 세력들은 그의 저서들을 공개적으로 불태우는 분서 사건을 일으키기도 하고 세상이 바뀔 때마다 복권과 실권을 가하기도 했지만 이제 그는 프랑스 팡테옹에서 신이 되어 잠들어 있습니다. 나폴레옹이 그의 묘 앞에서 우리 둘 중 한명만 태어나지 않았어도 세상이 보다 조용했을거라 술회했다 하니 그의 영향력이 얼마나 무거웠던가를 새삼 느껴보게 됩니다.

융프라우를 가기 위해 접어든 고속도로 주변은 수많은 옥수수 밭으로 덮여 있었고 과수원들은 푸른 물빛 비치는 호숫가를 그림처럼 장식하고 있었습니다. 멀리 보이는 눈 덮인 알프스는 진정 스위스를 스위스로 만들어 주는 듯 아름다운 수채화처럼 자리하고 있었습니다.

베른을 들렀습니다. 중세 시대 건축물들이 완벽하게 보존된 구시가지 알트슈타트가 세계 문화유산으로 등재되어 있는 곳입니다. 아인슈타인이 특허청 직원으로 근무하면서 특수 상대성 이론을 업적으로 남긴 곳이기도 하지요. 그가 살았던 주택이 작은 박물관으로 개조되어 개방되고 있었습니다. 종교개혁이 진행되는 동안 화형당한 츠빙글리가 활동하던 곳이었고 시계탑이 랜드마크가 되고 6km에 이르는 유럽 최대 아케이드가 있는 곳, 베어파크가 흥미롭고 아레 강이 만들어 내는 풍경이 너무나도 아름다운 곳이지만 골목마다 거리마다 펄럭이는 동성애를 상징하는 무지갯빛 깃발들은 보편적 상식이 본래적 의미를 잃어버린 것이 아닐까라는 서글픈 생각이 머리를 가득 채우게도 하였습니다.

인터라켄으로 찾아가는 시골길은 푸르렀고 평화로웠습니다. 여기저기 보이는 스위스 전통가옥 샬레는 아름다운 호숫가를 그림처럼 수놓고 있었고 호숫가 도로는 깨끗하고 조용했습니다. 독일어 호수를 뜻하는 laken과 사이를 의미하는 inter로 구성된 마을 인터라켄에 닿았습니다. 동으로 브리엔츠호와 서쪽으로 툰호 사이에 위치한 작은 도시. 융프라우의 등산 기점으로 수많은 이들이 찾는 곳이었습니다. 5일을 머물 전통 가옥에 짐을 풀고 둘러본 호숫가 마을 풍경은 서두름이라고는 찾아볼 수 없는 여유와 낭만이 있는 멋진 곳이었습니다.

다음날 아침 융프라우를 오르기 위해 톱니바퀴 산악열차에 올랐습니다. 융프라우, 탐험정신과 지속가능성이 과거에서 현재까지 이어져 오는 곳이지요. 1893년 스위스 기업가 아돌프 구에트 첼러가 아이거와 묀히의 암벽을 통과하는 터널을 뚫어 해발 4158m 융프라우 정상까지 톱니바퀴 철도를 건설하자는 구상을 하고 1896년에 공사의 첫 삽을 뜨게 됩니다. 1898년 클라이네 샤이덱과 아이거글래쳐 구간을 개통하였으나 1899년 첼러가 세상을 떠나게 됩니다. 그 후 그의 후손들이 공사를 이어나가게 되었고 1912년 착공 16년 만에 해발 3454m, 유럽 최고 높이 융프라우요흐 역까지 철도를 개통시켰습니다. 독일어 처녀 어깨라는 의미를 지닌 융프라우요흐는 알프스 최장 23km에 달하는 알레치 빙하의 발원지이기도 한데 그 빙하 30m아래에 만들어 둔 얼음동굴의 신비는 어떻게 설명해야 온전한 감동을 전할 수 있을까요? 2020년에 완공된 아이거 익스프레스를 이용하면 그린덴발트에서 아이거글래쳐를 거쳐 융프라우요흐까지 40분이면 오를 수 있게 되었으니 인간의 상상력과 도전정신은 끝이 없나 봅니다. 융프라우에서 느꼈던 고산병 증상 현기증을 뒤로하고 아이거 글래쳐에서 클라이네 샤이덱까지 천상의 화원을 걸었던 하이킹은 만년설 아래 펼쳐진 들꽃 축제 속 내 자신이 작은 한 송이 꽃으로 피어나는 느낌을 주었고 점점이 움직이는 소떼는 푸른 언덕을 배경으로 평화가 깃든 천상의 모습일 것 같다는 느낌이 들게해 주었습니다. U자 빙식계곡 라우터브루넨의 절경 또한 영화의 한 장면처럼 내 마음에 자리 잡고 있습니다.

아이거 북벽의 눈 덮인 풍광 바라보며 케이블카로 올랐던 피르스트는 새삼 가족의 소중함을 일깨워 준 곳이었습니다. 심한 바람 몰아치는 정상부 절벽에 걸려있는 Cliffwalker의 아슬아슬함을 경험하고 몸을 녹이기 위해 들렀던 산장에서 아이들과 정겹게 담소하는 아버지와 어머니들을 보았지요. 그리 잘난 사람으로 보이지도 않았고, 돈이 많아 보이지도 않는 평범한 사람들이었지만 추위에 얼어붙은 아이들의 뺨을 따뜻한 가슴으로 안아주는 모습 바라보며 평범함이 주는 위대함을 느껴보기도 했습니다. 열심히 일한 그들 여름휴가에 소중한 아이들 더불어 커다랗고 하얀 도화지 위에 가정이라는 사랑의 그림을 그리고 있었던 겁니다.

호수 주변의 아름다운 풍경이 절경인 피어발트슈테터 호수 서안 루체른을 찾았습니다. 루체른 기차 역사가 구 서울역 건축의 모델이었다지요. 1971년 화재로 소실되고 거꾸로 서울역을 모델로 복원하였다는 이야기가 전해지고 있습니다. 루체른의 상징, 유럽 최고의 목조 지붕 다리 카펠교로 유명하고 지중해 지역과의 중계무역지로 발달된 곳이기도 합니다. 프랑스 혁명 당시 루이 16세와 마리 앙투아네트, 그리고 그의 가족들이 베르사유에서 나와 튈르리 궁전으로 거처를 옮겼으나 시민 혁명군이 다시 그곳을 습격하게 됩니다. 그때 튈르리를 지키던 근위병 연대 중 760명이 학살을 당하게 되었지요. 이들의 죽음을 기리기 위해 위령 비 모금이 시작되었고 유럽 왕실들의 후원을 더해 제작된 기념물 '빈사의 사자 상'이 유명세를 타고 있는 곳이기도 합니다.

아름다운 호수를 건너고 톱니바퀴 산악 열차로 올랐던 산들의 여왕 리기산은 내가 경험한 세상 가장 아름다운 산으로 생각 속에 새겨져 있습니다. 루체른 호와 추크호에 둘러싸인 산, 1871년 유럽 최초의 산악 열차가 개통된 산, 눈앞을 완전히 가리던 구름이 바람에 날려가며 드러낸 산 아래 그 신비의 물빛 호수라니……. 사방으로 펼쳐지던 파노라마의 감동은 가히 꿈을 꾸는 장엄함이 아닐 수 없었습니다. 진정 그 곳은 천국의 한 모퉁이 같은 곳이었습니다. 산중턱까지 경험한 하이킹 중 만난 어린 아이들의 놀이 모습, 수많은 꽃들의 아름다운 향연은 푸른 자연 더불어 완벽한 조화를 이루었고 호숫가에서 15개월 손녀가 독일서 온 제 또래 아이들과 어울리는 모습은 하늘이 보여주는 그림처럼 따뜻하고 아름다웠습니다. 때 묻지 않은 아기들은 언어가 필요치 않았습니다. 그저 웃고 손뼉치고 깔깔대는 것만으로 아름답게 소통하고 있었습니다.

해발 4478m 마테호른은 위풍당당했고 근엄했으며 장엄했습니다. 청정도시 체르마트에서 올라탄 산악열차는 우리를 빙하로 둘러싸인 고르너그라트 전망대로 데려다 주었습니다. 스위스와 이탈리아 국경지대에 자리한 마테호른, 세상 때로 얼룩진 우리들 가까이 오지마라 외치는 듯 저만치 그 거대한 몸뚱이 굳건하게 자리 잡고 있었습니다. 아니 때 묻은 우리 인생들 가까이 하기엔 너무나도 고귀하게, 고고하게 그렇게 땅에 뿌리 내리고 있었습니다. 1865년 7월 4일 영국 등산가 에드워드 휨퍼가 이끄는 등반대 7명이 스위스 능선으로 최초 등정에 성공하지만 하산 도중 4명이 사망하는 사고가 발생합니다. 한 대원이 실족하는 일이 발생했고 로프로 서로를 묶고 있던 아래 쪽 네 명이 추락하게 되었던 것입니다. 이런 위험을 대비해 위에 위치한 세 명이 안전대책으로 아래 쪽 사람들과 로프로 서로를 묶고 있었으나 로프가 약해서 끊어지게 되었고 위에 있던 세 명만 사고를 피할 수 있었던 거지요. 모든 책임은 휨퍼에게 돌려졌고 자신이 살기위해 로프를 절단한 것이 아닌가라는 수많은 비난을 받게 되었지요. 지도자가 걸어야 할 고통스런 운명은 대체 어떤 것일까요? 전인미답의 영역을 개척해 가는 길에는 음모와 비난, 아픔과 눈물, 그리고 억울함 등의 도로가 생기나 봅니다.

모로코

카사블랑카 – 라바트 – 페스 – 셰프샤우엔

제네바 공항을 이륙한 로얄 에어로는 유럽 대륙 상공을 넘고 지중해와 지브롤터를 거쳐 붉은 땅 모로코에 진입하였습니다. 베르베르인의 정체성을 담고 있는 아틀라스 산맥의 붉은 토양과 붉은 빛 사막 사하라, 푸른 빛 넘실대는 대서양과 순백의 아틀라스의 설산 등 강렬한 색깔들로 각인되는 모로코. 하늘에서 내려다 본 산천은 골짜기 지역을 제외하고는 온 천지가 삭막한 황무지로 다가왔습니다. 비행기 동체의 둔탁한 착륙 음이 기내에 울리자 갑자기 터져 나오는 박수갈채. 3시간여의 비행을 무사히 이끌어 준 조종사와 승무원을 향한 고마움의 표현이었을까요 아니면 비행이 주는 두려움에서 벗어난 안도의 표현이었을까요? 페니키아인들의 식민지 카르타고가 로마에 멸망하면서 잔존세력이 이주해 와 베르베르인과 접촉하면서 이들 더불어 AD24년에 마우레타리아 왕국을 건설하게 되는데 이것이 모로코의 시작이었지요. AD42년부터 로마의 통치하에 들어갔고 AD250년경 로마가 철수한 자리에 게르만족의 일파인 반달족이 그 자리를 대신했다고 합니다. 그 후 비잔틴 제국의 영토가 되었다가 AD680년 이슬람이 유입되고 732년까지 모로코의 이슬람화가 진행됩니다. 이후 이베리아 반도와 모로코의 지배권을 놓고 기독교 세력과 이슬람 세력이 지루한 공방전을 벌입니다. 이베리아 반도의 탈 이슬람 투쟁 레콩키스타 이후 모로코에 근거를 둔 이슬람 세력이 유럽에서 철수하지만 이후 영국, 프랑스, 독일이 아프리카 교두보 확보를 위해 모로코를 침공합니다. 1907년 스페인, 영국, 이탈리아, 독일의 모로코 강제 분할 협정 이후 1912년 프랑스가 모로코를 식민지배하기 시작하였고 1956년 모하메드 5세 국왕이 프랑스와 스페인으로부터 모로코 독립을 쟁취해내게 됩니다. 스페인을 800여년 지배했고 알함브라 궁전의 화려한 유산을 남겼던 모로코, 그러나 대서양을 건너 끊임없이 침공해 오는 포르투갈 등 유럽 세력의 괴롭힘에서 자유롭지 못했고 1912년-1956년의 프랑스의 모로코 식민지배는 아픈 역사를 지닌 우리와 얼마나 많이 닮아 있는지 새삼 놀라게 됩니다. 모로코에는 유전적으로 이탈리아계를 비롯한 라틴계 백인에 가까운 베르베르인이 자신들의 문자와 언어인 베르베르어를 사용하며 살고 있고 그들은 '이슬람으로 개종했지만 아랍인은 절대 아니다'라고 할 정도로 민족적 자부심이 대단한 민족으로 남한 크기의 4배에 달하는 넓은 땅에서 아랍인들과 더불어 살아가고 있습니다. 이슬람 국가임에도 2000년 3월 일부다처제 금지와 이혼 법을 요구하는 여성 시위로 새로운 가족법을 갖추는 등 여성인권의 신장이 두드러진 나라이기도 합니다.

비행기 문을 나서는 순간 뜨겁고 건조한 열기가 온몸을 덮쳐 왔습니다. 여름철이면 온 땅의 푸른 생명 다 자지러지게 만들어 온 세상 달 표면 같은 삭막한 모습으로 만들어 버린다는 열기였습니다. 베르베르의 땅, 포르투갈과 스페인, 그리고 프랑스 등 유럽으로부터 오는 외세의 지배로 끊임없이 아픔을 겪었던 곳, 수많은 미녀들로 유럽의 유명 화장품 회사들이 몰려있는 곳, 세계적 오렌지 산지이며 세계에서 가장 사랑받는 호감 도시 상위에 있는 도시, 하얀 집이라는 의미를 지닌 카사블랑카는 그렇게 뜨겁게 다가왔습니다.

공항에서 시내로 들어가는 길이 조금은 남루해 보이기도 했지만 도로 주변 여러 곳에서 다양한 공사가 진행 중이었고 이는 새로운 변화를 추구하는 모로코의 역동성으로 느껴지기도 했습니다. 카사블랑카는 참 매력적인 도시였습니다. 도시와 해변의 조화가 아름다웠고 이슬람 속의 기독교를 경험할 수 있는 성당이나 수십만 유대인 디아스포라의 고향임을 보여주는 유대 박물관, 세월의 흔적 지층처럼 쌓여 있는 올드 메디나 등 다채로운 역사적 유적들을 갖추고 있었습니다. 지리적 특성상 아프리카 전통 음식과 유럽의 식문화가 결합되어 나타나는 조화로운 요리가 특별한 곳이며 전 세계 재즈 아티스트들의 집결장 4월의 '재즈블랑카', 도심을 콘서트홀로 바꾸는 르불바드 축제 등 음악축제로도 세계인을 끌어들이는 매력적인 곳이기도 했습니다. 신의 왕좌는 물위에 지어졌다는 이슬람 전승 때문에 바닷물 위에 지지기둥을 세우고 건축한 2만 5천명을 수용할 수 있는 아프리카 최대 모스크, 세계 두 번째 높이의 210m 미나렛, 국민들의 성금으로 외벽 타일 하나하나까지 국민들이 직접 제작해 국민통합의 구심점이 되고 있는 곳, 하산 2세 모스크입니다. 낮에 둘러본 그곳은 그저 엄청난 건물 정도로만 느꼈지만 해변에서 한참을 살펴본 후 어둠이 내린 저녁 시간에 찾았던 모스크는 정말 아름다운 곳이었습니다. 광장은 근엄한 종교 의식과는 거리가 먼 축제의 장이었고 반짝이는 작은 비행기들 공중에 날려 올리는 아이들의 소리가 해맑기 그지없어 행복감이 저절로 가슴을 채우는 아름다운 장소였습니다. 대다수 모스크와는 달리 비신자도 입장이 가능한 곳이었기에 사람들 틈에 섞여 모스크에 들어섰습니다. 아! 신음처럼 터져 나오는 탄성, 콜로세움을 연상시키는 거대함과 알함브라를 떠올리게 하는 섬세함, 한 사람의 혼을 압도하기에 부족함이 없었습니다.

모스크 인근 대형 마트를 찾았습니다. 우리네 대형마트를 능가하는 엄청난 규모, 물가는 어찌 그리 싼 건가요. 한 아름되는 수박 1/4조각이 천원이라니……. 버거킹, 맥도날드, 스타벅스 등이 자리한 세계 자본이 몰려 있는 곳 눈으로 확인하며 스시와 모로코 전통 음식으로 네 사람이 배불리고 지불한 식대 4만원. 왁자지껄한 아이들 함께 밀물처럼 몰려다니는 쇼핑객들, 그 모습 속에서 영화 《카사블랑카》의 이야기가 떠올랐습니다. 1949년에 개봉한, 마이클 커티스가 감독하고 험프리 보가트와 잉그리드 버그만, 폴 헨레이드 등이 주연한 로맨틱 영화였지요. 전쟁을 배경으로 사랑과 희생을 다룬 영화이기도 하였습니다. 카사블랑카에서 릭의 카페, 아메리카인과 도박장을 운영하는 릭 블레인의 이야기입니다. 그의 카페에는 비시 프랑스와 나치 독일관리, 중립국인 미국에 가기를 간절히 바라는 난민들, 그리고 이들을 노리는 자 등 다양한 고객이 찾아옵니다. 릭은 전쟁 통에 중립을 유지하려고 노력하는 와중에 세파에 시달리며 냉소적인 사람으로 변해갔습니다. 그런데 일사 룬드가 남편인 체코 저항지도자 빅터 라즐로와 함께 그의 카페에 들어오면서 그는 심각한 혼란에 빠져들게 되지요. 릭은 독일이 프랑스를 침공하기 전 파리에서 일사와 서로 사랑하는 사이였습니다만 함께 파리를 탈출하기로 한 약속 시간에 같이 갈 수 없다는 연락을 전해 듣고 혼자 탈출하며 헤어지게 되었지요. 프랑스를 탈출한 많은 난민들이 카사블랑카에서 통행증을 구해 안전한 곳으로 탈출하려는 상황 속에서 릭은 귀중한 통행증을 훔쳐낸 음흉한 사기꾼 우가테르에게 접근합니다. 우가테르는 카사블랑카를 탈출하려는 이들에게 통행증을 팔 계획이었으나 경찰에 잡히고 구금 중 사망합니다. 부패한 관리 경찰서장은 릭의 친구였습니다. 일사와 라즐로는 미국으로 도피를 시도하고 있었는데 당연히 통행증이 필요했지요. 릭은 일사에 대한 사랑과 중립 유지의 열망 사이에서 갈등을 겪게 되지만 영화가 진행되며 어려운 선택을 해야 합니다. 자신이 여전히 일사를 사랑하고 있다는 것을 인식하지만 라즐로가 탈출하는데 도움이 필요하다는 것도 잘 알고 있습니다. 결국 릭은 더 큰 선을 위해 자신의 욕망을 포기합니다. 그는 라즐로에게 통행증을 건네주고 일사에게 그와 함께 떠나라고 말합니다. 작별인사를 할 때 릭은 일사에게 '언제나 파리를 기억하겠소.'라고 말하지요. 보낼 수 없는 이를 보내야 하는 한 사내의 간절한 안타까움이 가슴을 울립니다. 진심으로 사랑하기에 떠나야 하는 이 앞에 눈물 보일 수 없어 죽어도 아니 눈물 흘리리라 다짐하며 약산의 진달래꽃 즈려 밟으며 꽃길 걸어가라 넋두리하던 소월의 심정이 이해됩니다.

트램 지나다니는 시내, 모로코 독립을 쟁취하여 절대적 추앙을 받는 모하메드 5세 광장을 찾았습니다. 법정이나 왕궁 등 주요 행정 건물로 둘러싸여 있고 시위나 집회를 포함한 역사적 사건들이 있었던 현장은 여느 다른 광장처럼 비둘기 떼 사람들 반기는 평화로운 곳이었습니다. 인근에 소재하고 있는 공원은 아열대 식물들로 풍요로움이 돋보였고 사하라를 연상하며 물이 부족할거라 생각했지만 온갖 식물들 풍부한 물을 공급받고 있었습니다. 공원 옆 성당은 특이한 외관을 갖고 있었습니다. 여느 성당과는 달리 십자가가 보이지 않았고 언뜻 보기에는 모스크 같은 모습을 하고 있었습니다. 성 프란시스코가 포교 활동을 시도할 당시 여러 순교자를 낸 이슬람의 땅이기에 건물조차 그 지역 상황을 고려할 수밖에 없었지 않았을까 생각하며 이데올로기와 종교가 가지는 편집증에 약간의 두려움이 느껴지기도 했습니다.

아프리카 최대 몰이라는 모로코 몰을 찾아가는 길은 놀라움의 연속이었습니다. 구시가지의 낡음과는 전혀 다른 새로운 세상을 만나는 길이었지요. 아름답고 깨끗하게 조성된 가로수와 거리, 도로 양쪽을 채우고 있는 고급스럽고 세련된 주택들, 푸른 대서양 물결 넘실대는 황금빛 모래의 아인디아브 해변, 부유한 유럽의 여느 바닷가 도시에 조금도 손색이 없는 세련된 도시였습니다. 대형 아쿠아리움이 버티고 선 모로코 몰은 낡고 오래된 메디나와는 달리 풍요로움을 추구하는 현대인들의 욕구를 온전히 채워줄 수 있는 공간임을 보여주었고 과거와 현재가 완벽히 공존하는 모로코 사회의 모습을 보여주었습니다.

수도 라바트를 찾았습니다. 숙소 건너편으로 내려다보이는 메디나는 수많은 사람들 붐비는 생기 넘치는 곳이었습니다. 여장을 풀고 찾았던 메디나 골목을 스카웃 단원들 구호를 외치며 지나가고 있었고 왁자지껄한 시장 골목은 우리네 재래시장 골목과 조금도 다를 바 없는 사람 사는 모습들 가득 보여주었습니다. B.C 11세기 페니키아인들이 건너와 정착지를 건설했던 곳, B.C 1세기부터 지중해를 그들 세상의 호수라 여겼던 로마인들의 지배를 받았던 곳, 전쟁과 무역의 전진기지로 탁월한 입지를 지녔기에 지킬 것도 많았고 침략도 많았을 그곳에서 세월의 흔적 켜켜이 내려앉은 우다야 카스바는 묵묵히 제자리 지키며 푸른 대서양을 바라보고 있었습니다. 성벽 너머 건너편 멀리 마천루 보이는 해변은 수많은 피서 인파 북적이고 있었고 해변을 돌아오는 곳으로 거대한 공원묘지가 자리하고 있었습니다. '인샬라' 신의 뜻 대로라는 뜻이라지요? 삶도 죽음도 신의 뜻이니 삶의 현장 바로 이웃하여 하데스가 자리하고 있나 봅니다.

하산 타워를 찾았습니다. 라바트의 상징으로 스페인 무어 양식의 이슬람 사원입니다. 타워는 12C말 알모하드 왕조 시 북아프리카 최대 모스크로 건축이 시작되어 높이 44m까지 세웠으나 왕이 사망한 후 공사가 중단되었고 탑의 남쪽에 300여개 돌기둥 더불어 지금까지 미완성으로 남아 있습니다. 나무그늘 하나 없는 돌기둥 사이로 뜨거운 열기 품은 바람 스치는 것 느끼며 권력의 무상함 더불어 무너져 내린 바벨탑의 비극이 생각나기도 했습니다. 모로코의 독립을 이끌었던 모하메드 5세와 그의 아들 하산 2세의 영묘는 지도자가 추구해야할 가치는 어떤 것이어야 하는가 라는 질문을 불쑥 던져 주었습니다. 물론 그 땅의 백성들을 독립된 국가의 구성원으로 만들어 주길 원하는 마음이었겠지만 그들은 여전히 왕의 신민으로 지내고 있으니 독립투쟁의 진의는 백성의 독립이었을까요, 그들 왕국의 왕권 회복이었을까요? 많은 관광객들 옷깃을 여미고 참배하는 모습 보며 참으로 순박한 백성들이구나 생각해 보았습니다.

모로코 정신의 고향 페스를 찾았습니다. 이슬람 창시자 모하메드의 증손자 물레이 이드리스가 789년 바그다드에서 모로코로 이주해

와 베르베르족과 힘을 합하여 북아프리카 최초의 이드리스 왕조를 수립한 이래 모로코 역사와 아랍세계에서 종교와 문화의 중심지로 자리매김하는 곳입니다. 1912년 프랑스 식민 통치로 수도가 라바트로 이전됨으로서 천년왕도의 역할은 종료되었지만 베르베르, 아랍인, 유대인 등으로 구성된 주민을 토대로 형성된 다채로운 건축양식과 삶의 방식 등은 이곳이 모로코 문화의 정신적 고향임을 말해주고 있고 박물관 같은 도시는 중세와 현대가 공존하는 모습을 보여줌으로 페스 메디나 전체를 유네스코 세계문화유산으로 지정받게 만들었지요. 859년부터 역사를 이어온 세계 최초 대학 카라위인 모스크를 품고 있는 메디나는 1천여 년의 역사를 자랑하며 외부의 적을 방어하고 더위에 대처하려는 의도로 조성된 9천여 개의 좁은 골목이 유명한 곳으로 지금도 당나귀로 짐을 나르는 옛 모습을 그대로 간직하고 있는 신비와 흥미로움이 공존하는 곳입니다. 1981년 불가리아에서 태어난 유대인으로 노벨 문학상을 수상한 영국작가 엘리아스 카네티는 그의 기행문《모로코의 낙타와 성자》에서 페스의 전통시장 수크를 다음과 같이 말합니다.

'우리 현대인의 삶이 황폐해진 이유들 가운데 하나는 모든 물건들이 마치 흉한 마술 기계가 내 놓은 것처럼 다 완성된 채 사용만 하면 되도록 집으로 배달된다는 점이다. 하지만 페스에서는 밧줄 꼬는 사람이 일하는 것을 바로 옆에서 지켜볼 수 있다. 그의 옆에는 완성된 밧줄이 걸려있고 말이다.'

시장 수크에서의 쇼핑은 그저 물건을 사는 행위가 아닙니다. 물건을 이해하고 관찰하는, 즉 과정을 판매하는 곳이지요. 수많은 가죽 제품이 진열된 가게 골목을 돌아 중세 방식 그대로 작업하는 가죽공장 테너리를 찾았습니다. 입구 가방가게에서 박하를 한 줌 쥐어 주었습니다. 가죽 제품들 지나오며 이미 역한 냄새에 두통을 느낄 정도였기에 박하 향은 참 유용했습니다만 문득 테너리에서 일하시는 분들 생각이 머리를 스치고 지나갔기에 박하를 조용히 내려놓았습니다. 온종일 가죽을 염색하며 치열한 삶의 땀방울이 만들어 낸, 역겹지만 아름다운 그 내음을 확인해 보고 싶었기 때문이었지요. 인도 땅 어디에선가 굵은 주름살 패인 얼굴로 하루를 살아갈 불가촉천민들의 땀방울이 생각나기도 했습니다. 비둘기 배설물이 만들어내는 테너리의 냄새가 만만치는 않았지만 눈물 젖은 빵으로 허기 달래는 이들의 젖은 땀 배어 있는 그 곳의 풍경은 내 생각의 깊은 한구석 소중하게 자리 잡았습니다.

베르베르어로 '뿔들을 보라'는 의미를 지닌 해발 600m에 자리한 파란빛 골목 아름다운 셰프샤우엔은 마치 꿈꾸는 한 장면처럼 우리에게 다가왔습니다. 골목이 파랗고 계단, 대문이 파랑이며 지붕과 심지어 길거리 택시까지 파란색인, Soul color가 파랑이 된 도시였습니다. 스페인 그라나다에서 알함브라 궁전을 건축한 자부심으로 살아가던 이슬람 세력이 이사벨의 기독교 세력에 패한 뒤 모로코로 이주한 무슬림과 유대인이 새로운 그라나다를 만들자며 정착한 곳이 셰프샤우엔이었지요. 유대교의 상징색이며 은총을 상징하는 푸른색은 도료가 값이 싸기도 하였기에 유대인들이 도시를 푸른색으로 칠하기 시작하게 되었으며 그 결과 그 곳은 블루시티가 되었고 무슬림이 흰색을 선호했기에 지금은 파란색과 흰색의 조화가 아름다운 도시가 되었다고 하지요. 알함브라 궁전을 그리워하며 건축했으나 포르투갈 지배 시 감옥으로도 사용되었던 카스바, 그 앞 광장에서는 온 세상에서 몰려온 온갖 피부색의 사람들 웃고 떠들고 마시며 삶을 즐기고 있었지만 그들의 눈에는 패망한 백성들의 서러움은 보이지 않는 듯 했고 유대인 디아스포라의 아픔과 절절함에는 그리 관심이 없는 듯 보였습니다. 타인의 고통에 눈을 감고 싶은 것이 사람의 속성인가 보지요? 더위 참아가며 올랐던 작은 산 정상에서 붉게 물드는 석양을 바라보며 깊은 상념에 잠기기도 했습니다. 세상 사람들 온갖 환희와 슬픔, 그리고 아픔들은 과거라는 기억의 포장지에 개켜 넣고 새날 오면 환한 햇살 속 저 파란색 골목들을 변함없이 오고가겠지 라고.

볼루빌리스 - 메크네스 - 에사우이라

이른 아침 셰프샤우엔 거리에서 빵 한 조각, 커피 한 잔으로 시장기를 숨기고 때로는 산을 넘고 광활한 평원을 지나 이글거리는 햇살 온 땅 달구는 한낮에 볼루빌리스에 도착했습니다. 끝없이 펼쳐진 올리브 농장 내려다보이는 구릉 지대에 오랜 세월 상처받은 로마가 뜨거운 열기에 온몸 맡기며 말없이 누워 있었습니다. 2-3세기경 2만여 명이 거주한 곳으로 알려진 로마제국 변경의 매우 잘 보존된 도시였습니다. 지중해를 그들 땅의 호수로 여겼다는 로마인들이 먼 아프리카 북부 이곳까지 세력을 넓혔다니……. 새삼 '지중해 연안이 하나의 생활 공동체 였구나' 라는 생각을 더욱 강하게 들게 하였습니다.

볼루빌리스는 지중해, 리비아, 카르타고, 로마, 아랍, 북아프리카가 상호 영향을 미쳤고 이슬람과 기독교 문화가 공존하는 등 다양한 문화적 영향이 교류된 증거를 지닌 탁월한 사례로 보고되고 있는데 그런 연유로 유네스코가 세계문화유산으로 지정하여 보존하는 곳이기도 합니다. AD 217년 로마 황제 칼리쿨라는 볼루빌리스 주민들에게 로마 시민권을 부여했고 모든 세금을 면제해 주었습니다. 그에 대한 감사의 답례로 칼리굴라 황제 기념 개선문이 건립되었는데 그 유적은 지금도 든든히 그 곳을 지키고 있었습니다. 볼루빌리스가 고립된 지역이었고 약 1천여 년 방치되어 있었으며 일부는 토사에 묻혀 있었기에 훼손이 적은 상태로 보존되고 있다고 합니다만 누구나 현장에 들어가 가까이서 관찰할 수 있기에 훼손될 우려가 클 것 같았습니다. 로마의 쥬피터(제우스), 쥬노(헤라), 미네르바(아테나)의 신전이 있었다고 하지만 확인하는 일이 제게는 버거운 일이었습니다. 로마의 공중목욕탕은 그곳에도 있었습니다. 한 사람, 한 사람이 이용한 듯한 시설은 거의 원형으로 보존되고 있었고 2천여 년의 세월 속 지내온 모자이크 무늬는 선명한 색상으로 그 시대의 이야기를 전해주고 있었습니다. 뛰어난 리라 연주자였고 트라키아[14]의 음유시인이었던 오르페우스의 모자이크 집이 눈에 띄었습니다. 예술가에게 영감을 부여하는 칼리오페를 어머니로, 태양의 신이며 음악의 신이었던 아폴론을 아버지로 둔 존재였지요. 그는 숲의 요정 에우리디케와 사랑에 빠져 그녀와 결혼을 하게 되지요. 어느 날 들판으로 놀러 나간 에우리디케에게 양봉, 낙농, 올리브 나무 재배법을 가르쳐 준 양치기 아리스타이오스가 구애를 해 옵니다. 놀란 그녀는 숲으로 몸을 피했고 그러던 중 독사에 물려 요절하게 됩니다. 오르페우스는

---

14) 트라키아: 발칸 반도의 남동쪽 지역(불가리아와 튀르키예 일부)

뱀에 물려 죽은 아내를 찾아 하데스로 내려갑니다. 그곳에서 그는 노래로 저승의 신 하데스와 그의 부인 페르세포네를 감동시키고 에우리디케와 함께 이승으로 돌아가라 허락을 받았지요. 하지만 이승의 빛이 희미하게 보일 때쯤 아내를 보고 싶은 충동에 지상의 완전한 빛을 보기 전까지는 절대 뒤를 돌아보지 말라는 경고를 잊고 뒤를 돌아보게 되었고 결국 아내를 데려오지 못한 채 혼자만 돌아오게 되었지요. 그 후 그는 슬픔에 빠져 비참한 죽음을 맞이했다 합니다. 실의에 빠진 오르페우스는 아내를 잊지 못해 여인을 멀리 하고 미소년들과 동성애를 즐겼다고 하는데 한 이야기는 오르페우스가 트라키아에 동성애를 퍼트린 죄로 여신도들에게 돌과 몽둥이에 맞고 사지가 찢겨 죽었다고 그의 비극적 죽음을 전하고 있습니다. 어떤 판화 그림에서는 오르페우스 '남색의 시조'라고 표시되고 있기도 하니 슬픔을 통제하지 못한 그의 일탈은 그를 온 인류역사를 관통하며 부끄러운 모습으로 남아있는 존재로 만들었구나 생각하게 했습니다. 하지 말라는 경고를 무시해 불행해진 이야기들이 또 있지요. 소돔 성을 빠져 나오던 롯의 아내는 뒤돌아보지 말라는 경고를 무시한 대가로 소금 기둥이 되었고 판도라는 열지 말라는 항아리를 열어 보았던 일로 이 세상에 온갖 불행의 씨앗을 퍼트렸지요. 예수님은 제자들에게 시험에 들지 않게 깨어 기도하라 말씀하셨지만 제자들은 깊은 잠의 유혹을 이기지 못했습니다. 인간은 끊임없이 유혹받고 그 유혹에 굴복당하는 존재임을 아셨기에 예수님은 깨어 기도하라 하셨던 거지요. 언제나 깨어있는 존재, 슬픔을 통제하고 유혹에 맞서 싸우는 존재로 주어진 삶 살아가면 참 좋겠습니다. 곡예사의 집으로 지칭되는 곳에는 당나귀를 거꾸로 타고 가는 그림이 생생한 모자이크로 남아 있었습니다. 사람들을 웃게 만드는 이들 2천 년 전 그곳에도 사람들 사랑을 먹으며 엔터테이너의 삶을 살았던 것 같습니다. 인간을 호모 루덴스(Homo Rudens)라 칭하기도 하지요. 놀이하는 인간이라는 뜻입니다. 그렇습니다. 인간은 유희를 즐기는 본질적 천성을 가지고 있는 것이 확실해 보입니다. 뜨거운 햇빛 쏟아지는 폐허 위에서 풍요로운 넓은 벌판 바라보며 권력자들, 지배자들, 그들 소유의 모든 것이 시간 앞에, 세월 앞에서 보잘 것 없이 사라져 가는 것임을 제대로 알았을까 생각해 보았습니다. 그들은 흔적 없이 떠났지만 들판의 올리브는 여전히 푸른 잎 피우고 열매 맺고 있는데 그들의 길 걸어가는 인간 탐욕의 소문이 여전히 사방에서 들려옵니다.

볼루빌리스를 떠나 가까이에 있는 물레이 이드리스를 찾았습니다. 도시의 가장 높은 곳 어느 가정집에서 내려다 본 들판은 평화롭고 풍요로웠습니다. 건너편으로 보이는 이드리스왕의 영묘는 참 소박해 보였고 기꺼이 자신의 집을 내주며 마음껏 구경하라 말하는 그 땅의 사람은 착하고 순박했습니다.

2세기 로마의 지배를 받았고 8세기 모로코 동부를 지배하던 베르베르족의 부족인 미크나사에서 이름을 따온 메크네스로 이동했습니다. 11세기 알무라비트 왕조 때 군사 주둔지로 조성되어 곡식과 무기를 저장하던 곳으로, 17세기 알라위 왕조의 물레이 이스마일 술탄이 수도로 지정했고 1757년 그의 손자 모하메트 3세가 마라케시로 천도할 때까지 수도로 번성했던 곳입니다. 큰 성문이 있는 높은 성벽에 둘러싸인 스페인-무어 양식의 인상적인 도시로 변모한 이곳은 유럽과 이슬람 양식이 조화를 이룬 17세기 마그레브(아프리카 북서부 일대) 양식의 특성을 오늘날까지 뚜렷이 보존하고 있어 1996년 세계 문화유산으로 지정되어 보호받고 있기도 합니다.

메크네스 역사도시는 민간 건축과 군사건축(카사바=성채), 그리고 예술품 발전에 상당한 영향을 끼치기도 한 것으로 평가되기도 합니다. 9개의 성문을 통해 들어가는 방어 성벽 내부에 25개의 모스크와 10개의 터키 식 목욕탕(함맘), 궁전, 곡물창고, 상업목적의 숙소인 폰두크 유적, 알라위 시대를 증거하는 개인주택 등의 유적이 잘 보존되고 있습니다. 물레이 이스마일 그는 누구일까요? 모로코인의 사랑을 받는 왕이라고는 하나 그는 전쟁광이었다고 합니다. 55년의 통치기간 중 15만 명의 군대로 무자비하고 강력한 통치를 한 것으로 알려지고 있고 적군의 수급 400여개를 도시 전체에 내 걸기도 한 잔혹한 군주이기도 하였습니다. 한 프랑스 외교관의 연구는 4명의 부인과 500여명의 첩을 통해 1171명의 자식을 둔 사실을 밝혀 주었고 1만 3천여 마리의 말을 관리하기 위한 마구간과 가로 200m, 세로 100m, 깊이 2m의 말 목욕장을 두었다니 그에게 백성은 어떤 의미를 지닌 존재였을까요? 현장에서 살펴 본 말 욕장은 거대한 수영장 같아 보였습니다. 문득 고려 말 신진사대부들이 보여주었던 정치 이념의 갈등이 떠올랐습니다. 이인임 중심의 문벌 귀족들은 토지의 소유권을 독점하다시피 했고 농사지을 땅 한 뼘 없었던 백성들은 유리걸식해야하는 상황으로 내몰리게 되었습니다. 그 사회는 개혁이 일어날 수밖에 없는 상황으로 변해갔고 이에 신진사대부들이 일어납니다. 하지만 개혁 세력은 통치 이데올로기로 인해 분열되게 됩니다. 공자의 가르침을 따라 끝까지 왕을 인정하고 온건한 개혁을 추구하기 원했던 정몽주는 맹자의 입장을 따르며 새로운 왕조 건설을 원했던 정도전 일파에게 밀려났고 그 상징적 사건이 선죽교에서 벌어졌지요. 새로운 나라를 세웠던 세력은 다시 왕권주의파인 이방원과 신권주의 신봉자였던 정도전으로 나뉘어 갈등합니다만 백성이 통치하는 나라를 꿈꾸었던 정도전은 철저히 패배하고 역사에 이름까지 깊이 묻혀버리게 되었습니다. 백성이 주인인 나라! 그 꿈이 실현되었더라면 우리의 역사는 어떤 모습으로 발전되었을까요? 강압 통치자 물레이 이스마일 치하에서 백성의 소리가 통치자에게 들려지기라도 했을까요? 힘없는 민초들의 소리는 언제나 어디서나 그저 메아리 없는 아우성으로 끝나버리는가 봅니다. 역사의 어두운 뒷골목 이야기에는 전혀 관심이 없는 듯 한낮의 열기로 달아오른 구도심 메디나에는 수많은 사람들 골목들 누비고 있었고 광장 주변 노점에는 프랑스 식민지의 유산일지 모르는 달팽이 파는 이들, 사탕수수

즙내려 파는 상인 등 깊은 주름 패인 이들이 내뱉는 갈라진 외침 소리가 초저녁의 열기를 더욱 뜨겁게 달구는 듯 했습니다.

에사우이라로 가는 길은 멀고도 험했습니다. 빠른 이동을 위해 지름길이라 판단한 도로로 진입했으나 도로 상태는 최악이었고 민가조차 찾아보기 만만치 않은 외진 시골길이었습니다. 혹시나 자동차에 문제가 생기면 어쩌나 염려하며 달린 너 댓 시간 뒤 대서양 연안이지만 지중해의 완벽한 유럽 도시 기능을 갖춘 에사우이라에 닿았습니다. 서쪽의 구도심과 동쪽의 프랑스식 신도심, 그리고 해안 쪽 휴양 단지로 구성된 아름답고 평화로우며 기온 또한 생활하기에 최적 상태를 유지하는 매력적인 곳이었습니다. 인근에는 모로코의 황금이라 불리는 아르간 나무의 숲이 유네스코에 의해 보호구역으로 지정되어 보존되고 있고 색깔로 도시와 항구 등을 구분하는 관습에 따라 모든 배들이 파란색으로 도색되어 특별한 감동을 주는 곳이기도 했습니다. 파란색 일습인 항구의 수산 시장은 넘쳐나는 수산물 더불어 풍요로움과 인정이 감동을 더해 주었습니다. 2천원에 10리터 봉지 가득 담아주는 사딘(정어리)과 2만여 원으로 구입한 5마리 킹크랩의 구이 맛은 쉬 잊혀지지 않을 기막힌 맛으로 지금도 기억의 한 모퉁이를 차지하고 있습니다. 유네스코 세계유산인 에사우이라 메디나의 한 레스토랑에서 우리만을 위해 연주하는 작은 악단의 공연을 관람하는 멋진 기회를 누렸습니다. 모로코 토속 악기의 연주와 노래는 타악기 중심의 강렬한 비트와 리듬으로 아프리카 음악의 DNA가 흐르고 있음을 어렴풋이 느껴볼 수 있는 기회이기도 하였습니다.

에사우이라는 베르베르와 아프리카인 그리고 아랍인들의 음악, 무용, 종교의식에 영감을 얻은 행위 등을 담고 있어 독특한 장르를 선보이게 되는 그누아 음악축제로 유명한 곳이기도 하지요. 이곳은 유대인 디아스포라의 흔적이 남아있는 곳이기도 합니다. 1920년대 주민의 40%정도가 유대인이었지만 영국 외상 벨포어의 선언이 결실 맺은 1948년 이스라엘 건국 후 많은 유대인들이 본국으로 이주해 가기 시작했고 이스라엘의 6일 전쟁 승리 후 대부분이 이주하고 현재에는 3명만 거주하고 있다고 하니 2천여 년의 나라 없는 서러움이 얼마나 처절하였기에 생활근거지 다 포기하고 새로운 제 나라로 옮겨갔을까 생각해 본 곳이기도 하였습니다.

1991년 소말리아 내전에 휘말린 남북대사관 공관원의 탈출 실화를 담아낸 조인성 주연의 《모가디슈》가 촬영된 이곳 에사우이라. 그는 말합니다. '어떤 일이 있어도 전쟁은 일어나면 안 되겠구나 느낀 시간 이었다'고. 그는 또 덧붙입니다. '이념보다 생존이 중요하다'고. 여전히 철 지난 이데올로기에 집착하는 내 나라의 지도자인양 하는 이들의 철없는 행위들, 그들은 나라 없는 서러움이 어떤 것인지 한 번이라도 생각해 보았을까요? 그가 던지는 그 한마디가 큰 울림으로 다가옵니다.

마라케시 - 아이트벤하두
와르자잣 - 토드라협곡

느지막한 아침 시간 에사우이라를 출발하여 마라케시로 향했습니다. 황량한 황톳빛 들판 끝없이 이어졌지만 이따금씩 보이는 수박이나 멜론 농장의 푸르름은 건조한 바람 잊게 해 주기에 부족함이 없었습니다. 뜨거운 여름에는 작물이 자라기에 어려운 여건이라 그곳은 여름이 농한기라 했습니다. 어떤 곳은 황량함과는 다른 푸르름이 온 땅에 펼쳐지기도 했는데 상록수인 올리브 농원들이었지요. 아르간 나무들 척박한 산기슭 메우는 곳 지나면서 아르간 오일 제조공장을 방문해 보았습니다. 볶아서는 식용으로, 날것은 화장품으로 사용된다는 귀하디귀한 아르간 오일 이었습니다. 껍질 까는 아낙네들의 지친 몸과 마음을 달래주는 그네들의 노랫가락 소리도 들었습니다. 서러운 한이 묻어나는 노동요였을까요? 우리의 아리랑이 주는 정서가 묻어있음을 느꼈습니다. 어디에도 민초들의 서러움은 다를 바 없는 듯했고 그럼에도 그 속에 녹아있는 삶을 향한 뜨거운 열정은 온 땅의 역사를 이어가는 동력이 아닐까 생각해 보기도 했습니다.

45℃를 넘나드는 열기 속에 신의 땅이라는 의미 지닌 마라케시에 닿았습니다. 아틀라스 북쪽 1062년 베르베르족이 알모라비드 왕국의 수도로 건설한 도시입니다. 풍요로운 농업지대의 중심지로 모로코 국명이 마라케시에서 유래했다지요. 모로코의 역사와 문화, 예술이 집약된 도시로 시도 때도 없이 영감이 샘솟는 곳이기도 합니다. 아랍과 아프리카, 그리고 유럽의 문화가 혼재하는 곳으로 아프리카 안의 어떤 나라보다 안정된 국가이고 사막과 만년설이 공존하는 자연 환경으로 인해 수많은 영화 촬영지가 되기도 한 곳이었습니다. 마라케시 메디나에서 촬영된 미션임파서블, 미이라, 왕좌의 게임 등이 유명하며 이런 이유로 유명한 마라케시 국제 영화제가 열리는 곳이기도 하지요. 처음 찾은 곳은 마조렐 정원. 그러나 주차 공간을 찾기 어려웠고 관광객이 너무 많아 입장이 힘들었기에 '비견할 수 없는'이라는 의미를 지닌 알바디 궁전을 찾았습니다. 알함브라 궁전의 무어 양식 설계를 기본으로 이름에 걸맞은 호화로움의 극치를 보여주는 건축물이었다고 합니다. 1683년 물레이 이스마일이 바디 궁전에서 값나가는 것은 모두 메크네스로 옮겨 가 자신의 궁전을 장식하게 하였기에 지금은 거대하고 웅장한 건축물의 황토 흙벽이 뼈대로만 쓸쓸하게 남아있었습니다. 어느 곳이나 그럴 테지만 바디 궁전의 통치자 역시 그 잔혹함이 지금의 기준으로는 이해가 불가능했습니다. 지금까지 온전하게 보존되어있는 지하 감옥의 피해자들은 기

독교인, 유대인, 그리고 자국의 정치범들이었다는데 다리와 양팔이 잘리기도 하였고 죽임 당하기도 일쑤였다니……. 보름 정도 고문하다가도 무죄가 확인되면 석방되지만 이미 폐인이 된 상태, 참 기가 찰 노릇이었겠지요. 개인이라는 개념이 존재하지 않았던 중세를 지나 종교 개혁에 의한 사상적 자유를 누리고 시민 사회의 성립에 의한 사회적 자유를 누리며 개인이 자신의 목적을 자유롭게 추구할 수 있는 이 시대를 살고 있는 우리가 얼마나 엄청난 행운아인가를 다시 돌아보는 시간이었습니다.

한낮의 뜨거운 열기, 그 광기가 조금 가라앉을 때 제마엘프나를 찾았습니다. 사하라를 넘어오고 대서양과 지중해 바다를 건너 온 수많은 사람들이 만나던 거대한 무대, 생명력 넘치는 세계 최고의 광장입니다. 수많은 장사꾼들의 외침 더불어 온갖 것들이 흥미를 끕니다. 스토리텔러 들의 들뜬 목소리, 코브라를 부리고 굵은 뱀 목에 걸어주는 이국적인 행위들, 낡고 때 묻은 악기로 열정적인 연주를 이어가는 악사들, 헤나 그려주는 여인, 장난감 파는 아이들, 온갖 사람들 흥미를 부추기는 광장은 모든 것 강력하게 빨아들이는 블랙홀입니다. 혼란스러움 속의 질서, 그러기에 다양성이라는 한마디가 가장 제대로 어울리는 곳이기도 했습니다.

1924년 천식 치료를 위해 마라케시에 정착한 프랑스인 화가 자크 마조렐이 설계해 만든, 사막 가운데의 오아시스 같은 마조렐 정원은 정말 아름다웠습니다. 진귀한 선인장과 푸른 대나무, 부켄베리아는 마조렐 블루라는 주변 벽의 파란색과 화분의 밝은 노란색 더불어 환상의 조합을 보여주는 듯했고 뜨거운 도심을 벗어난 시원한 휴식과 고요함을 느끼게 해 주었습니다. 그곳 한 나무 밑에 20세기 최고의 디자이너 가운데 한 사람, 입생로랑의 유해가 잠들어 있었습니다. 역사 최초로 여자에게 남자 슈트를 입혔던 디자이너, 패션쇼에 흑인을 기용한 파격을 보인 사람, 음악과 퍼포먼스를 반영한 패션쇼를 최초로 시도한 디자이너였지요. 이방인이 조성한 정원을 거닐며 문득 천리포 수목원이 떠올랐습니다. 이방인 민병갈. 그는 한국 최초의 사립 수목원 천리포 수목원을 설립하신 분입니다. 미국 출신의 귀화 한국인, 나무와 결혼했다며 평생 독신으로 지내시다 수목원 나무 아래서 영면에 드신 분이지요. "나 죽으면 묘 쓰지 마세요. 그럴 땅에 나무 한 그루 더 심으세요."라는 말을 남긴 사람. 움츠렸다 힘차게 도약하는 모습 바라보며 한국인의 모습을 닮았다고 개구리를 유난히도 사랑했던 분이었습니다. 수목원 언덕배기 변함없이 불어오는 서해의 바닷바람처럼 우리가 뿌리내리고 사는 내 나라 땅을 사랑했고 사람을 사랑했기에 주변의 소중한 식물의 생명까지도 변함없이 사랑했던 그 분 같은 사람이 점점 많아지는 세상을 기대해 봅니다. 마조렐과 입생로랑, 그리고 민병갈. 그 분들 앞에서 새삼 아름다움을 생각해 보았습니다. 프랑스 미학자 장 뤽 낭시는 말합니다. '비 온 후 하늘의 무지개를 상상해 보세요. 곧 바로 사라져 버리지요. 하지만 아름다움은 순간적이면서 영원합니다. 영원함이란 오랜 시간 지속되는 것이 아니라 시간에서 벗어난 것을 말하지요.'라고. 시간의 굴레를 벗어난 영원한 아름다움. 그 분들의 삶에서 찾아내는 흔적이겠지요.

마라케시 메디나의 좁은 골목 돌고 돌아 르 자르댕 시크릿 가든을 찾았습니다. 먼 거리에 있는 아틀라스 산맥의 물을 끌어와 이슬람이 추구하는 이상세계를 꾸며 놓은 곳입니다. 그 땅에 사는 이들에게 이상세계 속의 물은 어떤 의미를 갖고 있을까요? 물은 생명의 근원이지요. 뿐만 아니라 정화나 온도를 조절하는 것이 물의 중요한 기능이기도 하지요. 그런 이유로 사막 지역에서 시작된 종교가 추구하는 가치 중에는 물이 매우 중요한 의미를 가지게 되는 것이 당연할 터. 동서양을 막론하고 물은 삶의 과정에 깊은 영향을 끼치는 요소로 수용되지요. 풍수지리에서 추구하는 길지는 배산임수와 좌청룡, 우백호입니다. 이 형상은 무엇을 상징할까요? 엄마의 뱃속입니다. 그 속의 양수는 생명의 영원한 고향이지요. 여러 종교의 내세관 속 저승 가는 길도 반드시 강을 건넙니다. 다시 말해 물을 건너갑니다. 생명의 시작과 끝이 물입니다. 어쩌면 영원한 유토피아 어머니 뱃속으로 돌아가고픈 마음의 표현이 아닐지 모르겠습니다. 무슬림 그들도 물을 통한 유토피아를 꿈꾸었던 것 같습니다. 정원 중간을 가로질러 흐르는 작은 도랑의 물줄기는 어쩌면 그네들이 추구했던 유토피아에 이르는 진리의 물줄기를 보여주는 것이 아닐는지……. 크지 않은 정원은 정갈했고 조용했습니다.

근처에 있는 이븐 요세프 스쿨을 찾았습니다. 아랍어와 신학, 그리고 문학을 가르치던 학교, 이슬람 교육의 핵심, 마드라사였습니다. 중정 가운데 뜨거운 햇살 받고 있는 물을 중심으로 2층에는 학생들의 거처로 여겨지는 수 백 개의 방이 갖춰진 건물이었습니다. 그들은 어떤 교육적 이념을 가르쳤을까 생각하다 새삼 우리의 교육은 어떤 가치를 추구하고 있는지 생각해 보게 되었습니다. 사회적 신분이 돈으로 결정되는 세상을 살고 있는 우리에게 참된 행복은 어떤 것이 기준이 되어야 할까요? 모두가 1등이 되어야 하고 개천에서 태어난 용이 되기를 갈구하는 사회를 살고 있는 우리들입니다. 용만 사는 세상이 건강한 곳일까요? 작은 못이 들어갈 자리가 있고 큰 못이 쓰이는 곳이 있으며 그 못들이 제대로 쓰일 때 아름다운 집이 지어지는 것이 아닐는지요. 용의 자리가, 그리고 많은 소유가 결코 행복에 이르는 유일한 길이 아님을 우리 교육이 제대로 가르쳐 주면 참 좋겠습니다.

지중해에 접한 북쪽과 사하라에 접한 남쪽을 구분하며 동서로 길게 뻗은 산맥 아틀라스를 넘었습니다. 4165m 최고봉 투브칼 산을 갖고 있으며 금, 구리, 인산염 등 다양한 광물을 매장하고 있고 노마드 베르베르인들의 삶의 터전이기도 한 곳입니다. 신들의 전쟁 티타노마키아 때 제우스의 반대편에 서서 싸웠고 패전 후 제우스로부터 하늘을 떠받치고 있으라는 벌을 받고 세상 끝으로 쫓겨 와 사하라를 막고 서 있는 거인의 땅이지요. 대서양 명칭의 어원이기도 하며 높은 산이 하늘을 떠받치고 있다 생각한 그리스인들의 생각을 엿볼 수 있는 신화 속 인물이기도 합니다. 조금도 쉬지 못하고 하늘을 떠받쳐야 하는 형벌을 받은 아틀라스가 힘과 인내를 상징하는 고역의 존재로 이해되기에 이 시대의 슬픈 자화상을 보여주는 아틀라스 증후군이라는 용어의 기원이 되기도 하였습니다. 현대의 남성들은 힘든 직장생활과 병행하여 육아와 가사까지 도와야 하는, 즉 아버지와 남편의 역할을 동시에 수행하며 극심한 압력과 스트레스를 받고 산다고 하는데 이를 일컬어 표현한 용어가 아틀라스 증후군이지요. 비록 거대한 아틀라스 산맥이 모로코 국토의 남북을 가로막고 있지만 산너머 남쪽지역 주민들 역시 북쪽 지중해 연안의 생활 습속을 따라 살아가고 있음을 보여주었고 고갯마루에서 내려다 본 아틀라스를 넘는 굽이치는 도로는 놀라움과 경이로움 그 자체였습니다.

수많은 영화의 제작지 아이트벤하두를 들렀습니다. 사하라를 건넌 이들이 마라케시까지 가기 전 휴식을 취하던 작은 마을이었습니다. 007, 미이라, 글래디에이터, 인디아나존스 등 수많은 영화가 제작된 베르베르인의 전통 주거지입니다. 1987년에 유네스코 문화유산으로 지정된 모로코의 하회마을이고 낙안읍성이지요. 척박한 붉은 암벽에 자리한 삶의 현장, 흙벽을 쌓고 토굴을 만들었던 베르베르인의 황토색 언덕마을, 목이 갈라지는 듯한 건조한 바람 맞으며 올랐던 언덕마을 정상에 서서 사방을 둘러보며 자연에 적응하는 인간의 무한한 능력에 저절로 경외감을 느끼게 되었습니다.

영화의 도시 와르자잣에 닿았습니다. 아틀라스 스튜디오. 벤허, 슈퍼스타 예수 그리스도, 달라이 라마, 클레오파트라 등 수많은 영화가 제작된 곳입니다. 고대시대 분위기의 세트장, 이집트, 앗시리아 세트장, 중국 세트장까지 영화 제작의 요람임을 잘 보여주고 있었습니다. 영화에서 본 글레디에이터의 노예 시장은 제법 넓어 보였던 것으로 기억하는데 참 좁은 공간이었습니다. 그 좁은 공간에서 어마어마한 영화 장면을 생산해 내는 카메라 작업의 가공할 위력을 살펴보며 카메라 워크를 통해 인류의 의식도 바꾸어 낼 수 있겠다라는 생각에 두려움이 느껴지기도 했습니다.

한 스튜디오 안에서 온 땅의 위대한 인물을 만나고 그를 연기한 연기자의 흔적을 살펴본 흥분을 가라앉히며 까르푸를 찾았습니다. 오랜 여행을 이어가고 있던 우리 가족에겐 풍요로움으로 다가오는 곳이었지요. 금주 국가임에도 수많은 주류를 구입할 수 있는 코너가 따로 있었고 외국인을 위한 것이라 하지만 인간의 본질적 욕구를 법으로 통제하기에는 한계가 있는 듯 보였습니다. 영조 임금은 '술은 사람을 미치게 하고 사회를 병들게 하는 미친 약이다.'라며 금주령을 시행한 일이 있었지요. 술이 빌미가 되어 사도세자를 죽음으로까지 내몰았던 영조였으니 술이 얼마나 원망스러웠을까요? 역사적으로 식량 확보와 곡물 낭비를 막기 위해 수시로 금주령이 시행되었습니다만 술로 인해 죽음에 이른 자까지 있었지요. 영조 때 윤구연이라는 자는 금주령을 거두어 달라는 상소로 효수되어 목이 남대문에 내걸리기도 하였으니 법이라는 굴레가 참 민망하기도 합니다. 그러나 사관은 기록하였습니다. '끝내 금할 수 없었다'라고. (영조 46년 1월 26일)

우리나라 크기의 4배가 조금 넘는다고 하는 모로코. 가도 가도 끝없이 펼쳐지는 광활한 대지, 희뿌연 먼지 피어오르는 지평선, 에어컨 켜진 차 안에도 햇볕이 뜨거웠습니다. 토드라 협곡으로 향하는 길목, 높은 언덕 위에서 내려다 본 오아시스 마을. 온통 푸르름으로 덮여 있었습니다. 아름답게 펼쳐진 대추야자 나무들 숲을 이루고 사막지역 황량함과 대비되며 푸른 숲 더욱 푸르고 풍요로웠습니다. 아틀라스 산맥에서 흘러내린 물이 부드러운 사암과 모래를 깎아 만든 북아프리카의 그랜드 캐니언 토드라 협곡은 그 웅장함이 보잘것없는 한 여행객의 기를 꺾어 눌렀습니다. 그렇게도 메마른 원시의 광야를 지나왔는데 이렇게도 맑고 시원한 시냇물이라니……. 계곡 상류에서 솟아나 흘러내리는 냇물에 수많은 인파들 더위를 쫓고 땅위의 에덴의 기쁨을 누리고 있었습니다. 그곳에서도 아이들은 엄마를 찾았고 어미들 제 자식 입에 음식 들어가는 모습 흐뭇하게 바라보고 있었습니다. 관개 수로를 타고 아래 지역 오아시스 마을로 흘러가는 냇물, 척박한 대지 적셔주는 생명의 젖줄이겠지요. 광야의 삶 살아 가는 우리 모두가 가슴 적셔 줄 시원한 생수의 강 흘러내리는 복을 누리며 살아가면 얼마나 좋을까요?

리자니 - 사하라 - 메르주가

토드라 협곡의 숙소를 떠나 다시 햇살 뜨거운 사하라를 향해 가는 길 재촉했습니다. 사막의 낮은 모래 산들 여기저기 모습을 드러낼 때 한적한 기념품 가게 앞에 차를 세우고 삶의 간절함이 만들어낸 흔적을 돌아보았습니다. 물기 말라버린 지하수로였습니다. 지하 6~7m 깊이, 수평의 물길은 삶을 향한 인간의 치열함을 고스란히 말해주고 있었습니다. 한때 생명의 젖줄 따라 물이 흘렀을 수로는 철저히 말라버렸고 방문하는 수많은 이들의 발걸음으로 떡고물처럼 먼지가 푸석였습니다. 차는 계속 사하라를 향해 남으로 내달렸습니다. 수많은 대추야자 군락이 스쳐가고 잔자갈과 바위 등이 뒤덮인 황량한 사막의 산등성이로 배고픈 양들 말라버린 풀을 찾아 무리로 이동하고 있었습니다. 바깥 온도는 45℃를 넘나들고 더울 때는 50℃를 넘기도 한답니다. 차창가로 물결 일렁이는 바다, 신기루였습니다.

사하라 초입의 도시 리자니에 도착했습니다. 먼지 푸석이는 주차

장에 차를 세우고 내리는 우리를 사막의 열기가 뜨겁게 맞이했습니다. 인근 여러 지역에서 생산한 농산물을 싣고 온 수많은 당나귀들 매어놓은 곳 지나 시장 안으로 들어섰습니다. 일주일 중 4일 정도 열린다는 시장은 생기 넘치는 삶의 현장이었고 우리와 조금도 다를 바 없는 성정을 지닌 사람들의 만남의 장이었습니다. 엄청난 양의 전통 빵을 구워내는 대형 공동 화덕을 보았고, 수제품 가죽 샌달 장인을 만났으며 돌먼지 날리는 작업장에서는 형형색색의 암석과 화석을 가공하는 이들의 순박한 미소도 보았습니다. 양 먹을 풀을 파는 깊은 주름살 패인 촌부를 만났고 바깥 뜨거운 공기보다 더 뜨거운 풀무불 앞에서 쇠를 달구는 대장장이도 보았습니다. 조금은 남루했지만 그들은 비굴하지 않았고 자신의 일을 사랑하는 듯 보였으며 따뜻한 미소 더불어 당당하기까지 하였습니다. 많은 양의 과일과 채소를 구입하고 지불한 돈은 5천여 원. 물가가 정말 쌉니다.

대구 칠성시장 같은 분위기의 시장을 돌아보고 찾아간 사하라의 하실라비드. 마침내 사하라의 모래 산 앞에 섰습니다. 묵직한 감동이 가슴을 울려왔습니다. 생텍쥐베리가 사랑했던 사하라, 그랬기에 그가 사랑했던 비행기와 함께 그곳에서 영면에 들었을지도 모를 신비의 땅. 그리고 마법 같은 우화 《어린왕자》. 한 비행사가 황량한 사하라에 불시착을 하게 됩니다. 사막에 갇힌 조종사는 소행성 B612에서 온 어린왕자를 만나고 친구가 되지요. 조종사는 어린 왕자로부터 인간의 본성에 관한 주제인 외로움, 사랑, 상실, 우정 등에 관한 이야기를 듣습니다. 작가는 자신이 어린아이였다는 사실을 기억하는 어른을 위해, 눈앞의 바쁜 일만을 쫓느라 세상의 아름다움을 보지 못하는 어른을 위해, 어른은 알지 못하는 아이만의 슬픔에 대해 이야기 하면서 진정한 사랑의 본질에 대한 교훈을 주고 있습니다. 눈물이 사라져버렸고 부끄러움을 잊어버린 이 시대, 작가는 속물적이고 이기적이며 탐욕스런 어른들의 세계를 비판하며 사라져 버린 어린 시절의 이야기를 다시 살려내 보여줌으로 인간이 추구해야 할 근본적 가치를 생각해보도록 이끌어 줍니다. 정말 중요한 것은 눈에 보이지 않는다고, 그러기에 마음으로 볼 때 비로소 잘 보인다고 쓰고 나는 늘 어린 시절의 '나'이기를 소망한다고 한 그는 때 묻은 어른인 우리들에게 어린 왕자는 우리가 지키고 싶어 하는 순수이자 눈물임을 일깨워 주는 이야기라고 말합니다. 꽤 오래전 생텍쥐베리의 편역된 마지막 작품 《나를 찾아 떠나는 여행》을 읽었습니다. 철 들지 못했던 '나'인지라 제대로 된 가치가 어떤 것인지 고민조차 부족했던 나인지라 읽기가 만만치 않았다는 기억 더불어 '진실한 친구 한 사람은 쓸모없는 백 명의 바보들보다 낫다는 사실을, 그대여 이 사실을 명심하라.'고 한 그의 글 한 구절이 기억 속에 남아있습니다. 바로 그 생텍쥐베리가 사랑했던 사하라 앞에 선 것입니다.

사하라 하실라비드의 한낮 햇살이 너무 강해 무슨 일을 하기가 만만치 않았기에 조금은 이른 아침 마을 주민들이 공동으로 가꾸는 농장을 둘러보았습니다. 아몬드, 살구, 무화과나무, 그리고 대추야자로 채워진 농원은 모래 산의 확장을 막아주는 방사림 역할을 하고 있었고 삭막한 모래사막의 열기를 식혀주는 청량제 같은 기능도 하는 듯 보였습니다. 인근 모래 산(듄) 지하에서부터 흘러내리는 생명의 물줄기는 상부에서 주민들의 식수 샘을 채워주고 수많은 낙타들의 목마름을 해결해 주는 물 저장고를 지나 농장 가운데로 난 관개수로를 통해 열기로 허덕이는 푸른 나무들 뿌리 적셔주고 있었습니다. 아브라함의 종이 이삭의 배필을 찾아 나섰을 때 리브가를 만났던 그 우물이 생각났습니다. 먼 길 걸어온 종은 여인들이 물 길으려고 오는 시간이 되자 한 우물가에 낙타를 묶어두고 하나님께 기도하지요(창24;11-14). 여인들 중 물을 좀 달라 청하는 이에게 물동이를 기울여 물을 마시게 하는 배려심 있는 여인이 이삭의 배필이 될 수 있게 해 달라고. 늙은 종이 여인들에게 다가가 물을 달라 청을 하니 오직 단 한 명의 처녀만이 물동이를 들고 와 기울여 종이 물을 마시는 것을 도와줍니다. 이어서 낙타들에게도 물을 마시게 도와주지요. 종은 여인을 선택하는 중요한 기준을 생각하고 있었던 것 같습니다. 타인을 향한 친절한 품성과 지친 여행자를 향한 자발적 관대함의 유무였겠지요. 나만 존재하고 '우리'라는 공동체 개념이 약해져 버린 오늘을 사는 우리들에게 한 번쯤은 생각해 보아야 할 사람의 덕목이 아닐까 생각해 보게 되었습니다.

메르주가 인근의 사막 사륜차 박물관을 찾았습니다. 60-70여 년 전 세계적 자동차 메이커들은 이미 사막을 가로지르는 자동차를 만들고 있었음을 알게 되었습니다. 그 가운데 일본과 중국산 자동차가 보이기도 했습니다. 낙타로만 건너던 거대한 사막, 때로는 심한 갈증과 추위로, 때로는 모래 폭풍으로 수많은 생명들 죽음으로 내몰렸던 열악한 환경은 그 상황에 필요한 자동차라는 결과물을 만들어 내었음을 인식하게 됩니다. 필요는 발명의 어머니라 하니까요. 힘든 세상일이 반드시 나쁘기만 한 과정이 아님을 돌아보며 지친 삶 위로를 얻게 됩니다.

흑인들 마음을 방문했습니다. 그 옛날 사하라를 건너온 조상을 두고 있는 이들이겠지요. 그들의 몸으로, 그들의 악기로 그들의 감정을 토해냅니다. 강렬합니다. 그들 몸짓의 의미는 알 수 없지만 해거름에 마을 어귀에 모여 모닥불 피우며 북을 두드렸을 그들 조상들의 생명력을 느껴봅니다. 그 옛날 그들이 무어인이었을테고 유럽의 백인들 틈바구니에서 서러움 당하며 힘들게 세상을 떠돌았을지도 모를 일이지요. 세익스피어의 비극 《오델로》의 주인공 무어인 출신 오델로 장군. 흑인이라는 이유만으로 치명적인 열등의식 느끼며 맑고 아름다운 아내 데스데모나를 죽음으로 몰고 자신도 파멸에 이르게 되지요. 우리는 누구나 오델로처럼 혼자라는 외로움과 작은 열등의식으로 아파하며 살아가는 존재들이 아닐는지요.

뜨거운 햇살 누그러지는 해거름에 모래 산을 올랐습니다. 고비의 모래 산보다는 쉬운듯하다 느끼며 올랐으나 오를수록 발이 깊이 푹 푹 빠져듭니다. 이윽고 180여 미터 높은 사구의 정상. 숨이 턱밑까지 차오르지만 끝없이 펼쳐진 모래 언덕들 앞에 모든 생각의 기능이 멈춰버린 듯, 한동안 말없이 태고의 고요 앞에 경건함을 느끼게 됩니다. 자연을 향한 경외감 온 마음 채우고 서편 지평선 물들이는 붉은 노을 바라보며 인간의 보잘것없음을 돌아보게 됩니다. 거대한 모래산 위에서의 30분은 온 땅에 내려앉는 어두움 더불어 마무리되었습니다.

또 다른 하루의 아침 시간, 우리를 태운 사륜 구동 차는 열려 있는 창으로 뜨거운 사하라의 열기를 받아내며 도로를 벗어나 사구를 넘기도 하고 지나치기도 하며 깊은 사막 속으로 들어갑니다. 몇 가구 흙집이 있는 마을 앞에 차가 멈추고 기사를 따라 내린 우리 눈앞에 놀라운 장면이 펼쳐집니다. 바위에 물을 붓자 선명하게 드러나는 수많은 이상한 화석들, 조금 더 이동하여 마주한 수많은 작은 암모나이트 화석들, 자연의 위대함과 섭리 앞에 점 같은 자신을 돌아보게 됩니다. 사하라, 그 광활한 땅이 바다 속 이었다지요. 얼마나 긴 세월 지각 변동이 일어나고 비바람에 땅이 깎였을까요? 밤의 한 정점 같은 짧은 시간을 살아가는 우리 삶의 시간은 어떻게 이해되어야 하는 건가요? 정신을 가다듬고 뿌연 먼지 일어나는 알제리 국경 쪽으로 시선을 돌려봅니다.

알제리 국경 근처 노마드로 살아가는 베르베르인의 거처를 찾았습니다. 남루한 천막 위로 사막의 뜨거운 열기가 쏟아지고 얼기설기 나뭇가지로 햇빛 가린 우리 속에 염소와 양들 가쁜 숨 몰아쉬고 있었으며 건조한 바람 속 낙타들 먹을 것 찾아 어슬렁거리며 움직이고 있었습니다. 한 아낙네와 아이들이 지키고 있는 그분들의 천막 안을 들어가 봅니다. 볼품없는 세간살이, 그 옆으로 작은 베틀이 놓여 있고 직조하는 카펫이 걸려 있습니다. 언뜻 내 어머님의 길쌈하시던 모습이 머릿속을 스치고 갑니다. 흙바닥에 뒹구는 아이들, 교육이 궁금하여 슬쩍 물어보았습니다. 학교라는 곳에는 다니지 않는다는 답이 돌아옵니다. 안타깝고 먹먹한 가슴 더불어 깊이 가슴 두드리는 울림! 누가 누구를 안타깝다 말하는 건가요? 끝없는 편리만을 추구하는 물질문명에 길들여진 우리는 과연 행복한 존재인가요? 맨발로 자갈길 뛰어가는 아이의 발걸음이 가벼워 보이고 제 엄마 옆 땅바닥에 뒹굴며 환한 미소 띄는 아이의 얼굴이 눈물겹게 맑고 아름다웠습니다.

다시 리자니로 나가 모로코 국왕의 조부가 나고 잠들어 있는 궁전을 둘러보았습니다. 규모는 작았지만 참 예쁘게 꾸며진 궁이었습니다. 백성 위에 군림한 군주의 풍요로움과 피지배자와의 갈등이 빚어내는 아우성을 여기서도 듣게 됩니다.

여명의 시간 낙타의 등에 몸을 실었습니다. 죽음의 그림자 덮여있는 광활한 사막 가로지르던 한 척의 돛단배, 그 배에 오르는 느낌은 약간의 긴장감 함께였습니다. 죽음 가까이에 등장하는 대상들이 신으로 모셔지는 게 사람 사는 세상 이치일진대 그 곳 사람들에게 사하라의 낙타는 어떤 의미를 가졌을까요? 알베르 까뮈는 말합니다. '삶에 대한 절망 없이는 삶에 대한 사랑도 없다.'고. 죽음을 친구삼 아 건너오는 사막 길, 한계에 이르는 절망감 속에서 삶을 향한 뜨거 운 사랑을 느꼈을는지 모를 사막의 대상들에게 낙타는 신의 존재가 아니었을까요? 모래산 너머 하늘이 환하게 밝아오고 세상은 고요히 한날의 태양을 맞이합니다. 끝 간 데 없는 모래언덕, 그리고 심연의 고요함, 전날 본 모래언덕의 아름다운 곡선은 변함없이 새 날을 아 름답게 가꾸고 있습니다.

귀한 손님 왔다고 특별한 음식을 대접 받았습니다. 토끼 바비큐, 그리고 비둘기 요리. 문득 이탈리아 오르비에토에서 보았던 비둘기 굴이 생각났습니다. 지중해 연안의 동일한 식생활 문화를 살펴보는 기회였습니다.

리자니 인근의 폐허도시 시질마사를 찾았습니다. 보수된 성문만 덩그러니 서 있고 안으로 들어가 보니 허물어진 카사바[15]만 옛 영화 를 말해주는 듯 처연하게 자리하고 있었습니다. 남북 아프리카 교역 의 중심지였고 상아, 금화, 향신료 등이 거래되었던 사하라 사막의 최대도시, 아프리카의 이스탄불 같은 곳이었다지요. 옛 영화가 깊은 잠에 빠져 있는 공동묘지 같은 곳, 죽음 앞에서 삶을 돌아보게 되는 폐허였습니다. 인간의 생로병사가 겹쳐 보이는 문명의 생로병사 현

---

15) 카사바: 성채

장, 폐허가 주는 감동이 어쩌면 그리도 강렬할까요? 인근에 있는 유대인 집단 거주지를 방문했습니다. 삶은 누더기 같은 초라함이 묻어나고 타는 듯한 햇살 피하기 위해 골목 위를 덮어 놓은 건축 구조물은 어두컴컴한 공간을 만들며 고향 떠난 서러움에 온몸 떨던 디아스포라들의 마음을 전해주었습니다. 숙소로 돌아오는 도중 '하룬'이라는 마을을 지났습니다. 지혜로운 한 유대인 랍비 이름을 딴 곳이랍니다. 바빌론 강가에서 떠나온 시온을 그리며 눈물 흘렸던 디아스포라들처럼 랍비 하룬의 가르침 속에서 엑소더스를 꿈꾸며 시온을 향한 그들의 미래를 만들어 갔겠지요. 이 건조하고 삭막한 사막 가장자리까지 밀려들어온 디아스포라라니……. 삶의 처절함이 가슴 깊이 느껴지는 것은 우리 인생 여정 별반 다름이 없기 때문이겠지요.

가라 메두아르라는 곳을 찾았습니다. 세찬 모래바람 쓸고 지나가는 황량한 들판 저 멀리 콜로세움 형상의 거대한 바위산이 솟아 있었습니다. 입구에 서니 양쪽 암벽 따라 인간이 남긴 벽돌 쌓아 올린 흔적들이 고스란히 남아있었습니다. 이 지역을 지배했던 포르투갈인들이 감옥으로 사용한 곳이랍니다. 탈출이 불가능한 빠삐용 감옥, 안으로 들어가니 엄청 넓었습니다. 물을 가두어 쓰던 댐까지 흔적을 남기고 있었지요. 힘없는 민족이 당해야 하는 서러움을 여기서도 느끼며 가는 곳마다 South Korea라는 한마디에 엄지를 치켜 세워주는 모습 보며 내 나라가 얼마나 소중한지 그저 고마울 따름입니다.

새날 새 아침, 알제리 국경 근처까지 차를 달렸습니다. 모래 산은 사라지고 주먹 만 한 돌들 덮여 있는 끝없는 평원을 달려 어느 골짜기 입구에 닿았습니다. 돌로 만들어진 움막 그리고 몇몇 사람들. 광산이었습니다. 그들이 일하는 갱도를 보았습니다. 망치 하나, 쇠 막대기가 전부인 채굴 장비, 한 사람 작은 몸뚱아리 움직이기 쉽지 않을 지하 50m 갱도, 그들의 땀방울로 건져낸 수정, 적철광, 텅스텐, 여성 눈 화장품 원료로 쓰이는 윤기 나는 검은 원석들, 삶은 누추해 보였지만 그들의 미소는 평화롭고 진실했습니다. 이 한적한 곳에서 다시 느끼는 내 삶 속의 지나친 무거움, 내가 나답지 못하고 주변의 수많은 요소에 끌려오면서 무거움에 상처받으며 살아 온 자신을 들여다보며 더욱 많은 것 내려놓고 비워가자 다짐해 보기도 하였습니다. 다시 자갈 사막 돌고 돌아 언덕 위의 바위에 새겨져 있는 암각화를 보았습니다. 광야를 걸어가는 낙타의 그림, 수많은 사람들 오고 갔지만 그들은 이미 잊혀진 존재, 그러나 바위 암각화는 중단됨이 없는 삶의 흔적을 증언해 주고 있었습니다.

사하라를 떠나며 멀어져가는 사하라의 높은 모래 산을 바라보는 동안 T.S 엘리엇의 《황무지》라는 시를 떠올려 보았습니다.

'사월은 가장 잔인한 달. 죽은 땅에서 라일락을 키워내고 추억과 욕망을 뒤섞고 잠든 뿌리를 봄비로 깨운다. 겨울은 오히려 따뜻했다. 잘 잊게 해주는 눈으로 대지를 덮고 마른 뿌리로 약간의 생명을 키워주었다.'

그는 황폐해진 세상을 향해 절망의 끝에서 해결의 실마리를 찾아

보라 말하고 있는 것이겠지요. 죽어있던 초목들이 재생되고 부활되는 4월이지만 황폐해진 이들에게는 제 정신 차려라 요구하는 것조차도 고통이 되겠지요? 세상은 풍요로움으로 뒤덮이는 계절이지만 어쩔 수 없이 살아남아야 하는 존재들에게는 그 풍요가 서러움 같은 아픔이 될 터이니까요. 그럼에도 시인은 절망 속에서도 희망을 찾고자 하는 인간의 의지를 노래합니다. 잿더미 속에서 피어나는 한줄기 빛을 통해 희망의 가능성을 이야기합니다. 사하라! 죽음 앞에서 생명을 꿈꾸게 하는 곳, 절망 앞에서 희망을 이야기하는 곳, 그 곳은 간절한 그리움으로 내 속에 남아있을 겁니다.

마라케시로 돌아오는 중 모로코 최대 대추야자 산지 지즈밸리를 보았습니다. 끝없이 이어지는 대추야자 계곡이었습니다. 메마르고 황량한 황무지에도 아름답게 열매 맺는 푸르름이 이어지고 있다니…… 세상이 더욱 아름다운 이유이겠지요. 길옆 사과 농장의 풍요로움 느끼게 해 주는 모로코 최대 사과 산지 미델트를 지나 아틀라스를 넘었습니다. 평원의 사막 기운 사라지고 푸른 올리브 밭, 오렌지 농장이 계속 이어집니다. 해발고도 2천 미터가 넘는 미들 아틀라스를 지나 오조드 폭포에 이르렀습니다. 베르베르어로 올리브를 의미하며 110미터에 이르는 폭포의 상부에 많은 방앗간이 설치되어 있었다고 하는 곳입니다. 높이와 수량에 놀라기도 하지만 아틀라스를 흘러내리고 메마른 땅 지나온 소량의 물줄기 모이고 모여 굉음을 내면서 쏟아지며, 아래 계곡에 푸르름과 생명을 전해주는 곳이기에 감동은 배가 됩니다. 수많은 인파들 물보라 속에서 더위를 식히고 또 다른 더 많은 생명들 깃들이고 사는 곳, 그 곳은 언제나 생명의 축제가 열리는 곳이었습니다.

마라케시 인근의 선인장 가든을 찾았습니다. 세계 3대 선인장 가든이라지요. 남미 아타카마 사막의 식생을 만나고 40년이 넘어가는 거대한 선인장들도 돌아보았습니다. 미국 서부 모하비 사막에서 보았던 텀블링 트리가 떠올랐습니다. 물을 찾아 굴러다니며 뿌리는 지하 50여m까지 내려간다고 하지요. 살아남기 위한 처절한 사투, 그 가운데 뿌리 내리고 몸집 불려가며 생명 이어온 거대한 선인장들, 제 자신 보호하려는 굵고 거친 가시들, 세상 어느 것 하나 소중하지 않은 것 없음을 배웁니다. 길가에 밟히는 들풀 우리는 잡초라 이릅니다. 하지만 어찌 우리가 귀한 생명을 잡스럽다 할 수 있을까요? 베이컨이 말한 종족의 우상에 사로잡혀 있는 오만함 내려놓고 풀포기 이름 불러주지 못하는 우리네 무지함을 탓하는 게 옳은 일이 아닐는지요.

뜨거운 열기 속 한 달간의 모로코 일정 마무리하고 아테네 행 비행기를 기다리던 마라케시 공항. 떠나기도 전 이미 그곳을 향한 그리움이 가슴을 적셔 왔습니다. 새로운 것 만날 설렘 함께, 두고 떠날 것들에 대한 그리움은 어디서나 마찬가지인가 봅니다. 떠나는 연습 제대로 해야겠습니다.

그리스

아테네 - 테베 - 리바디아 - 델피

아테네 공항에서 만날 예정이던 택시 기사가 제때 나타나지 않아 당혹스러움 더불어 3천여 년의 역사를 지닌 도시 아테네를 만났습니다. 강력한 도시 국가로 고대의 부가 피레아스 항구로 유입되며 학문과 예술, 철학의 중심지가 되었고 서구 문명의 요람이 되었을 뿐 아니라 민주주의의 본산이 된 곳이지요. 포세이돈과 도시 수호신 다툼을 벌이던 아테나 여신은 시민들에게 각자의 선물을 주고 그들의 선택을 받는 이가 수호신이 되게 하자고 하지요. 포세이돈은 세상 모든 이들이 좋아할 준마를 준비했고 아테나는 올리브 나무와 그 기르는 법을 준비했는데 시민들은 올리브를 선택했고 그 결과 그 도시의 이름이 아테네로 되었다고 합니다. 선물 전쟁에 패배한 포세이돈이 지속적으로 괴롭히자 아테나는 포세이돈을 위한 신전을 지어주며 그를 달랩니다. 그 곳이 수니온 곶의 포세이돈 신전이라고 합니다. 그리스 남쪽 땅 끝, 수니온 곶으로 가는 길은 아름답고 평화로웠습니다. 에게 해의 푸른빛과 작은 포구에 정박해 있는 요트들, 그리고 눈부시게 빛나는 하얀 햇빛. 굽이치는 해안선 따라 자리하고 있는 아름다운 주택들. 꿈꾸는 듯한 분위기의 바닷가 길은 하와이보다, 이탈리아 지중해 바닷가보다 결코 못지않았습니다. 깊고 푸른 바다 파도 일렁이는 신전 앞에 서면서 직감적으로 느낀 것은 포세이돈 신전이 아테네를 침공하는 외부 세력을 감시하는 전초기지였구나 하는 것이었지요. 안내자도 그곳이 군사 기지 역할을 했다고 하더군요. 절벽 위에 서서 부자간의 슬픈 불신이 만들어낸 비극을 떠올려 보았습니다. 아테네 왕 아이게우스와 아들 테세우스의 이야기지요. 스파르타의 영웅 헤라클레스를 보면서 아테네인들도 그에 버금가는 영웅을 창조해냅니다. 바로 테세우스였지요. 그가 크레타 궁에 사는 황소머리의 괴물 미노타우로스를 처단하기 위해 출발할 때 아버지 아이게우스는 살아 돌아오면 흰 돛을, 죽었으면 검은 돛을 달고 오라 이야기합니다. 미노타우로스를 처단한 테세우스가 흰색 돛 다는 것 잊고 검은 돛으로 돌아오자 바닷가 언덕에 올라 가슴 졸이며 아들의 무사 귀환을 바라던 아버지 아이게우스는 아들이 죽은 것으로 짐작하고 바다에 뛰어들어 죽게 됩니다. 그 바다가 그의 이름을 따서 에게 해가 되었다고 합니다. 출생 과정의 비밀로 인해 테세우스는 아이게우스가 자신의 친아버지가 맞을까 라는 의구심을 갖고 있었는데 이 상황이 아버지를 죽음으로 몰아넣은 비극의 원인이었던 것입니다. 가족 구성원간의 불신, 슬픈 우리 삶의 현장에서 드물지 않게 보는 아픔이겠지요. 포세이돈 신전 동북쪽을 가리키면서 가이드가 이야기했습니다. 바로 저 너머가 마라톤 평원이라고. 바빌로니아를 복속시키고 중근동 지방을 통일한 키루스 2세(성경 속 고레스)의 페르시아 제국 제3대 왕 다레이오스는(성경 속 다리오) 그리스를 복속시킬 의지를 보이며 항복을 권유하지만 아테네와 스파르타는 이를 거부합니다. 결국 다레이오스는 전함 600척과 보명 10만, 기병 1만을 거느리고 그리스 본토를 침공합니다만 아티카주 마라톤 평원에서 처절한 패배를 맛보게 됩니다. 전쟁의 승리 소식을 전하기 위해 병사 한 사람이 40여 킬로를 달려가 이겼노라 전하고 숨을 거두었습니다. 그의 이름이 페이디피데스 였습니다. 성경의 기록을 확인하는 감동을 느끼며 아테네로 돌아오는 길에 물산이 보잘 것 없었던 산악지방 아테네가 문명의 요람이 될 수 있었던 힘은 무엇이었을까 생각해 보았습니다. 아테네의 민주정이 보장해 준 자유와 델로스 동맹의 맹주로서 인근 도시 국가들로부터 끌어 모은 경제적 부가 아테네의 위상을 높여 준 근본적 이유가 아니었을까? 라는 생각이 들기도 했습니다. 물론 다레이오스와의 마라톤 전쟁과 크세르크세스(성경 속 아하수에로)에 대항했던 살람미스 해전의 승리가 중요한 역할을 하기도 했겠지만요.

늘 동경해 왔던 아크로폴리스 언덕 정상 파르테논을 찾았습니다. 언덕 오르는 길 양 옆으로 올리브나무들 아테나 여신의 신전 가는 길임을 알려주고 있었고 수많은 사람들 지나간 대리석 길은 닳고 닳아 미끄럽기 그지없었습니다. 크세르크세스가 침공해 오자 테미스토클레스는 아테네 시민 모두를 아이기나 섬으로 분산하여 피신시킵니다. 그런 다음 거짓 항복 편지로 페르시아 군대를 해협으로 유인하고 그곳에서 대승을 거두지요. 이 전투가 세계 3대 해전 중 하나인 살람미스 해전입니다. 그 후 델로스 동맹 지도자 페리클레스는 전쟁 노획물을 기반으로 페르시아 군에 의해 파괴된 아테나 신전을 재건하자고 시민을 설득하고 그 자리에 신전을 건축하게 되는데 그것이 파르테논입니다. 그리스어로 처녀, 순결을 의미한다지요. 유구한 세월만큼이나 신전은 많은 수난을 겪었습니다. 동방 교회의 성당으로도 쓰였고 이슬람의 모스크로도 사용되었으며 베네치아 공국이 침략하자 오스만 제국은 이곳을 공격하지는 않을 거라고 판단하고 화약 창고로 사용했습니다만 대포 공격을 받고 파괴되기도 했는데 그 파괴된 흔적이 지금도 남아 역사를 증언하고 있지요. 베네치아가 아테네를 점령한 후 약탈의 대상이 되었고 오스만 제국의 지배를 받던 그리스가 독립을 쟁취한 뒤에는 이슬람 관련 흔적들이 정리되기도 했다고 합니다. 유네스코 세계문화유산의 1호 지정 문화재, 그리고 그 엠블렘이 된 곳, 그곳은 역사의 온갖 상처가 더께처럼 쌓여가며 언덕 위 부는 바람 맞으며 역사를 전해주고 있었습니다. 언덕에서 내려다 본 디오니소스 극장은 보는 것만으로도 가슴 벅찬 감동을 주었습니다. BC 6세기에 만들어진 인류 최초의 극장, 고대 그리스의 극작가 소포클레스가 쓴 인류 최고의 비극작품 오이디푸스 왕의 이야기가 무대에 올려지던 곳, 수 천 년에 걸쳐 인간사 수많은 이야기 주저리주저리 열매처럼 열리던 곳, 객석에 앉아있던 옛사람들의 눈물과 한숨, 그리고 웃음을 생각하며 전율을 느낍니다.

아레스의 언덕이라는 의미를 지닌 아레오바고를 올랐습니다. 그리스의 개혁가 솔론이 세운 대법정이 있었던 곳입니다. 로마 시대에 이르러 아테네의 풍습과 도덕, 교육을 관장하고 신흥 종교나 철학이 유입되는 것을 통제했던 감독 기관 역할을 하던 곳이었지요. 바울 사도가 이곳에서 기독교의 진리를 전한 곳입니다(행 17:22-25). 성경은 사람들이 믿지 않아 바울이 그 자리를 떠났으나 아레오바고 관리 디오니시오가 믿게 된 자라 기록을 남기고 있습니다. 아레오바고 언덕에서 고개만 들면 바라다 보이는 파르테논, 사도바울 그는 산위의 신전 바라보며 어떤 생각에 잠겼을까요? 사도가 섰던 그곳, 그가 바라보았을 같은 시선으로 한참 파르테논을 올려다보았습니다. 언덕을 내려와 그리스 아고라와 로마 아고라를 돌아보았습니다. 고대 도시의 운동과 예술, 영혼, 정치적 삶의 중심지 그리고 상점이 늘어선 시장의 기능을 하던 곳, 아테네인들 큰 아고라가 있는 것에 대단한 자부심을 느꼈다고 하지요. 어쩌면 평범한 소시민이었음에도 광장 정치를 통해 국가 중대사의 결정에 참여할 수 있었기에 느끼게 된 자부심이 아니었을까요? 그리스 아고라 한쪽에 있는 한 특이한 건물, 바람의 탑 앞에 섰습니다. 해시계, 물시계, 그리고 바람개비의 조합을 특징으로 하는 2천 년 전의 시계탑. 세종대왕의 자격루와 앙부일구가 귀하기도 하지만 2천 년 전 아고라 시장 상인들에게 피레아스 항구에 상선들 도착하는 시간 알려주고 있었다니……. 유구무언일 뿐이었습니다.

프로메테우스가 인간에게 불을 훔쳐다 주었다는 이유로 인간을 벌하기 위해 제우스는 대장장이 신 헤파이스토스에게 여자인 판도라를 만들게 했지요. 그 헤파이스토스를 모시는 신전 옆자리, 그리스의 삼권분립제도 중 소크라테스의 흔적 있는 행정기관 오백인회의 근무 장소가 있었던 곳을 돌아보았습니다. 아테네가 펠로폰네소스 전쟁에서 스파르타에게 패배한 뒤 아테네의 민주주의는 거의 해체 수준에 다다르게 되었습니다. 소크라테스는 아테네의 위기를 진단하고 아테네의 타락을 질타하며 젊은이들에게 이성과 양심의 소리 즉 보편적 진리를 추구하라 촉구했습니다. 이에 그의 반대 세력은 국가가 인정하는 신들을 인정하지 않고 젊은이들을 타락시키는 죄를 범했다고 신성 모독죄를 덮어씌웁니다. 그는 법정에서 혐의를 부인하기보다는 자신의 철학적 사명을 천명합니다. 63세에 시민의 의무였던 공직에 봉사했던 그는 70세에 아고라 재판정에서 죽음을 수용했습니다. 아테네의 정치적 혼란과 타락을 따갑게 질책했던 대가는 죽음. 그는 살 수 있었음에도 철학적 소신을 위해 죽음을 수용한 것입니다. 이 시대 그와 같은 광야의 소리를 듣고 싶습니다. 어쩌면 외치는 이 그도 또한 죽음에 이를지 모를 일이지만……. 소크라테스! 그의 발자국 남겼을 여기저기에, 그리고 그를 죽음으로 몰았던 흔적만 남은 법정의 허허로운 터 위로 열기 머금은 한여름의 바람이 스쳐 지나갑니다. 아고라 이 구석 저 구석 그리스인들의 숭배를 받았던 신상들, 동강나고 깨져 파편이 된 모습으로 깊은 잠에 빠져 있었습니다. 사도 바울이 거닐었을 아고라, 예수로 뜨거운 가슴 채웠던 그에게 아테네는 얼마나 안타깝고 답답한 곳이었을까요?

인근에 있는 아크로폴리스 박물관을 찾았습니다. 박물관 자체가 유네스코 지정 문화유산이지요. 아크로폴리스에서 발굴된 유물을 전시하고 있는 곳으로 아크로폴리스의 정문 격이었던 프로필라이아, 아테나 신의 최측근 승리의 여신 니케 신전, 파르테논 신전, 에레크테이온 신전 등에서 발굴한 유물을 확인할 수 있습니다. 유물들 중 도편추방을 위해 사용되었던 유물이 있었고 그것을 통해 피로 얼룩진 역사의 굴곡을 살펴볼 수도 있었습니다. 테미스토클레스. 그는 살람미스 해전 승리의 주역으로 백척간두에 선 조국을 구한 그리스의 위대한 지도자였습니다만 전쟁 8년 뒤 도편추방으로 권좌에서 쫓겨나게 됩니다. 과연 그의 잘못이었을까요, 광기가 낳은 정치 투쟁의 산물이었을까요? 그는 자기가 몰락으로 내몰았던 페르시아로 망명하고 한 많은 삶을 그곳에서 마감하게 되었다 합니다. 아들 신검의 반란으로 적이었던 왕건에게 자신의 일신을 의탁했던 견훤의 이야기 더불어 역사의 진한 아이러니를 느끼게 합니다.

아테네 수호신, 전쟁과 지성의 여신, 아테나(로마: 미네르바)를 위한 축제가 열렸던 곳, 최초의 근대 올림픽이 개최되었던 파나티나이코 스타디움을 거쳐 국립 고고학 박물관을 돌아보았습니다. 3500여년 전 꽃을 피웠던 미케네 문명이 남긴 유물이 많이 전시되어 있는 곳입니다. 수많은 금세공 유물들, 신상들, 청동 제품들의 화려함과 정교함에 주눅 들고 4-5천년 역사 넘나드는 장엄한 유물들에 경탄을 쏟아내던 중 한 황금마스크 앞에서 온 몸이 굳어져 버렸습니다. 미케네 왕 아가멤논의 마스크였습니다. 전설의 아가멤논이 실제로 사용한 것인지는 알 수 없었지만 트로이 전쟁의 대서사시가 빠르게 머리를 스치고 지나갔습니다. 스파르타의 왕 메넬레이오스는 트로이의 왕자 파리스에게 아내 헬레나를 빼앗깁니다. 그는 형인 아가멤논에게 트로이를 치고 아내를 찾아오고 싶다고 도움을 청하지요. 그렇게 해서 일어난 전쟁이 동서양 간의 전쟁 트로이 전쟁이었습니다. 그리스 도시국가 연합군 총사령관 아가멤논은 아킬레이우스와 트로이 정벌에 나섭니다. 이 전쟁에 참전한 또 한명의 지혜로운 장군이 있었는데 바로 오딧세이우스였지요. 출정하기 전 오딧세이우스는 두고 떠나는 아들 텔레마코스의 양육이 걱정되어 자신의 절친한 친구인 멘토르에게 아들을 맡기며 교육을 부탁했지요. 지도자 또는 조언자라는 의미의 용어 멘토가 사용되게 된 배경입니다. 목마를 이용해 트로이 진격에 성공한 그리스 군대는 트로이를 정복하고 고향으로 돌아옵니다. 그러나 딸 이피게네이아를 아르테미스에게 제물로 바친 것에 분노한 아가멤논의 아내 클리타임네스트라는 정부 아이기스토스와 짜고 아가멤논을 살해하지요. 이 과정을 지켜본 아가멤논의 딸 일렉트라는 동생인 오레스테스와 함께 어머니와 그녀의 정부를 처단합니다. 이 슬픈 비극을 인용해 스위스 정신과 의사 칼 융은 딸이 아버지에게 성적 유대감을 느끼는 심리적 경향을 일컬어 일렉트라 콤플렉스라 이름 붙였습니다. 인간의 성격을 내향적 성품과 외향적 성품으로 이분하는 학설을 정립시킨 정신분석학자, 그가 바로 칼 융이기도 하지요. 아가멤논! 그의 전쟁 영웅담은 인류의 오랜 역사동안 사람들에게 상상력의 불을 지폈고 여러 예술의 소재로 등장하며 많은 작품을 낳게 하는 인물이 되기도 하였습니다. 그의 황금 마스크 앞에서 문학과 예술의 동력에 대해 여러 가지 깊은 생각을 이어가게 되었습니다. 알렉산드로스 통치가 남겼던 권력, 프톨레마이오스 왕조의 유물까지 돌아보며 그리스 문화와 역사의 깊이에 다시 한 번 경외를 느끼기도 하였습니다.

이른 아침 아테네를 벗어난 자동차는 올리브 농장 지천인 풍광을 지나 그렇게도 가고 싶었던 테베(현 지명 티바)로 향했습니다. 지중해 동부지역 팔레스타인에서 발원하여 시돈, 티레(성경 속 두로), 카르타고 등을 건설한 해양민족의 문화였고 바알 신을 섬기고 상업에 종사하며 다신교를 섬기던 지역 페니키아 출신의 카드모스가 세운 도시국가였습니다. 황소로 둔갑한 제우스가 카드모스의 누이 에우로페를 납치해 크레타 섬으로 도망가자 아버지 아게노르는 카드모스에게 '에우로페를 찾아오라 찾지 못하면 돌아오지 말아라' 명령합니다. 동생을 찾지 못한 카드모스는 아폴론에게 신탁을 구하고 신탁에 따라 들판에서 만나게 되는 암소가 멈추는 곳에 도시를 세우게 되는데 그곳이 테베였지요. 그의 누이 이름 에우로페에서 대륙의 이름 유럽이 생겨나게 되었습니다. 헤라클레스와 디오니소스의 고향, 그리고 비극의 대명사 오이디푸스의 출생지 테베는 힘없는 노인들 오고 가는 인구 3만여 명의 한적하고 작은 도시였습니다.

테베의 왕 오이디푸스, 그의 아버지 라이오스 왕과 왕비 이오카스테 사이에는 왕위를 이을 자식이 없었습니다. 델피(델포이)에 찾아가 아들을 갖게 해 달라고 빌자 여 사제 퓌티아는 '아들을 낳지 마라. 낳으면 장차 아비를 죽이고 제 어머니와 같은 잠자리에 들 것이다.'라는 신탁을 내립니다. 그랬기에 왕과 왕비는 아들을 낳고 신탁 내용이 두려워 발목을 뚫어 산에다 버립니다. 오이디푸스라는 말은 발목이 부은 자라는 뜻이지요. 버려진 아이를 코린토스 목동이 발견하여 자기 나라 왕에게 데려가게 되고 자식이 없었던 코린토스 왕 폴뤼보스의 아들로 성장합니다. 어느 때부터인가 코린토스에 이상한 소문이 돕니다. 오이디푸스는 왕 폴뤼보스의 아들이 아니다 라는 소문. 오이디푸스는 자신의 정체성을 확인하기 위해 델피(델포이)로 떠납니다. '나는 누구입니까?' 무녀는 말합니다. '너는 네 어머니와 살을 섞을 운명이고 차마 눈뜨고 볼 수 없는 자식들을 보여주게 될 것이며 너를 낳아준 아버지를 죽이게 될 존재'라고. 그는 고민합니다. '인간인 내가 어찌 아버지 폴뤼보스를 죽이고 어머니 멜로페를 범한단 말인가. 나는 인간이다. 그러므로 패륜아가 될 수 없다.' 코린토스로 돌아가 패륜아가 되는 것 두려워하며 그는 테베로 말머리를 돌립니다. 이때 테베에는 스핑크스라는 괴물이 나타나 사람을 해치고 있었는데 이로 인해 민심이 흉흉해지게 되었고 왕 라이오스는 신탁을 확인하러 델피로 가게 되었지요. 좁은 길에서 오이디푸스와 마주친 라이오스의 시종이 오이디푸스에게 마차가 지나가도록 비켜서라고 했지만 오이디푸스는 거부했고 화가 난 시종이 오이디푸스의 말을 죽이자 오이디푸스는 도망친 하인 한 명만 남기고 라이오스 일행을 모두 죽여 버립니다. 테베는 왕의 죽음으로 민심이 더욱 흉흉해졌고 섭정 클레온은 스핑크스를 처치하는 이에게 왕위와 이오카스테 왕비를 주겠다 선언합니다. 테베로 들어가던 오이디푸스는 수수께끼를 풀지 못하는 사람을 잡아먹는 스핑크스를 만났습니다. 스핑크스가 묻습니다. 한때는 두 발로 걷고, 한때는 세 발로 걸으며 한때는 네 발로 걷는데 발이 많을수록 약한 것이 무엇인가? 두 자매가 있는데 하나는 다른 하나를 낳고 다른 하나는 또 다른 하나를 낳는 것은 무엇인가? 라는 물음이었지요. 오이디푸스가 답합니다. '첫 질문의 답은 인간이며 두 번째 질문의 답은 밤과 낮이다'라고. 수수께끼를 풀자 분을 이기지 못한 스핑크스는 바위에서 몸을 던져 목숨을 끊게 됩니다. 결국 오이디푸스는 테베의 왕이 되고 어머니와 결혼함으로 신탁의 예언은 적중하게 됩니다. 오이디푸스가 왕위에 오른 뒤 역병이 창궐하자 델피의 신탁에 재앙의 원인을 묻습니다. 신탁은 라이오스 왕의 살해자를 찾고 나라에서 추방하면 역병이 멎는다 이야기합니다. 오이디푸스는 라이오스의 살해범을 찾으라 명을 내리지만 눈먼 예언자 테이레시아스는 신탁의 예언이 오이디푸스를 향하고 있음을 경고합니다. 오이디푸스가 살인자를 찾아가는 길은 바로 자기 자신을 찾아가는 길이었던 것입니다. 결국 라이오스의 살해범이 자신임을 알게 되고 아내가 자신의 어머니임을 알게 된 오이디푸스. 모든 상황을 알게 된 이오카스테 왕비가 자살했다는 소식을 들으며 왕비의 옷에 꽂혀 있던 황금브로치로 자신의 두 눈알을 찌릅니다. 테베에서 추방된 오이디푸스는 이오카스테에게서 얻은 딸이며 동생인 안티고네의 도움을 받으며 방랑하다 쓸쓸하게 죽음을 맞고 아티카 땅에 묻히게 되었지요. 오이디푸스! 그는 스핑크스의 수수께끼를 푼 현자였지만 정작 자기 자신의 정체성을 알지 못한 바보였습니다. 인간들 중 가장 행복한 자이기도 했지만 동시에 가장 불행한 자이기도 했지요. 운명을 극복하려 했지만 운명에 굴복한 자가 되기도 했네요. 아모르파티[16]의 태도는 옳은 삶의 태도가 되는 것일까요? 삶의 진실을 보지 못한 자신을 탓하며 눈을 찔렀던 그는 영혼의 눈을 뜨고 진실을 보라고 우리들에게 넌지시 지혜를 알려주고 있는 것이 아닐런지요. 정신분석학자 프로이드는 오이디푸스 왕과 어머니 이오카스테의 관계를 빌어 아들이 어머니에게 더 강한 성적 유대감을 느낀다 말하며 이런 심리적 경향을 일컬어 오이디푸스 콤플렉

---

16) 아모르 파티: 자신의 운명을 사랑하라는 의미

스라 이름 하였지요. 간단한 용어 하나에 불과하지만 그 이면에 숨겨진 인간의 본질적 속성을 보여주는 이야기 통해 인간이란 무엇인가? 나는 누구인가? 자문하며 나는 나 자신의 정체성을 알고 있는가 끊임없이 질문을 던지게 됩니다.

시골 마을 리바디아. 어쩌면 작은 도시가 그렇게도 예쁠 수가 있을까요? 뒷산에 두 개의 샘이 있다하지요. 기억의 샘 므네모쉬네, 그리고 망각의 샘 레테이지요. 두 샘에서 흘러내린 물이 합해지면서 라이프라는 시내를 만들며 흘러내립니다. 이문열은 망각을 일컬어 '추억의 슬프고도 아름다운 해독제'라 하였지요. 신화는 므네모쉬네의 물을 마시며 하늘 세계의 신을 기억하는 것이 인생이라 가르칩니다. 기억도 필요하고 망각도 필요한 우리네의 삶, 신화는 망각해야만 살아낼 수 있는 인간 존재의 한계를 넘어 하늘을 바라보라 영적인 존재를 지향하라 가르치고 있는 것이 아닐는지요. 기억과 망각의 샘에서 흘러나와 함께 마을을 가로질러 흐르는 개울 라이프는 소란함도 없었고 바쁜 일상도 없었으며 느림의 아름다움 더불어 산과 물 그리고 사람의 아름다운 어울림을 보여주고 있었습니다.

델피 인근 파르나소스 산을 지나며 노아의 홍수를 떠올려 보았습니다. 인간을 멸하려고 제우스가 대홍수를 일으켰고 홍수 끝에 유일한 두 존재 데우칼리온과 퓌라의 방주가 정박했던 산이라고 하지요.

파르나소스는 델피(델포이)에 있는 아폴론 신전의 예언자였던 사제였고 파르나소스 산은 그의 이름에서 유래되었다고 합니다. 그 산은 아폴론에게 봉헌된 산이며 무사이(뮤즈) 여신들의 고향으로 예술과 문학을 상징하는 곳이기도 하지요. 뮤즈라는 단어에서 생긴 단어가 music과 museum입니다. 또 다른 설은 파르나소스의 신탁소가 아폴론 신전이 아니라 피톤의 신전이었다 라고도 합니다. 피톤은 대지의 여신 가이아가 낳은 거대한 뱀으로 가이아로부터 예언의 능력을 부여받았다고 하지요. 그러나 피톤은 아폴론의 화살을 맞아 죽고 아폴론이 그 자리에 자신의 신전을 세우고 델피라고 이름 하였다 합니다. 파리의 유서 깊은 예술의 중심지 몽파르나스 거리의 이름이 파르나소스 산이라는 뜻이기에 예술과 문학 관련성이 나타나 보이기도 합니다.

산비탈 폐허의 도시 델피(델포이)에 닿았습니다. 역사의 고비마다 수많은 인물들 델피의 신탁을 확인하고 싶어 오르내렸던 그곳, 여전히 점집을 배회하는 우리네 사람들과 성정이 무엇이 다를까요? 델피의 무녀 퓌티아는 바위틈에서 뿜어져 나오는 가스를 흡입하여 접신 상태의 무아지경이 되고 그런 상태에서 아폴론의 메시지를 구두로 전했다고 합니다. 고대 신관들 접신의 도구로 아편 등 마약까지 사용하기도 했다니 인류의 운명 결정이 참 기 막히는 일이었지요. 당연히 점괘의 해석도 이현령비현령일수 밖에요. 가진 자 무녀와 돈으로 거래하고 신탁을 조작했던 많은 이야기들은 동서고금을 막론하고 유전무죄라는 불변의 법칙을 씁쓸레하게 느끼게 해 주었습니다. 기둥과 터만 남아있는 폐허는 살아있는 역사의 준엄함을 일깨워 주었고 도시 국가마다 갖추었던 그네들 전쟁전리품 보관 건물의 잔해들 속 마라톤 전투와 살람미스 해전의 흔적 위에, 그리고 델로스 동맹의 맹주 아테네와 펠로폰네소스 동맹의 맹주 스파르타의 흔적 위에 뿌리는 빗방울은 역사의 강물 이루는 감동으로 가슴을 적셨습니다.

제우스를 살리기 위해 아버지 크로노스에게 주었던 돌덩어리 옴파로스. 제우스가 세상 양 끝에서 독수리를 날려 만난 곳, 세계의 배꼽, 세계의 중심임을 표시한 돌이기도 하지요. 새삼 세상 모든 일들의 인과관계를 신화로 풀어내었던 그리스인들의 지혜가 대단함을 느끼기도 했습니다.

메테오라 - 테르모필레 - 갱그리아 - 코린토스

델피를 떠난 차는 끝없이 푸르름 이어지는 먼 길을 달려 공중에 떠 있는 도시를 의미하는 메테오라, 수도원 지역에 닿았습니다. 사암과 역암이 강물에 의해 침식되어 수직 벽의 검은 바위산을 만들어 낸 곳입니다. 1988년 유네스코 세계문화유산으로 지정된 공중도시 자리한 장엄한 돌 산 위로 어둠이 내려앉았고 그 압도적인 규모에 나 자신 보잘 것 없는 점 같은 존재로 느끼며 자연의 경이로움 앞에서 겸손해짐을 느꼈습니다. 비 내리는 다음날 아침 모든 수도원 비안개에 덮여 아무것도 보이지 않았지만 차가 산허리 돌아 올라가자 구름사이 거대한 암벽 더불어 그 정상에 서 있는 수도원들이 눈에 보이기 시작했습니다. 산정의 수도원, 오스만 제국 이슬람의 박해를 피하며 온갖 세상 번뇌 내려놓고 절해고도 같은 바위산 머리에서 치열한 구도의 길 걸어갔던 구도자들 그들은 누구였을까요? 하나님만을 섬기며 살겠다 다짐했을 그들의 삶은 진정 누구를 위한 삶이었을까요? 예수님은 제자들에게 너희는 세상 속으로 들어가라 말씀하

셨는데 그들의 삶이 내세의 영광을 추구하는 자기만의 이기적인 가치 추구는 아니었을까요? 아름다운 세상을 소망하며 이타적 가치 실현을 위해 그물을 타고 바위 산정 오르내리는 두려움과 불편함 넘어 해골로 남아 천국을 향하는 길은 수많은 아픔의 강 건너는 것임을 그곳 찾는 이들에게 보여주고 싶기라도 한 것일까요? 그분들의 치열했을 삶의 모습을 향한 존경심보다는 그런 삶을 선택했던 근원적인 이유에 대한 끈질긴 질문이 머릿속을 어지럽게 만들었습니다. 콘스탄틴 대제에 의해 교회의 중심이 콘스탄티노플로 옮겨지고 세월 가면서 로마 교회와 동방 교회는 교리적인 문제와 정치적 문제로 충돌하며 다른 길 가게 되었지요. 콘스탄티노플은 이슬람 오스만 터키에 점령되면서 도시 이름이 이스탄불로 바뀌고 동방 교회는 그리스 정교회와 러시아 정교회 등으로 분리되어 나갔습니다. 서방교회와 동방교회는 교회 내의 성상으로 인해 심한 갈등을 겪게 되고 그 결과 동방정교회의 예배당에는 성상이 제거되고 평면의 벽화가 성경 내용을 전하는 중요한 도구가 됩니다. 메테오라 수도원에서 만나본 많은 프레스코화는 정교회의 모든 특성을 이해하는데 부족함이 없었습니다.

메테오라 인근에 있는 떼오페트라를 찾아보았습니다. 고고학계에서는 인류역사 중 가장 오래된 선사유적지로 인정받고 있다는 곳입니다. 중후기 구석기 시대부터 신석기 시대까지 지속적으로 점유되었던 곳으로 13500년까지 거슬러 올라가는 시대의 유골과 선사시대 거주자의 식생활 습관을 보여주는 씨앗의 흔적을 남긴 곳입니다. 2만 3천여 년 전의 인공돌담의 흔적은 세계에서 가장 오래된 인공 구조물로 평가받는데 발굴 현장을 확인해 보고 싶어 아무도 다니지 않는 좁은 산길 힘들게 찾아 올라간 유적 현장은 굳게 문이 닫혀 있었습니다. 그 시기 유럽 대륙으로 아직 호모사피엔스(Homo Sapiens)가 들어오지 않았다는 학설을 근거로 하면 떼오페트라는 어떻게 이해되어야 하는 걸까요? 궁금증 더불어 하산한 뒤 영화 300: 제국의 부활(300:Rise of an Empire)의 테르모필레 전투 현장으로 이동했습니다.

중근동 지방과 소아시아를 차지하고 제국으로 성장한 페르시아는 그리스 본토에 대한 침략 의도를 드러냅니다. 3대왕 다레이오스는(성경은 다리오라 부릅니다.) 그리스의 여러 도시 국가들에게 사신을 보내 그 땅과 물을 바쳐라 요구하지요. 대부분의 국가는 그 요구를 수용하지만 아테네와 스파르타는 거부했습니다. 아테네는 재판을 거친 뒤 사신을 바위틈에 처넣어 버렸고 스파르타는 재판 절차도 없이 우물 속으로 처넣으며 '물 거기 얼마든지 있으니 마음대로 가져가라.'고 했다지요. 이를 응징하기 위해 군사를 일으킨 것이 마라톤 전쟁이었습니다. 마라톤 전투에서 패한 뒤 이집트 반란을 진압 중이던 다레이오스가 죽자 크세르크세스가(성경은 그를 아하수에로라고 칭합니다.) 왕위를 계승하고 아버지의 뜻을 이어 그리스 정복에 나서게 됩니다.

B.C 481년 25만 페르시아 대군이 육로와 해로로 진격해오자 그리스 지역 도시 국가들은 코린토스에 모여 동맹을 결성하고 스파르타를 중심으로 방어 태세를 갖추며 테르모필레 지역을 이용한 군사 작전을 준비합니다. 아테네로 진격하기 위해서 반드시 지나야 하는 테르모필레 협곡, 테미스토클레스는 지리적 특성을 이용한 육상 결투를 준비하고 스파르타 왕 레오니다스를 총사령관으로 연합군 7천여 명을 파견합니다. 레오니다스는 출정 전 델피의 신탁을 받게 되는데 헤라클레스의 혈통을 이어받은 왕이 죽어 라케다이몬의 전 주민이 애도하게 되리라 라는 내용이었지요. 레오니다스 죽음의 예고였지요. 협곡에 도달한 크세르크세스는 레오니다스에게 사절을 보내 무기를 내려놓고 대화 하는 게 어떠냐고 제안합니다만 레오니다스는 사절을 쫓아내며 '와서 무기를 가져가라' 라고 일갈했다 합니다. 레오니다스는 스파르타 완전 시민 300명 그리고 그리스 연합군 7000여명으로 전투에 나섭니다. 스파르타는 청년들을 혹독하게 훈련시켰습니다. 태어나자마자 다섯 명의 검사관이 골격의 이상 여부, 기형, 크기 등을 확인하고 하나라도 하자가 있으면 절벽으로 던져 죽입니다. 그 계곡을 늑대 계곡이라 했답니다. 먹이를 기다리는 늑대들이 언제나 서성이고 있었겠지요. 이 이야기를 소재로 한 화가의 그림까지 남아있으니 그 잔인함을 어떻게 이해할 수 있을까요? 7살까지 아버지에게 기본적인 전투 상식과 소양, 철학, 예절을 배운 뒤 7살이 되면 집을 떠나 전사가 되기 위한 합숙 교육을 받게 되고 30

세까지 군인으로 복무하게 되었지요. 7살짜리 아이가 합숙을 위해 입소하면 발가벗겨서 채찍질을 했고 비명을 참는 아이는 합격되고 그렇지 못한 아이는 계속 매질을 했다 하니 모두가 죽지 않았던 것이 이상해 보일 정도입니다. 이런 훈련을 거쳐 온 300용사가 레오니다스 왕과 운명을 같이 한 전쟁 이야기가 영화 300: 제국의 부활의 이야기입니다. 페르시아 군대가 공격을 시작했지만 번번이 좌절됩니다. 그러던 중 악몽이라는 뜻의 이름 에피알테스라는 그리스인이 크세르크세스에게 우회로를 알려주었고 우회로를 넘어간 페르시아 군대의 협공으로 레오니다스를 포함한 300용사는 3일 만에 전원 전사하게 되었지요. 항전의 기록은 '나그네여! 가서 스파르타 인에게 전하라. 우리들 조국의 명을 받아 여기 잠 들었노라고.'라는 비문과 전설을 통해 전해지고 있다고 합니다. 20여 미터 퇴적물 아래 지금도 수많은 화살촉 묻혀 있다는 테르모필레, 전쟁 당시 해안선과 절벽으로 이루어진 협곡의 폭은 100여 미터에 불과했다고 합니다. 수많은 세월이 흐른 지금은 해안선이 멀리 밀려나 치열한 전투 벌어졌던 좁은 협곡의 분위기는 전혀 없었지만 전장의 자리 그곳에 레오니다스의 동상만이 피로 물 들었던 전쟁터를 여전히 허허롭게 내려다보고 있었습니다.

밤을 새우며 재난방송은 폭우와 홍수 피해 상황을 보도하고 있었지만 비 쏟아지는 가운데 코린토스 운하를 찾아갔습니다. 이오니아

해와 에게 해를 이어주는 물길, 알렉산드로스와 로마 3대 황제 칼리굴라가 건설을 시도했지만 실패하고 네로가 6천명 유대인 노예들 동원하여 건설하고자 했던 수로, 19세기가 되어서야 길이 6.34km, 폭 24.6m, 깊이 8m의 대역사가 완성된 곳입니다. 펠로폰네소스 반도 약 700km를 돌아야 하는 항해를 약 6km로 줄여준 세계 3대 운하 중 한 곳이라 하지요. 네로가 동원했던 유대인 노예 6천여 명은 귀향하지 않고 그곳에서 삶의 터전 일구고 살게 되는데 이들이 코린토스에서 복음을 전하던 바울을 괴롭힌 디아스포라들이었습니다.

이어서 산으로 둘러싸인 조용하고 평화로운 작은 항구를 찾았습니다. 출렁이는 파도 속에 잠들어 있는 고대의 흔적, 지진으로 무너져 물속에 잠겨버린 갱그리아 항구의 건축물 잔해들이었습니다. 사도바울이 코린토스를 떠나 수리아로 가던 중 일찍이 서원한 대로 머리를 깎았다는 곳입니다(행 18:18). 바다 속에 잠겨있는 건물의 잔해들 보며 영원히 이 땅의 삶 누리리라 염원하며 무너지지 않을 돌로 건축물 쌓아올렸을 옛 사람들 생각이 났습니다. 가는 곳마다 마주하는 허허로운 폐허들 보며 인간사 영원함이 없음을 뼈저리게 느꼈는데 바다 속으로 가라앉은 항구의 폐허는 더 짙은 서글픔과 공허함을 느끼게 해 주었습니다. 배에 오르고 내리는 떠들썩한 사람들 틈에 두고 떠나는 코린토스 교회를 향한 안타까움을 눈물로 삼키며 뱃전에 앉아 지그시 눈감고 다음 여정을 생각했을 사도를 상상해 보았습니다.

항구에서 코린토스로 가는 길, 바울의 길이라 이름 붙여져 있었습니다. 그가 걸었을 길옆으로 천년은 넘어갈 올리브와 어른 허벅지 굵기의 포도나무 탐스런 포도송이들은 그 땅의 풍요를 전해주고 있었습니다. 시간의 신 크로노스가 아버지 우라노스를 거세하자 핏방울이 바다에 튀었고 그 핏방울이 만들어 낸 거품 속에서 태어났다는 미의 여신 아프로디테, 보티첼리의 '비너스의 탄생'이라는 그림을 피렌체의 우피치 미술관에서 본 기억이 있습니다. 비너스는 아프로디테의 로마식 이름이지요. 그 아프로디테를 수호신으로 섬긴 코린토스에 닿았습니다. 코린토스는 이오니아 해와 에게 해의 연결고리로 그리스 본토와 펠로폰네소스 반도를 이어주는 교역지 였습니다. 반도를 돌아야하는 긴 여정을 단축하기 위해 디올코스라는 길을 이용해 무역선을 육지를 통해 끌어 넘기던 곳, 그랬기에 코린토스는 지중해를 운항하던 수많은 상선이 기항하던 국제무역항이 되었습니다. 무역과 상업의 중심지가 되면서 돈이 넘쳐나는 인구 30만의 거대 도시로 성장했지만 코린토스는 뱃사람과 노동자들 여인을 찾아 사랑을 탐닉하고 돈을 탕진하는 욕망의 도시로 변해갔습니다. 귀족의 자제만이 될 수 있었던 아프로디테 신전의 1천여 명 여 사제는 종교의식을 수행하는 것뿐만 아니라 밤이면 사내들을 위로하는 밤의 꽃이 되어갔습니다. 아프로디테는 천상의 신이 아니라 지상의 모든 남자를 위한 신이 되었고 아름다움과 사랑을 최고의 가치로 만들어 주었을 뿐 아니라 그 도시에 엄청난 부를 가져다주었기에 그에 대한 감사로 그녀를 수호신으로 섬기지 않았을까요? 코린토스 아고라의 중심에 있는 베마 위에 섰습니다. 총독이 연설하거나 재판이 열렸던 곳입니다. 사도바울의 2차전도 여행 시 자신들의 달콤한 기득권 세력을 위협하는 한 낯선 사람의 등장은 유대인 디아스포라 사회에 얼마나 큰 긴장감을 불러 일으켰을까요? 바울은 그런 상황에서 로마서를 집필하고 천막을 만들며 생계를 유지해 나갔고 예수가 그리스도임을 증명하는 귀한 소명을 감당해 갔습니다. 유대인들은 율법의 가치가 갖는 모순된 한계를 벗어나 하나님을 섬기라 한다며 바울을 고발합니다. 아가야 지방(펠로폰네소스 반도) 총독 갈리오는 그가 부정한 일도 한 일 없고 불량한 행동을 한 일도 없지 않는가, 언어나 명칭 등 너희들 법에 관한 것이면 너희들끼리 해결하라며 유대인들을 베마에서 쫓아내 버리지요(행18:12-17). 바울이 섰던 그 자리에 서서 제대로 된 가치를 추구해 가는 과정이 얼마나 어렵고 처절한 일인가를 다시 생각해 보게 되었습니다.

코린토스 아고라의 현관 격인 프로필라이아 앞에 섰습니다. 인류 역사상 가장 많이 가진 자와 가장 적게 가진 자, 알렉산드로스와 디오게네스가 만난 자리라고 합니다. 디오게네스, 그는 밥그릇 하나만 지니며 살았는데 주변의 한 마리 개가 그릇도 없이 먹고 사는 것 보며 나는 개보다 나은 것이 없구나 라고 한탄했다지요. 이 이야기가 전해지면서 그를 추종하던 철학도 들을 일컬어 견유학파라 부르게 되었다고 합니다. 알렉산드로스가 묻습니다.

"선생이여, 그대에게 무언가를 해 주고 싶소. 뭘 해드리면 좋겠소?"

디오게네스가 답합니다.

"왕이여, 옆으로 조금만 비켜 서 주시면 좋겠습니다. 햇볕이 가려져서."

이어 둘은 묻고 답합니다.

"대왕께서는 어디로 가십니까?"

"세계를 정복하러 인도로 가는 길이오."

"그런 다음엔 무얼 하시겠습니까?"

"그야 편히 쉬어야지요."

"대왕께서는 참 어리석소. 난 이미 쉬고 있습니다. 난 세계를 정복하지도 않았고 그럴 필요성도 못 느끼지만 지금 아주 편히 쉬고 있소이다. 대왕께서 진정 쉬고 싶으시다면 지금 당장 왜 그리 못하십니까? 지금 당장 쉬지 못한다면 끝내 그럴 수 없을걸요."

그 곳에서의 두 사람의 만남에 대한 사실 여부는 그리 중요하지 않겠지요. 젊어서, 치열하게 살자고, 불꽃처럼 살아가자고 자신을 채근했지만 돌아보면 그 뜨거움이 다 옳은 것이 아닐 수도 있겠구나 생각하는 나이를 살아가며 두 거인의 대화 속에서 울림을 느끼게 됩니다.

추적대는 비를 맞으며 아크로 코린토스 산을 올랐습니다. 코린토스 왕, 시지프스의 슬픈 이야기가 담겨 있는 산이지요. 속임수가 뛰어나고 약삭빠른 시지프스였지만 코린토스에 물이 없어 시민들이 불편해 하는 것을 안타까워했습니다. 어느 날 제우스가 강의 신 아소포스의 딸 아이기나를 납치해 가는 것을 보고 아소포스에게 코린토스에 샘물을 내주는 대가로 제우스의 행각을 알려주기로 합니다. 이에 화가 난 제우스는 신의 일에 끼어 든 시지프스를 하데스로 끌고 가라 명령하지만 시지프스는 죽음의 신 타나토스를 지하에 가두어 버립니다. 제우스가 나서서 타나토스를 구하고 시지프스는 그에게 이끌려 저승 하데스로 갑니다만 그곳에서 다시 명부의 신 하데스를 속이고 다시 이승으로 돌아옵니다. 이승으로 돌아온 그는 천수를 누린 뒤 다시 하데스로 갔지만 신을 기만한 죄로 벌을 받게 됩니다. 아크로 코린토스 산정으로 영원히 무거운 바위를 밀어 올려야 되는 형벌이었지요. 꼭대기에 올려 진 바위는 다시 굴러 떨어지고 그는 무한 반복으로 바위를 밀어 올려야 했습니다. 노력과 노력의 무의미함을 알고 있지만 삶을 향한 노력이나 도전을 계속 해야만 하는 존재, 그것이 우리 인간이지요. 그럴 수밖에 없는 상황을 우리는 부조리라 일컫습니다. 알베르 까뮈는 그의 에세이에서 '부조리는 인간의 내적 가치와 삶의 가치를 찾으려는 노력과 결코 아무것도 찾지 못하는 것 사이의 갈등이다'라고 말합니다. 시지프스는 인간 삶이 갖는 무의미의 연속을 잘 보여주고 있습니다. 실패할 것 알면서도 포기하지 않고 시도하고 또 시도하는 것, 이것이 인간이 포기해서 안 되는 삶의 명제가 되는 것이지요. 까뮈 또한 '시지프스 신화는 인간의 삶은 무의미한 것이 아니라 주어진 운명에 대한 최소한의 저항을 보여주고 인간의 인간됨에 대한 의지를 나타내준다'라고 했지요. 시지프스 만나본 비 내리는 아크로 코린토스 산정, 아프로디테 신전 나서는 무녀들 예쁘게 치장하고 저 아래 세상 사람 사는 곳으로 몰려 내려가는 듯한 느낌 느끼며 산 아래로 내려와 미케네로 향했습니다.

한참을 달려 황톳빛 흙과 바위로 뒤덮인 거대한 유적지 앞에 섰습니다. 그리스 문명의 중심지, 미케네였습니다. 아테네 역사박물관에서 만났던 수많은 유물들 이곳에서 출토된 것들이었지요. 트로이를 발굴한 독일의 하인리히 슐리만이 처음 발견하고 발굴한 유적으로 B.C 16세기-B.C 12세기에 일구었던 삼각형의 작은 산에 동서 300m, 남북 150m 정도의 견고한 성이 있고 북서쪽에 사자 문이 있는 유네스코 세계문화유산에 등재되어 있는 곳입니다. 트로이 전쟁에 참가한 아테네 군대의 주력이었다는 미케네 군인들의 삶의 현장이었고 미케네 왕이었던 아가멤논의 무덤이라 말하는 유적이 남아있기도 한 곳입니다. 3천여 년을 넘어가는 오랜 세월의 흔적 돌아보고 비록 부서지고 허물어진 모습으로 남아있지만 여전히 역사의 소용돌이 묵묵히 증언하고 있는 것 살펴보며 '나'라는 한 사람이 남기게 될 삶의 흔적은 어떤 모습일까 라는 생각에 이르자 약간은 두려운 마음이 들기도 했습니다. 아테네로 돌아오는 길은 엄청난 도로 침수로 차가 움직이기 어려웠고 많이 늦어진 저녁 식사 시간은 고통스러울 정도로 시장기를 느끼게 하기도 했습니다.

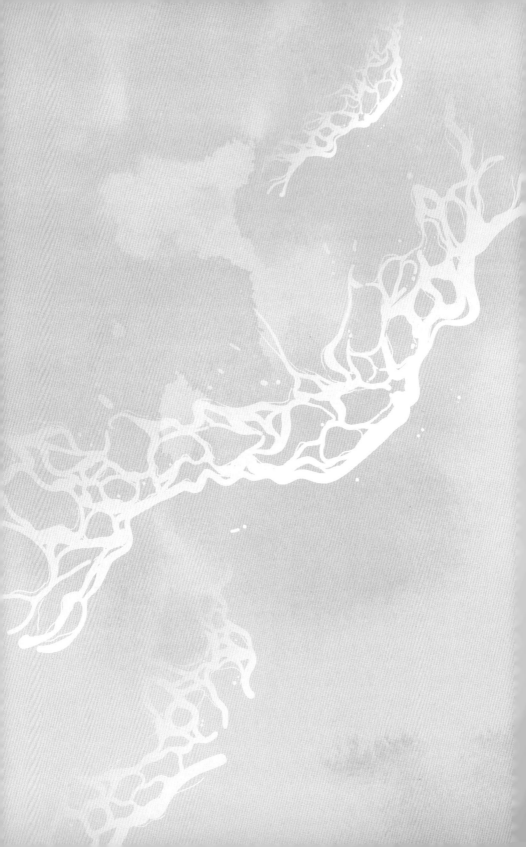

튀르키예

소금호수 - 가파도키아 - 데린구유
동굴박물관 - 안탈리아 - 올림푸스

|

　밤새 내린 폭우로 아테네는 여전히 물바다였습니다. 예약한 택시는 늦어지고……. 우회로를 이용해 공항에 도착했을 때 비행기 탑승 시간이 넉넉히 남지 않은 상황이었습니다. 아테네 국제공항 청사는 좁았고 항공사 안내도, 행선지 표시도 없었으며 엄청난 승객들 마치 포로수용소를 연상케 하였습니다. 대기 줄에서 한 참 기다리던 중 이상하다는 느낌이 들어 다시 안내데스크에 확인하니 다른 행선지 대기선이랍니다. 급하게 이동하는 소동 끝에 탑승 수속 마친 뒤 넘어간 보안 검색대는 말문이 막힐 지경으로 사람들로 꽉 차 있는 상태였지요. 그 와중에 눈에 띄는 한산한 카운터 몇 곳, E.U 시민전용 카운터라는 팻말이 보였습니다. 무슨 이유인지는 몰랐지만 한산한 카운터는 인종차별이라는 느낌 더불어 분노가 치밀어 오르게 했습니다.

　이스탄불 공항은 규모가 만만치 않았습니다. 출입국 관리소 직원의 무표정과 산만함이 몹시 거슬렸습니다. 환전소에서 당혹스런 경험을 하게 되었습니다. 갖고 있는 신용카드 모두가 사용불가랍니다. 심카드(유심칩)를 교체하면서 카드를 제시했지만 역시 사용불가, 남아있던 100유로 지폐 한 장으로 해결하니 수중에 아무것도 가진 것 없는 빈털터리. 혹시나 하면서 공항 내 은행을 찾았고 다행히 그곳에서 현금을 준비할 수 있었습니다. 잠시 숨을 돌리면서 처음으로 대면하는 튀르키예의 하늘과 땅을 느껴보았습니다. 나라 자체가 거대한 박물관이자 세계 문명의 용광로인 곳, 로마 유적은 로마보다 많고 그리스 문명이 발생하고 꽃피운 곳, 동로마와 비잔틴 문화 그리고 오스만 제국의 유적까지 인류가 남긴 위대한 유산이 두껍게 지층 되어 쌓여있는 곳, 그곳이 튀르키예이지요.

수도 앙카라와 카파도키아 사이에 위치한 투즈괼 소금호수를 찾았습니다. 볼리비아의 소금호수 우유니의 아름다운 풍광에 대한 이야기를 익히 듣고 있는 터라 상당한 기대감을 가지고 찾았던 그곳은 그리 감동적이지 못했습니다. 제주도 크기의 3/4 정도이며 염도가 34%에 이른다는 호수였습니다. 지각 변동으로 바다 속 땅이 융기하면서 아나톨리아 반도(소아시아 지역)가 생성될 때 형성된 호수로 튀르키예 소금 소비량의 60% 이상이 그 소금호수에서 생산된답니다. 여름에는 소금으로 뒤덮이고 겨울은 호수처럼 보이며 6월에는 붉은 색으로 변하는 곳이라는데 하얀색 반짝이는 광활한 소금 들판이 주는 감동을 느끼기에는 약간은 부족한 듯 했습니다.

카파도키아 지역 괴레메 국립공원의 데린구유를 들렀습니다. '데린구유', 깊은 우물이라는 뜻을 지닌 곳이라지요. 황량한 평원 화산암 지하를 파내어 조성한 완전한 도시. 기독교인들이 핍박을 피해 만들고 숨어들었다고 하지만 약 4천여 년 전부터 동굴을 파고 살았다는 설이 정확한 것으로 보이는 곳입니다. 분명한 것은 초기 기독교도들이 로마의 압제를 피하기 위해, 그리고 이슬람 제국의 통치하에서는 신앙의 순수성을 지켜내기 위해 처절한 삶 살아갔던 곳이 데린구유였다는 사실입니다. 지하 8층 깊이까지 발굴되었지만 더 깊은 층이 있을 거라 예측하고 있으며 독방 같기도 하고 동굴 같기도 한 수 천개의 방을 연결한 가운데 기본적 생활 시설 뿐 아니라 교회, 학교, 공동부엌, 회의장소, 마굿간, 포도주 제조장, 심지어 죄인을 처벌할 수 있는 공간까지 있는 완전한 자급자족 공동체의 형태를 갖추고 있는 곳입니다. 30여개의 발굴 지하도시 중 데린구유가 최대도시로 확인되고 2만~3만 명까지 생활이 가능한 공간으로 1985년 유네스코 세계 문화유산으로 지정된 곳입니다. 카타콤! 무엇이 그 지하 세계로 숨어 들었던 그들로 하여금 그 거대한 세상을 만들게 했으며 어떤 치열함이, 어떤 뜨거움이 그 고통스런 삶을 이어가게 했을까요? 문득 한편의 시가 머릿속을 채웠습니다.

너에게 묻는다 - 안도현

연탄재 함부로 발로 차지마라. 너는.
누구에게 한번이라도 뜨거운 사람이었느냐?

　지하 100여 미터 깊이의 4km가 넘는 거대한 지하도시, 두더지
굴 같은 좁은 공간, 그곳에서 그들은 자식을 낳았고 대를 이어 살아
남았으며 고통스런 삶의 흔적인 아이의 석관을 남기기도 했습니다.
그 열악함 속에서도 학교를 지었고 사회를 유지하기 위한 나름의 규
칙을 만들었으며 삶의 영위를 위해 포도주를 담그며 환한 세상에서
의 삶을 기대하면서 광야보다 더한 아픔 속에서 그들의 신앙을 키워
나갔겠지요. 오랜 시간 시인의 시구를 떠올리며 삶의 치열함을 생각
해 보았습니다. 아니, 치열함이라는 말로는 담아낼 수 없는 그 에너
지, 뜨겁게 타오르는 불덩어리였겠지요. 제자백가의 다양성을 넘어
세상사람 수만큼이나 다양한 가치를 추구하는 우리 사는 세상을 하
나의 가치로 엮어나갈 힘을 잃어버린 지 오래이고 합리성도, 논리성
도 제대로 갖추지 못한 채 익명성이 주는 천박함만 쓰나미처럼 휩쓸
어가는 이 시대의 모습 지켜보면서 그들의 생각을 한곳으로 모았고
삶을 불덩어리로 만들었으며 참을 참이라고, 거짓을 거짓이라고 말
할 수 있는 가치관을 만들어 갔었던 동굴 속 아버지와 어머니들, 그
리고 또 그들의 아버지와 어머니를 생각해 보았습니다.

데린구유를 품고 있는 카파도키아는 실크로드의 중간 거점으로 동서 문명의 융합을 도모했던 곳이었고 초기 기독교 형성 시기에 중요한 역할을 했던 곳이었습니다. 현재에도 지하에 100여 곳의 교회가 남아있고 프레스코화는 보존 상태가 매우 양호한 것으로 알려지고 있습니다. 이곳은 긴 세월 동안의 비바람이 만들어 낸 아름답고 기기묘묘한 돌기둥, 그리고 그 속의 동굴들이 이색적인 풍경을 만들고 있습니다. 환경이 인간 삶을 통제한다고 하지만 인간이 자연과 얼마나 아름답게 공존하며 그 속에서 적응해 가는지를 잘 보여주고 있기도 하는 곳이지요. 인간에게 하나님의 창조물을 잘 다스려라 가르친 것은 통제하고 파괴하라는 것이 아니라 자연의 일부분으로 자연과 더불어 살아가라는 의미였음을 카파도키아 동굴들 속에서 다시 일깨우게 되었습니다.

뜨거운 햇살 받으며 찾았던 괴레메 동굴 박물관은 야외박물관이었습니다. 2세기 말 초기 기독교시대 신자들의 공동체가 형성된 곳이었으나 기독교가 공인된 후 교회는 부패의 징후를 보이기 시작했지요. 그러한 까닭으로 경건한 그리스도인들이 그곳으로 모여들어 굴을 파고 기도와 경건의 생활을 이어가게 되면서 수도원 운동이 일어나게 된 것이지요. 365개의 동굴 중 30여 개가 발굴되었고 이 중 16개가 공개가 되고 있다는 그곳을 돌아보면서 적지 않은 충격을 받게 되었습니다. 돌아보는 동굴마다 벽화가 심각한 손상을 입어 거의 원형을 잃어버렸기 때문이었습니다. 정교회는 성화를 통해 신앙의 기본적 내용을 가르칩니다. 당연히 정교회의 벽과 천장은 프레스코[17]기법의 성화로 채워질 수밖에 없었지요. 이러한 이유로 그려졌던 벽화들이 온통 파괴되어 흉물스런 모습을 드러내고 있었습니다. 동서교회 분열 시기에 일어난 성상(아이콘) 파괴운동과 성상 얼굴을 갈아 마시면 전장에서 죽지 않는다는 미신 때문에 발생된 십자군들(특히 4차)의 훼손, 그리고 이슬람의 우상 타파라는 명분으로 벌어진 눈과 얼굴의 훼손은 수많은 벽화에 되돌릴 수 없는 생채기를 남겨놓았던 것입니다. 문화유산이나 예술품을 파괴하거나 훼손하는 행위를 반달리즘이라고 합니다. 전쟁이나 사회의 급격한 변동이 있을 때 등장하기도 하고 특히 종교 간의 갈등이나 민족 갈등이 이를 부추기는 근본 원인이 되기도 하지요. 이슬람을 모독하는 유산이라는 이유로 아프가니스탄의 탈레반은 유네스코 세계문화유산인 바미얀 석굴을 철저하게 파괴하고서도 죽어 마땅한 이교도의 유적 하나 없앤 것이 뭐가 문제야 라는 태도를 보였습니다. 20세기 분서갱유 사건이라 불리는 중국의 문화대혁명 시기에 극좌 공산주의자들이었던 홍위병들은 지식인을 살해하고 수많은 문화재를 파괴했습니다. 2차 세계대전 당시 연합군은 독일의 유서 깊은 도시였고 유럽의 보석상자라 불리던 드레스덴을 폭격하여 쑥대밭을 만들기도 했습니다. 지도자나 현장 지휘관의 문화재의 중요성에 대한 자각 유무에 따라 상대

---

17) 프레스코화: 모르타르를 벽면에 바르고 수분이 있는 동안 채색하여 완성하는 그림

진영의 문화재도 화를 피할 수 있게 되지요. 천년고도 교토는 원폭 피해를 면할 수 있었고 해인사와 팔만대장경판은 폭격 명령에 복종하기를 거부한 김영환 장군의 용기 있는 결단으로 살아남을 수 있었습니다. 그는 항명 이유를 묻는 미군 군사고문단 장교에게 '영국 사람들이 셰익스피어와 인도를 바꿀 수 없다고 한 것처럼 우리에게 해인사와 팔만대장경은 셰익스피어와 인도를 다 준다 해도 바꿀 수 없는 보물 중의 보물이다.'라고 했다지요. 종교적 광기로, 때로는 미신이나 이데올로기의 희생양으로 수많은 문화재들이 피해를 입어 왔습니다. 문화재는 그 지역 사람들의 삶의 흔적이 켜켜이 쌓여 있고 그들 삶의 빛깔과 소리를 담고 있는 바로 그들의 얼굴입니다. 그 문화재를 통해 우리는 그 땅의 삶을 살았던 사람들의 소리를 재생하고 그들을 만나는 과정을 통해 우리를 더욱 키워갈 수 있게 되는 것입니다. 인류 역사가 남긴 수많은 문화재가 제대로 보존되고 평가되어 다음 세대를 이어갈 후손들이 더욱 풍요로운 가치를 누리기를 빌어 봅니다.

지중해 연안 도시 안탈리아로 이동하는 중 인류 최초의 철기 문화를 발전시켰다는 히타이트의 고향, 광활한 평원 위 보아즈 칼레를 지났습니다. B.C 1600년경부터 아나톨리아 반도에 존재했다는 정치세력, 성경에서는 이들을 헷 족속이라 불렀지요. 인류 최초의 선진 문명지 넓은 벌판 여기저기 이 시대 가장 낮은 곳에서 가장 서럽게 떠도는 가난한 집시들의 초라한 삶의 현장이 참 안타깝게 다가왔습니다. 저들 역시 소중한 제 자식 남부럽지 않게 키우고 싶어 하는 아버지, 어머니들이기에 움막에서 지내며 노동력을 제공하고 자식들에게 교육의 기회를 주고자 그 자리 지킨다는 기막힌 이야기는 평범하지만 배고픈 줄 모르는 나에게는 아파하는 자 신음 소리에 귀 기울이라고 울림 주는 하늘의 소리처럼 들려왔습니다.

튀르키예 최고의 지중해 휴양도시 안탈리아에 닿았습니다. 알렉산드로스 사후 분할된 한 나라 페르가몬 왕국의 아탈로스 2세가 세운 도시였습니다. 수많은 유람선 떠 있는 푸른 바다, 그리고 항구는 평화롭고 아름다웠습니다. 황제 하드리아누스가 방문한 것을 기념하기 위해서 세운 성문의 장중함이 돋보이기도 했으나 신이 되고자 했던 한 인간의 욕망이 만들어낸 결과물을 보는 느낌은 오히려 씁쓸하기까지 했습니다. 아름다운 휴양도시 돌아보며 1차 전도여행 중 방문한 흔적 남기며 이곳에서 지칠 대로 지친 몸 추스르던 사도바울, 그도 사람이었을 텐데 힘든 항해에 얼마나 쉬고 싶었을까? 라는 뜬금없는 생각이 들기도 했습니다(행 14:22-25).

이른 아침 자동차는 올림푸스 산을 향해 달렸습니다. 지중해 연안 지역을 넘어 온 세상 사람들의 삶의 형태에 엄청난 영향을 끼쳤던 인문학의 보고, 올림푸스 산은 지중해 문화권 주변 여러 곳에 나타나고 있습니다. 그리스 테살라 지역을 포함한 3곳, 튀르키예에도

3곳, 키프로스(사이프러스)에도 한 곳이 그리스 신화의 12신의 거주지로 등장하지요. 이는 세상의 중심이 되고 싶어 하는 인간의 욕심이 묻어나는 이야기임과 동시에 그리스인들의 다신론이나 범신론적 신관과 그들의 외래성이 관련이 있는 것으로 보입니다만 그리스의 테살라 지역 올림푸스 산이 신화 속 산으로 정리되는 상황이라고 합니다. 우리의 태백산 신단수 아래 천제의 아들 환웅이 강림해 나라를 세웠듯이 제우스를 필두로 한 열두 신이 온 땅의 질서를 세워나갔다지요. 수많은 사람들 찾아오는 신화의 고향, 그리고 신비의 산, 두꺼운 솔숲 속 거니는 산양이 아니라, 시원하게 불어오는 지중해의 푸른 바람이 아니라, 티타노마키아, 기간토마키아 등 수많은 신들의 전쟁을 통해 카오스(혼돈)가 코스모스(질서)로 전환된 이야기가 짙은 감동을 전해주는 곳, 그곳이 올림푸스 산이지요. 까마득한 날에 하늘이 처음 열리고 어데 닭 우는 소리 들렸으랴. 모든 산이 바다를 연모해 휘달릴 때도 차마 이곳을 범하던 못하였으리라 노래했던 육사의 광야처럼 하얀 바위 산맥이 올림푸스를 엄호하고 있었습니다. 뜨거운 한여름에 시원한 바람 몰아치는 산정, 인류 정신문화의 중심이었던 현장은 허접쓰레기 상술에 오염되어가고 있었고 싸구려 제우스와 헤라 입상은 올림푸스를 더욱 천박한 곳으로 몰아넣고 있는 듯 보였습니다.

파묵칼레 – 에페소스 – 부르사 – 이스탄불

하얀 눈처럼 백 만년의 세월이 켜켜이 쌓여 있는 곳, 목화의 성이라는 의미를 지닌 파묵칼레로 이동했습니다. 9km 떨어진 라오디기아와 18km 거리의 골로새 지역 더불어 다수의 유대인 디아스포라[18]가 거주하던 곳이라 합니다. B.C 2세기말, 페르가몬 왕국(성경 버가모)시대부터 류마티즘, 관절염, 피부병에 온천수가 효과가 있음을 알고 치료센터가 건축된 곳이기도 하지요. 클레오파트라, 이집트 프톨레마이오스 왕국의 마지막 통치자, 승자 로마는 그녀를 빼어난 미모, 매혹적인 목소리, 지성미를 갖춘 미인으로, 남자를 홀리는 치명적인 여자 팜므파탈로 기록해 두었지만 운명적인 두 남자 카이사르와 안토니우스를 만나며 무너져 가는 프톨레마이오스 왕조를 지키고 나라를 부강하게 만들기 위해 모든 것을 바친 여왕, 누구보다 이집트를 사랑했던 진정한 파라오였지요. 바로 그녀가 안토니우스와

---

18) 디아스포라: 흩어져 사는 유대인

온천욕을 즐기기 위해 방문했던 곳이 바로 이곳이었습니다. 성스러운 도시라는 의미의 히에라폴리스는 온천과 함께 하고 있는 고대 도시였습니다.

죽음을 앞둔 알렉산드로스에게 '후계자는요?' 물었을 때 '가장 강한 자'라는 유언을 합니다. 휘하의 여러 장수들이 치열한 세력 다툼을 벌였고 살아남은 네 장군이 분할된 국가를 만듭니다. 마케도니아 지역의 안티고누스 왕국, 이란 등 고대 페르시아 지역에 셀루커스 왕국, 이집트 일대에 프톨레미 왕국, 그리고 아나톨리아 지역에 페르가몬 왕국이었지요. 바로 페르가몬(성경은 버가모라고 씁니다.) 왕국의 유메네스 2세가 온천 개발에 참여한 로마인을 위한 계획도시를 건설하게 되는데 그 도시가 히에라폴리스입니다. 성경 속 히에라볼리(골4:13)이며 바울의 동역자 에바브라가 활동하던 곳이고 원형극장의 감독이 사도요한의 제자 파피아스로 예수의 제자 빌립이 뿌린 기독교 신앙의 씨앗이 그로 인해 열매 맺고 정착되어 갔음을 보여줍니다. 대지진으로 처참하게 폐허로 변한 히에라폴리스. 그러나 비잔틴 문화의 흔적이 고스란히 남아있고 옛사람의 삶의 흔적이 박제되어 있는 곳, 하드리아누스의 1만 5천명 수용 원형극장, 고대 온천 욕장, 로마목욕탕 유적들 너머로 일렬로 늘어선 사이프러스 나무가 산자와 죽은 자의 영역을 갈라놓고 있었습니다. 온천욕을 통해 고통스런 육신의 질병 치료하기 원해 먼 길 달려왔던 수많은 이들, 이곳에서 불귀의 객이 되었을 터이고 히에라폴리스의 공동묘지에 묻혔겠지요. 수많은 석관들 널부러져 있는 광경 바라보며 깊은 심호흡 더불어 내가 가고 있는 길 다시 생각해 보게 됩니다. 이 도시에 기독교를 전하고자 했던 빌립은 도미티아누스 황제에 의해 이곳에서 십자가형을 당하고 공동묘지에 묻혔으며 AD 5세기에 산 아래 언덕 위에 그를 기념하는 교회가 세워지게 됩니다. 폐허가 된 그의 기념 교회 앞에서 신념을 지키기 위해 독배를 들기 전 탈출 권유를 거부했던 소크라테스처럼 신앙을 지키기 위해 목이 잘린 사도를 생각하며 마음을 모으고 옷깃을 여밉니다.

하얀색 물웅덩이에 비치는 옥빛 파묵칼레를 뒤로 하고 기독교회의 무거운 유산이 된 에페소스(에베소)를 찾았습니다. 지금은 셀축이라는 도시가 산자들의 공간이 되고 에페소스는 죽은 자들의 도시로 살아 숨 쉬며 역사를 증언하고 있습니다. 아르테미스 여신의(성경 속 아데미, 로마의 다이아나) 사제들의 거리인 크레데스를 중심으로 좌우 언덕에 도시가 형성되어 있습니다. 사도바울의 제자였고 그의 주치의였으며 누가복음과 사도행전의 저자인 누가의 묘가 의술의 신 신전 터에 조성되어 있습니다. 여기저기 쌓여있는 당시의 수도관인 토관들, 수세식 화장실을 돌아보며 동시대 우리 역사는 삼한시대(마한, 변한, 진한)였거나 삼국시대 초기였을 것 이라는 생각이 들었기에 그들의 앞서간 문물의 면모를 더욱 세심하게 들여다보게 되었습니다. 수많은 사람들 밟아 미끄러운 메인 스트리트 크레데스를 따라 에페소인들의 삶은 생생하게 살아나고 있었습니다. 하드리아누스 황제의 신전은 그를 신으로 만들어 주었음을 보여주기에 부족함이 없었고 승리의 여신상 니케의 옷자락은 지금도 바람이 스쳐가는 듯 생생하기 그지없었습니다. 1400명 수용 규모의 작은 원형극장 오데온은 최고 의결기관인 원로원의 회의장이었다 합니다. 그들 삶을 관통했던 민주주의의 전통이 그 사회 발전의 근원적인 에너지가 되었겠다는 생각을 해 본 곳이었습니다. 2천여 년 전 이미 수술이 이루어졌다는 병원의 폐허 앞에서 새삼 아파하는 자, 배고픈 자를 보듬어주는 지도자들의 의식의 중요성을 깊이 생각해 보게 되었습니다. 천막으로 가려진 귀족들 테라스 가옥의 화려함 살펴보며 성 밖에서 살았을 민초들의 서러움이 스멀스멀 느껴지기도 하였지요. 로마 원로원 의원 셀수스가 AD117년에 건축한 두루마리 장서 12000여 권을 소장했던 셀수스 도서관 앞에서 시대정신을 이끌어내고 혁신을 시도하며 개개인의 삶을 더욱 품위 있게 만들어 갈 독서의 힘을 생각해 보게 됩니다. 사도바울이 강론 자리를 회당에서 옮겨 두란노 서원에서 가르쳤다(행19:9)고 기록한 두란노 서원 자리에 셀수스 도서관이 건축되었다고 합니다. 도서관 맞은편에 소재했던 유곽을 살펴보며 시대가 변하여 삶의 환경은 분명히 달라져 있지만 인간의 본질적 성정은 변하지 않는다는 사실에 근거하여 유적을 보아야 한다는 생각을 다시 한 번 확인하게 되었습니다. 약 2만 2천명을 수용한다는 원형극장 안에 섰습니다. 아르테미스(아데미) 축제 중 행진하던 군중들이 모이던 곳이지요. 아르테미스는 올림푸스 12신의 일원이며 태양신 아폴론과 쌍둥이 남매였던 신이었습니다. 로마인은 다이아나로 불렀으며 사랑, 달, 다산, 순결을 상징하는 신으로 유방이 24개가 달린 풍요의 신이기도 했습니다. 아르테미스는 에페소스의 수호신이었습니다. 에페소스 인들은 고대 7대 불가사의라는 아르테미스(아데미) 신전을 건축하고 그 신을 숭배하였으며 당연히 많은 이들이 아르테미스와 연관된 상업에 목숨 줄 달고 있었겠지요. 사도바울이 묵직한 한마디를 던집니다. '아르테미스(아데미)는 우상에 불과하다.'라고. 당연히 온 성에 소동이 일어납니다. 아르테미스(아데미) 신상 장사치들은 사도바울을 고소하고 온 도시가 소동하며 군중들이 원형경기장으로 몰려갑니다만 한참을 소리 지르다 무리가 분란하여 태반이나 왜 모였는지조차 모르는 상황이 벌어집니다(행 19:23-32). 이 시대에도 사람의 군중심리는 별반 달라 보이지 않아 씁쓸레한 미소를 짓게 됩니다. 바로 그 소동이 있었던 원형경기장. 바람 스치는 바닥에서 글래디에이터들의 함성을 들었고 신앙의 정절을 지키기 위해 사자 밥으로 스러져 간 신앙 선배들의 핏자국을 보았습니다.

예수께서 십자가에 못 박혀 숨을 거두시기 전 요한에게 부탁합니다. '이 분이 네 어머니시다(요19:27).' 이후 예루살렘의 박해를 피해 사도 요한은 에페소스로 오게 되었고 마리아를 모시며 말년을 이곳에서 살았다는 이야기가 전해지고 있습니다. 바티칸에서는 이곳을 성모마리아의 거주지로 공식 인정한 바 없다고 하는데 역대 교황 몇몇이 이곳을 방문한 뒤 마리아의 집이 유명세를 탔다고 합니다. 에페소스에 머물던 사도 요한은 도미티아누스 황제의 박해로 에페소스 앞바다 바트모스 섬의 채석장으로 유배되었고 그곳에서 요한계시록을 집필합니다. 에페소스는 계시록에 등장하는 7교회에 대한 지도력을 갖고 있던 요한의 활동 중심지였고 바트모스 섬에서 오는 편지의 도착지였으며 일곱 교회를 연결하는 도로의 출발점이기도 했기에 초대교회를 이해하는데 매우 중요한 지역이 되기도 합니다. 인근 셀축의 사도 요한 교회를 찾았습니다. AD 548-565년에 동서 140m, 폭 40m 거대한 규모로 이스탄불의 아야소피아를 건축한 동로마 유스티아누스 1세의 명령으로 지어졌습니다만 지금은 13세기 대지진으로 폐허가 된 채 뙤약볕에 거인의 몸체를 드러내고 있었습니다. 입구 박해의 문은 박해의 역사를 담아내기 위해 3~4세기에 수많은 순교자의 피를 지켜보았던 에페소스 원형경기장의 석재와 아르테미스(아데미) 신전 석재를 가져와 건축하였다고 하는데 오직 예수만을 위한 마음으로 온 육신 맹수에 찢겨나갔을 그들의 영혼은 아름다운 별이 되고 달이 되어 성문을 환하게 비추고 있겠지요. 사도 요한의 묘 앞에 섰습니다. 공동묘지였다는 교회 터에 묻혔던 요한의 흔적은 확인이 불가능했고 이곳을 방문했던 한 교황이 무덤이라도 있었으면 하는 바람을 이야기하자 이 말을 근거로 조성된 묘가 요한의 가묘라고 합니다. 앞에 놓인 시들어가는 장미 다발 바라보며 나는 허상에 마음 빼앗기고 진리를 놓치는 어리석음을 범하고 있지는 않은지를 곰곰이 생각해 보기도 하였습니다. 파괴된 요한 기념 교회의 석재가 언덕 아래 모스크 건축에 사용되었다는 말을 들으며 동로마제국 비잔틴의 멸망과 오스만투르크의 흥망성쇠가 겹쳐 보이는 가운데 역사의 허허로움에 나그네의 가슴이 먹먹해 짐을 느꼈습니다. 사도 바울이 세운 에페소스 교회, 그가 로마에서 순교하자 그를 대신해 요한은 에페소스 교회의 감독이 됩니다. 노구를 이끌고 페르가몬(버가모), 이즈미르(서머나) 등지를 돌며 선교활동을 벌이다 도미티안 황제에 의해 고문 받았고 바트모스로 유배된 뒤 도미티안 황제가 죽자 다시 에페소스로 돌아와 요한복음과 요한 1,2,3서를 저술하고 생을 마감합니다. 사도바울이 고린도전서를 쓰고 디모데가 감독으로 교회를 이끌기도 했던 에페소스. 노구를 이끌고 언덕을 내려오는 디모데가 금방이라도 나에게 아는 척 인사라도 건넬 것 같은 감동이 전해집니다.

타클라마칸 사막을 지나고 페르시아의 평원을 건너왔을지도 모를 실크로드의 힘든 여정 이어가는 대상들의 쉼터, 낙타와 말들이 쉼을 얻고 여행객들 지친 몸 누이며 쉼의 행복을 누리던 곳, 그곳이 부르사 입니다. 오스만 제국의 거침없는 세력 확장의 일등공신이었다는 실크, 당시 실크 무역의 중심지가 부르사였다고 합니다. 대상들의 숙소이자 교역소 코자한은 지금도 튀르키예 최대의 비단시장이라지요. 아나톨리아 내륙의 오스만 가지라는 부족장이 다스리던 작은 나라에서 시작된 국가가 오스만 제국입니다. 정복전쟁을 통해 롬셀주크가 멸망한 이후 난립했던 소국들을 병합하며 성장한 후 1453

년 로마 제국을 정복하였고 콘스탄티노플을 장악한 후 그곳을 수도로 삼게 되었지요. 유럽의 러시아, 폴란드, 오스트리아, 아프리카의 모로코, 에티오피아, 아시아의 이란에 이르는 광대한 영토를 지닌 강력한 패권 국가로 오랜 세월 유지되었으나 무능한 술탄들, 근위대 예니체리의 전횡, 그리고 산업혁명이 이루어 낸 과학 기술의 늦은 수용 등으로 위축되다가 1차 대전 시 연합국 반대 진영인 동맹국의 일원으로 참전하여 패전에 이르게 되고 1922년 11월 1일 제국의 문을 닫게 되었습니다. 이후 튀르키예 국부 무스타파 케말이 등장해 혼란한 국정을 다잡고 제정을 폐지한 뒤 현재의 튀르키예 공화국을 건국하게 되었지요. 부르사는 오스만 제국의 두 번째 수도였고 오스만 가지의 무덤이 있는 곳이기도 합니다. 대제국의 창시자였지만 그의 영묘는 소박하기까지 하였고 많은 시민들이 참배하는 평화로운 곳이기도 하였습니다. 초기 오스만 건축의 랜드마크라 칭하는 그랜드 모스크 울루자미는 두 개의 미나렛과 더불어 12개의 기둥이 20개의 돔을 지탱하는 구조로 엄숙함과 근엄함, 그리고 장엄한 품격이 돋보이는 건축물이었습니다. 오스만 터키. 미국 교육의 영향력은 한국인들에게 오스만 제국의 존재를 보잘 것 없는 변방 국가 정도로 격하시켰지만 세계사를 제패한 거대한 국가였고 인류 역사에 큰 발자취를 남긴 엄청난 국가이기도 했습니다. 정직하고 제대로 된 역사 교육의 중요성을 깊이 생각하며 일제의 식민 사관이나 중국의 동북공정이 얼마나 위험한가를, 그리고 그러한 역사 교육의 난관을 어떻게 지혜롭게 극복해 나가야 할 것인가를 생각해 보게 됩니다.

　두 거인 아시아와 유럽의 접점, 동양과 서양이 만나는 곳, 기독
교 문명과 이슬람 문화가 공존하며 살아 숨 쉬고 있는 곳, 이스탄불
로 왔습니다. 2010년 유럽문화수도[19]로 지정되고 2012 유럽 스포
츠 수도로 지정되었으며 실크로드의 서쪽 끝 지역일 뿐 아니라 예루
살렘, 로마 더불어 기독교 3대 도시, 1985년 세계 문화유산으로 등
재된 곳이지요. 흑해와 마르마라 해를 잇고 아시아와 유럽을 나누는
튀르키예 해협, 길이 30km, 최소 폭 750m, 수심 36-120m의 바
다, 보스포러스 해협입니다. 아름다운 '이오'를 본 제우스는 사랑에
빠지게 됩니다. 헤라의 질투를 두려워한 제우스는 이오를 암소로 변
신시키지요. 의심많은 헤라는 100개의 눈이 달린 아르고스에게 암
소를 감시하게 하고 등에(쇠파리)떼를 보내 암소를 괴롭힙니다. 암소
로 변한 이오는 등에를 피해 보스포러스를 건너 이집트로 도망하여
안주할 땅을 찾게 되었고 제우스를 만나 원래의 모습을 회복했다지
요. 암소가(bos) 건넌 개울(poros)이라는 신화가 전해져오는 바다가
보스포러스입니다.

　돌마바흐체를 찾았습니다. 오스만 제국의 황혼기 베르사이유 궁

---

19)　유럽문화수도: 유럽대륙의 도시를 매년 선정하여 1년간 집중적으로 문화행사를 전
　　개하는 사업

전을 모델로 건축한 화려한 궁전이었습니다. 제국 마지막 시기를 통치한 6명의 술탄이 사용했으며 튀르키예 초대 대통령 케말 무스타파 아타튀르크가 사용했던 곳이기도 하지요. 그는 1938년 11월 10일 9시 5분 집무실에서 생을 마감합니다. 궁전 입구 시계탑의 바늘은 여전히 9시 5분에 멈춰 서 있습니다. 문득 '고장 난 벽시계는 멈춰있는데 무정하게 가는 세월은 고장도 없나.'라는 가요의 한 구절이 웃음을 짓게 합니다만 그 나라 사람들 그 때 그 시절의 그 지도자를 그리워하고 있음을 보여주는 것이겠지요. 빅토리아 여왕의 선물 보헤미안 크리스탈 샹들리에는 750개의 램프를 가지고 있고 무게가 4.5톤에 달해 극상의 화려함을 보여주고 있었으며 천장 장식에 금이 무려 14톤이나 쓰였다고 하니 궁전의 화려함은 사람을 주눅 들게 하면서 보통 시민인 나의 심사를 헤집어 놓았습니다. '몽실 언니'를 쓰신 권정생 선생은 안동을 양반 고향이라 하는 것을 참 싫어하셨다고 합니다. 그곳은 한을 먹고 산 상놈들이 뿌리내리고 산 곳이기도 했으니까요. 저들이 저 화려한 궁전에 사는 동안 백성들은 얼마나 많은 눈물을 흘렸을까요? 얼마나 많은 목숨 분노하고 좌절하며 원통한 한을 품고 스러져 갔을까요? 인간 세상을 더불어 평화롭게 살아가는 유토피아로 정녕 만들 수 없는 것일까요? 아파하는 세상 속 임꺽정이 빛을 잃고 일지매가 사라지는 그런 세상은 꿈으로만 존재하는 것일까요? 밖으로 나오니 바로 보스포러스, 맑고 푸른 바다를 천천히 가로지르는 화물선은 여전히 우크라이나 전쟁터

화약 냄새 짙게 배어 나오고 인근 흑해로부터 빠져나오는 곡물 선에 목숨 기대어 사는 전쟁의 땅 그곳 사람들의 상황이 안쓰럽게 느껴집니다.

성소피아 성당 앞에 섰습니다. 아야소피아 또는 레드모스크라 불리기도 하지요. 비잔틴 건축물의 대표작으로 동방정교회의 대성당으로 건축되었으나 지금은 모스크로 사용되는 곳이기도 합니다. AD 537년부터 1453년까지 정교회 성당으로 콘스탄티노플 세계 총대주교 총본산이었으나 13세기 50여년간 로마 카톨릭 성당으로 사용되기도 했습니다. 이후 오스만 제국 시절 모스크로 사용되다 1935년 박물관으로 사용되었으며 2020년 튀르키예 대통령 지시로 다시 모스크로 이용되고 있기도 합니다. 4개의 거대한 미나렛[20]과 더불어 가로 77m, 세로 79m, 가운데 지름 32m, 높이 62m의 돔 천장은 사람을 압도하기에 조금도 부족함이 없고 성화로 장식된 돔과 벽 둘레의 40개 창으로 들어오는 빛은 천국의 느낌을 불러일으킬 환상으로 다가왔습니다. 건축에 사용된 거대한 석재 기둥들은 로마와 에페소스의 건축물에서 가져온 것이라 하니 가히 그 웅장함이 말문을 닫게 합니다. AD 537년 성당 완공을 선포한 유스티아누스 황제가 '솔로몬이여! 내가 당신을 이겼습니다.'라고 외쳤다고 하니 그 규모와 화려함 그리고 웅장함이 가슴에 감동으로 전해질 수밖에요. 내

---

20) 미나렛: 이슬람 관련 건물에 부속된 탑과 같은 형태의 구조물

부에 여러 예배당을 갖춘 성소피아는 황실 성당의 역할을 하며 황제 즉위식이나 결혼식 등 제국의 중요한 행사가 거행되기도 했고 절대적 성소로 범법자가 들어오면 군대가 와도 잡아갈 수 없는 우리 역사 속 소도와 같은 역할을 한 곳이기도 합니다. 4차 십자군 전쟁 시 십자군은 도시를 점령한 후 성소피아를 포함 여러 곳에 무차별 약탈을 감행하는데 이 때 성당 내부의 황금 모자이크, 보석, 성유물 등이 대거 유럽으로 반출됩니다. 1453년 오스만 제국의 메흐메드 2세가 도시를 점령한 후 관례대로 병사들에게 3일간의 도시 약탈을 허락합니다. 성소피아를 채웠던 동로마제국의 보물들이 다시 대거 쓸려나갔습니다. 메흐메드 2세는 도시에 입성하자 영토 확장 목적달성 기념으로 대성당 흙을 자신의 머리에 뿌렸다고 하지요. 성소피아에 대해 키예프[21] 대공의 사절단은 '이곳이 하늘인지 땅인지 도무지 분간이 되지 않습니다. 이토록 찬란하고 아름다운 곳이 땅위에 있을 리 없기 때문입니다.(중략) 소신들이 알 수 있는 것은 이곳에는 인간들 사이에 하나님이 거하고 계시며 이곳에서 드리는 예배는 그 어느 나라의 의식보다 훌륭하다는 것입니다.'라고 기록하고 있습니다. 오랜 세월 온갖 영욕을 겪으며 버텨 온 거인 성소피아는 여전히 흔들림 없는 모습으로 지난날의 이야기를 들려주고 있습니다.

인근에 위치한 블루 모스크를 찾았습니다. 술탄 아흐메드 1세 모

---

21) 키예프 공국: 우크라이나 중부에서 9C~15C에 존속했던 나라

스크라고도 합니다. 내부를 장식하는 푸른 타일 빛 때문에 블루 모스크라 이름 되었지요. 인간이 가지는 경쟁의식의 산물이기도 한 건축물이었습니다. 성소피아를 건축한 기독교 세력에 대한 이슬람 세력의 우위를 드러내기 위해 건축한 모스크이니까요. 예배실의 네 구석과 중정[22] 양 구석에 설치된 6기의 미나렛, 중앙돔, 스테인드글라스로 들어오는 빛이 매우 아름다워 오스만 제국의 가장 화려한 건축물 중 하나로 여겨집니다.

히포드롬 광장은 블루모스크와 접하고 있었습니다. 영화《벤허》의 전차 경기장면의 배경이 된 곳으로 초기에는 검투경기장으로, 후에는 10만 수용의 전차 경기장으로 지어졌고 비잔틴 제국의 중요 국가 행사가 개최된 곳입니다. 가장 눈에 띄는 것은 두 개의 오벨리스크였습니다. 절대 권력과 권위를 상징하는 오벨리스크는 제국주의의 슬픈 희생물이라는 그림자를 길게 드리우고 있었습니다. 이집트에는 100기 이상의 오벨리스크가 있었으나 서구 여러 제국들이 이를 약탈해 갔고 지금은 6기만 남아 있다고 합니다. 히포드롬 광장의 오벨리스크는 이집트 카르낙 아몬 신전에서 약탈된 뒤 이곳 광장에서 떠나온 곳 그리며 쓸쓸히 자리 지키고 있습니다. 또 다른 하나는 콘스탄틴 오벨리스크입니다만 4차 십자군 전쟁 당시 파괴되었

---

22) 중정: 모스크 내부에 위치한 넓은 뜰

고 지금 것은 현대에 복원된 것이라고 합니다. 특별히 머리 부분이 훼손된 채 세 마리 뱀이 엉켜있는 기둥 조형물은 델피(델포이)의 아폴론 신전 전승물 보관소에 있던 것으로 콘스탄틴 대제가 이곳으로 옮겨온 진품이라 합니다. 몇 개의 유물들 속에서 제국주의의 잔인함을 읽어 낼 수 있었고 살람미스 해전에서 노획한 창을 녹여 만들었다는 세 마리 뱀 기둥을 통해 그 지역을 휩쓸고 지나간 전쟁의 상흔들 생각하게 됨으로서 후손들에게 남겨지는 모든 것들의 소중함을 다시 한 번 깊이 인식하게 되었습니다.

보스포러스 해협과 골든 혼, 그리고 마르마라 해가 만나는 아야소피아 뒤편 전망 좋은 바닷가에 자리한 토카프 궁전을 돌아보았습니다. 토카프는 오스만 터키 전성기의 건축물답게 투르크다운 자부심이 넘쳐흐르는 곳입니다. 22명의 술탄이 거주했던 곳이며 보석, 무기류, 도자기, 모세의 지팡이라는 유물, 세례 요한의 유골 등 성 유물들이 방마다 화려하게 가득 차 있었습니다. 진귀한 보물들은 터키 국민 전체를 3년 동안 먹여 살릴 만 한 부를 드러내고 6666개 다이아몬드로 장식된 황금 촛대, 2만 5천개 진주로 장식된 황금 옥좌 등 부의 극치를 보여줍니다. 2천여 명의 요리사들이 술탄의 시중을 들었고 한번이라도 동일한 식사를 준비하면 그 요리사는 바로 죽음을 맞이했다고 하며 이로 인해 튀르키예가 세계적 미식 국가로 발전했다는 기막힌 이야기가 전해지기도 한답니다.

멀지 않은 곳에 위치한 이스탄불 역사박물관을 찾았습니다. 방문하는 지역마다 가능한 한 그 지역의 박물관을 들르려고 애를 씁니다. 그 이유는 전시된 유물을 만나는 과정이 우리의 미학적 감각을 키워주고 역사와 문화에 대한 이해를 넓혀주며 인간의 과거 풍경과 업적들을 직접 만날 수 있을 뿐 아니라 우리의 시각을 확장시켜 나가게 만들어 주기 때문이지요. 박물관은 과거로부터 현재로 이어지는 사람들의 이야기를 완성해 주는 퍼즐 조각들로 가득 차 있습니다. 뜬금없이 만나게 된 이집트의 미라 앞에서 한동안 말없이 서 있었습니다. 누구인지 알 수 없는 그 이는 어쩌다 죽어서까지 이국 땅 떠돌며 이곳에 누워있을까? 언젠가는 다시 살아나리라 소망하며 수천 년 세월 살아생전의 허허로웠던 인생 곱씹으며 지내오지는 않았을까 생각하며 죽어서도 제국주의의 힘의 희생양이 되어 낯설고 물설은 이국 땅 한 구석에서 제 온몸 관람객에게 내맡기고 있는 그이가 참 안타깝다는 느낌을 지울 수가 없었습니다. 알렉산드로스의 관을 마주하고 섰습니다. 인류 역사 최고의 정복 군주, 20세에 아버지 필립포스 2세를 이어 마케도니아의 왕권을 물려받고 코린토스 동맹의 맹주가 되었으며 헬레니즘의 문화를 전하며 동서양을 통합시켜 나간 자, 아리스토텔레스를 스승으로 모시며 철학적 가치 판단의 기준을 배웠고 전쟁터를 떠돌면서도 호메로스의 《일리아드》를 갖고 다니던 독서광, 인도 정복에 나서면서 용병들에게 선 임금을 지불한 뒤 빈털터리가 된 그에게 던진 측근들의 '남아있는 것 아무것도 없는데 무엇으로 전쟁을 해 나갈 겁니까?'라는 질문에 '나에게는 '희망'이 남아 있소.'라는 답을 했다는 통치자, 그가 남긴 수많은 일화는 피지배자들을 향한 통치자의 통치 이념이 얼마나 중요한가를 잘 보여주고 있지요. 인도 원정에서 돌아와 아라비아 원정을 준비하던 중 33세의 나이에 바빌론에서 죽음을 맞습니다. 마케도니아로 시신을 운구하던 중 권력 승계를 위한 치열한 다툼을 벌이던 세력에 의해 시신이 이집트 알렉산드리아로 빼돌려지게 되었고 그곳에 묻혔다고 하나 흔적을 확인할 수는 없다고 하지요. 살아서 세계를 제패했던 대왕도 죽음 앞에서는 아무것도 할 수 없는 존재였음을 떠올리며 인생의 허허로움 앞에 찬바람을 느낍니다. 박물관에 전시된 그의 관은 시돈 근처에서 발굴된 것으로 그와 그의 동료들이 페르시아 군대와 싸우는 장면이 양각되어 있어 알렉산더의 관이라고 하나 실제 그의 관이었는가에 대한 진품 여부는 전혀 확인할 수 없는 미스터리로 남아있지요. 알렉산더는 죽기 전 내가 죽으면 들어갈 관 양쪽 옆에 구멍을 내어라 그리고 내 양손을 관 바깥으로 내 놓아라 유언했다지요. 사실 여부는 모르겠지만 공수래공수거하는 인간의 모습을 보여주려 했던 한 철학자의 품위까지 느끼게 하는 유언이네요. 분할, 분배라는 의미를 지닌 탁심 광장을 찾았습니다. 세계 두 번째로 건설된 지하철 노선이 있으며 1928년에 세워진 튀르키예 공화국 수립 기념탑이 있는 곳이지요. 이동하는 시내버스에서 만났던 한 초등학생과 그 아이의 어머니를 다시 만났습니다. 한국말을 꽤 훌륭하게 구사하던 그 아이가 우리와 함께 사진을 찍고 싶어 했고 흔쾌히 어깨동무를 했지요. 한국인과 사진을 촬영한 것으로 한껏 행복해하던 아이의 환한 미소를 잊을 수 없습니다만 시위 군중에 휩쓸리며 두려움에 떨었던 그곳에서의 경험은 빛과 그림자가 함께 기억 속에 남아 있습니다.

골든 혼 테라스라는 피에르 로티 언덕을 올랐습니다. 프랑스 해군 장교이자 소설가였던 로티의 슬픈 사랑 이야기가 전해지는 곳이지요. 그는 튀르키예의 한 유부녀와 사랑에 빠지게 됩니다. 그가 본국 근무로 잠시 떠나있는 동안 그녀의 사랑 이야기가 알려지게 되었고 다른 남자와 사랑에 빠지면 죽음을 피하지 못한다는 이슬람의 계율에 따라 그녀는 죽음을 맞이하게 되었지요. 돌아온 로티는 사랑하던 여인이 더 이상 곁에 없음을 한탄하며 날마다 이 언덕에 올라 그녀를 그리워했다고 합니다. 시인 목월의 사랑 이야기가 떠올랐습니다. 그는 시인을 따르던 한 제자와 제주도로 사랑의 도피를 하여 지내던 중 제자의 아버지가 찾아와 그녀에게 돌아가자 설득했고 사랑하던 두 사람은 헤어짐의 아픔 속에 마지막 밤을 보냅니다. 그 밤에 목월은 그녀에게 자신의 안타까운 마음을 담은 글을 써 주게 됩니다.

기러기 울어 예는 하늘 구만리, 바람이 싸늘 불어 가을은 깊었네
아아, 아아, 나도 가고 너도 가야지

> 한낮이 끝나면 밤이 오듯이, 우리의 사랑도 저물었네
>
> 아아, 아아. 나도 가고 너도 가야지

사랑이, 어쩌면 이별까지도 죽음보다 더 강한 회오리가 될 수 있지 않을는지요? 로티 언덕은 나도 가고 너도 가야 하는 인생의 수많은 세상 슬픔 가슴에 묻은 여러 영혼들 영면하고 있는 공동묘지와 자리를 같이 하고 있었습니다.

보스포러스 해협 아시아 사이드 쪽 항에서 페리를 탔습니다. 항구에서 건너다보이는 실크로드 끝 지점에 위치하는 기차역을 보았습니다. 설산을 넘고 강을 건넜으며 사막을 가로질러 도착한 이스탄불, 나그네 그들에겐 어떤 느낌으로 다가왔을까요? 좁은 바다 건너 보이는 유럽대륙, 그들은 새로운 대륙이 존재하는 것을 인식은 했을까요? 뱃전에서 영국 시인 키플링의 《동과서의 발라드》를 생각해 보았습니다.

> 오, 동양은 동양, 서양은 서양
>
> 이 두 세계는 어울릴 수 없을지니
>
> 땅과 하늘이 하나님의 위대한 심판의 보좌 앞에 설 때까지....
>
> 그러나 동도 없고 서도 없고 국경도 양육도, 태어난 곳도 없고
>
> 비록 지구 끝에서 온 두 거인이 얼굴을 마주 보고 설 때까지.......

하지만 보스포러스에서는 이미 동과 서는 만나고 얼싸안고 함께 춤추고 있었습니다. 멜팅팟[23]도 의미 없고 샐러드볼[24]도 빛을 잃어 버린 그곳은 하나의 잔치집이며 두레 공동체로 물결처럼 일렁이고 있었습니다.

어둠이 내리는 시간 해협을 건너 유럽 사이드에 발을 딛고 갈라타 타워를 올랐습니다. 유스티아누스 황제 때 건축된 최초의 타워는 4차 십자군 전쟁 때 완전히 파괴되었고 그 후 이탈리아 제노아 사람들이 1348년 현재의 탑을 세웠습니다. 높이 67m 타워는 당시 그 도시 최고층 건물로 이스탄불의 랜드마크가 되었겠지요. 술탄 메흐메드 2세 이후 타워의 소유는 오스만 제국으로 넘어갔고 16세기에는 감옥으로 사용되기도 했는데 1638년 헤자르 펜 아흐메드 셀레바라는 사람이 탑에서 출발하여 아시아지역 우스쿠다르로 무동력 비행을 성공함으로 새가 되고 싶어 한 인류의 꿈을 성취하였으며 유럽과 아시아 두 대륙을 비행한 최초의 인간을 탄생시킨 장소가 되기도 했지요. 밤을 밝히는 야경이 무척 아름다운 타워전망대에서 골든 혼을 내려다보았습니다. 비잔틴 제국을 끝까지 지켜주던 성벽, 그리고 굵은 쇠사슬로 방어가 되고 있었던 골든 혼, 수없이 시도했던 공격에도 성은 견고했고 오스만 제국은 답을 찾지 못했습니다. 그러다

---

23) 멜팅팟: 이민자로 구성된 국가에서 다인종, 다민족 문화가 하나로 동화된다는 이론
24) 샐러드볼: 이민자로 구성된 국가에서 겉으로는 다인종, 다민족이 통합되는 듯 보이나 본질은 결코 변하지 않는다는 이론

생각해 낸 신의 한 수, 산을 넘어 배를 끌고 가는 것이었습니다. 그러자 비잔틴은 마지막 숨을 멈추게 되었지요. 한눈에 내려다보이는 보스포러스 해협과 골든 혼, 전장을 누비던 수많은 젊은이들의 피가 잠들어 있고 켜켜이 역사가 지층처럼 쌓여있는 곳, 그 위로 찬란한 야경을 즐기려는 청춘 남녀의 사랑 노래가 익어가고 어둠 속 아야소피아와 블루모스크의 불빛이 찬란하게 빛나고 있었습니다.

 100여 일 또는 60여 일 동안 옮겨 다닌 여행의 피로와 장거리 비행의 어려움에 지쳐 다시는 비행기에 오르지 않으리라 다짐하지만 탑승한 비행기가 인천 공항에 착륙하는 순간 다음은 어디로 갈까 생각하는 제 모습에 깜짝 놀라기도 합니다. 이 곳 저 곳 떠돌면서 그곳의 사람들을 알고 싶었습니다. 그들의 이야기를 듣고 싶었고 수수께끼 같은 삶의 흔적들이 전해주는 퍼즐을 맞춰보고 싶었습니다.

 살아갈 날들이 얼마나 주어질지 모르지만 여전히 세상을 탐색해보고 싶습니다. 쉽지는 않겠지만 메멘토 모리의 정신을 기억하며 하늘을 우러러 부끄럼 없는 삶 살아보자 다짐해 보기도 합니다. 더하여 하늘이 제게 준 소중한 선물 손녀 노을이에게 세상의 아름다움을 보여주며 살아가고 싶습니다. 아이에게 환하게 떠오르는 황금빛 아침 햇살 받으며 항구를 나서는 고깃배를 보여주고 싶고 아름답게 서쪽 하늘 물들이며 넘어가는 저녁의 붉은 노을을 같은 시선으로 바라보고 싶습니다. 풀벌레 소리에 귀 기울여보고 맑은 시내의 송사리 떼 함께 놀아보며 온 산과 들판에 지천으로 피어나는 들꽃이 전해주는 신비한 감동들도 아이에게 전해주고 싶습니다. 이 땅에서 먼저 살아간 이들의 흔적 속에 남겨진 그들의 고달픈 이야기도, 겉으로 보이지 않는 숨겨진 이야기도 아이와 함께 찾아보고 싶습니다. 하늘이 부르는 그 순간까지 제 삶을 아름다운 소풍으로 만들어 가고 싶습니다. 지나온 여행지들을 다시 여행하는 시간이었기에 원고를 준비한 다섯 달의 시간은 참 행복했습니다.

이 책을 통해 여행지의 겉모습만 살피고 사진만 찍고 오는 안타까움을 조금이라도 덜어줄 수 있었으면 참 좋겠습니다. 여전히 떠나는 꿈을 꾸며 이 책을 마무리합니다.

2024. 05. 30. 서재에서

지중해, 삶을 품다

1판 1쇄 발행 2024년 12월 12일

저자 이종호

편집 윤혜린   **마케팅 · 지원** 김혜지

펴낸곳 (주)하움출판사   **펴낸이** 문현광

이메일 haum1000@naver.com   **홈페이지** haum.kr
블로그 blog.naver.com/haum1000   **인스타그램** @haum1007

ISBN 979-11-94276-59-3(03810)